# Carson McCullers

麦卡勒斯文集

# Clock Without Hands

# 没有指针的钟

〔美〕卡森·麦卡勒斯 著　孙胜忠 译

上海译文出版社

## 《麦卡勒斯文集》总序

孙胜忠

作为这套《麦卡勒斯文集》的译者之一，应《文集》责编宋玲女士之邀为其作总序，我感到既有义务也很荣幸。下文首先简介麦卡勒斯在文学史上的地位及其作品的接受情况和当下性，然后对麦卡勒斯小说逐一做个概述，以便读者对这套文集有个总体把握。在评介的基础上，我将进一步对麦卡勒斯的创作风格、作品的重要主题、小说之间的关联，以及最新的研究动态等略做探讨，以期为研究者提供参考。

麦卡勒斯无疑是美国文学史上一位重要的作家。1947年，麦卡勒斯就被评选为“美国最佳战后作家之一”，几乎同时，她被称为“最佳美国女小说家”；1951年《纽约时报》“感谢美国是卡森·麦卡勒斯的国家”，而《时代》杂志则宣称“麦卡勒斯是美国最重要的当代作家之一”。遗憾的是，1967年，麦卡勒斯在50岁的时候就因病英年早逝，说到她的不幸离世，传记作家弗吉尼亚·斯宾塞·凯尔（Virginia Spencer Carr）感叹道："20 世纪的美国失去了其孤独的猎手。"其实，麦卡勒斯何止是 20 世纪的重要作家之一，今天的读者和研究者还在不断地欣赏和研究她的作品，并能发掘出新意，这说明，她也属于 21 世纪。下面略举几个例证以说明麦卡勒斯的当下影响力。2001 年美国文库出版了麦卡勒斯的小说集，并于 2004 年第二次印刷；2002 年美国上演了她的剧作，《纽约时报》称这是对麦卡勒斯及其作品"恢复兴趣的最新证据"；2014 年麦卡勒斯协会（Carson McCullers Society，创立于 1990 年）再次活跃起来，选举了新的协会领导人，吸纳了"致力于研究这位伟大的美国作家"的成员；2017 年在意大利的罗马举办了"世界的卡森·麦卡勒斯（1917—2017）：庆祝卡森·麦卡勒斯诞辰 100 周年国际会议"。[①]上述数例已足以说明麦卡勒斯的当下性，但更重要的还是要看她的作品与当代社会，尤其是美国社会现实的关联性。例如，麦卡勒斯的作品常常涉及种族歧视与暴力，这与美国眼下的种族现状是否相关呢？答案当然是肯定的。奥巴马 2008 年甫一当选为美国总统，就有人宣称美国已进入所谓"后种族时代"，仿佛种族问题已成过去。但

---

① Casey Kayser Fayetteville，Alison Graham-Bertolini，"Preface"，in Alison Graham-Bertolini，Casey Kayser，eds.，*Carson McCullers in the Twenty-First Century*，Cham：Palgrave Macmillan，2016，pp. v－vii.

这一美丽的标签很快就被现实击得粉碎，因为随后在美国密苏里州的弗格森及其他城市接二连三地发生了警察枪杀黑人青年的事件，从而引起极大的争议与抗议。这种无处不在的种族歧视以及黑人暴力死亡案件令人不禁想起麦卡勒斯创作的《没有指针的钟》，如其中的“布朗诉托皮卡教育局案”、舍曼因移居白人区被炸死等。小说中的种族暴力威胁、暴民心态与美国今天的种族冲突如出一辙，因此，麦卡勒斯的小说必然会给人们带来对美国历史、现状和未来的新的思考。这也说明了我们今天重译、重读麦卡勒斯小说的当下意义。

这套文集收录了麦卡勒斯的五部长篇小说和一部《麦卡勒斯短篇小说全集》，几乎涵盖了作者的全部小说作品。长篇小说分别是《心是孤独的猎手》（1940）、《金色眼睛的映象》（1940 年分期发表在《时尚芭莎》上，1941 年以书的形式出版）、《伤心咖啡馆之歌》（1943）、《婚礼的成员》（1946）和《没有指针的钟》（1961）。

读者要想了解麦卡勒斯小说的主题和创作风格最好还是从她的《心是孤独的猎手》读起。这倒不是因为这是她创作的第一部小说，而是因为这部小说几乎涵盖了她此后所有作品的主题、题材以及她意欲探讨的有关人性和社会等深层次的问题。《心是孤独的猎手》的背景是美国南方腹地，人物是遭到社会疏离的弱势群体，主题主要表现为孤独与无望的爱。

故事开始时，两个聋哑人——约翰·辛格和斯皮罗斯·安东尼帕罗斯——已在一个屋檐下生活了十年，这两个性格完全不同的人结成了一种神秘的友谊：身材高挑、敏捷、聪明的辛格非常迷恋肥胖臃肿、冷淡、神情恍惚的希腊人安东尼帕罗斯。在他们生活的那个萧条的棉纺厂小镇上，大多数人脸上都常常露出饥饿和孤独绝望的神情，而他俩似乎一点也不孤独。只不过他们付出的感情并不对等：辛格给予；他的朋友接受；一个是爱者而另一个是被爱者，似乎都沉浸在自己所扮演的角色中，倒也相安无事。可突然间，这一宁静被打破了，安东尼帕罗斯神秘地生了场病，病好后，他像变了个人似的，成了麻烦制造者：偷东西、冲撞陌生人，甚至在大庭广众之下撒尿。尽管辛格对此很伤心，悉心照料，倾其所有为朋友解决他所造成的麻烦，但他最终还是无计可施，精神错乱的希腊人被送到两百英里之外的精神病院。

在接下来的几个月里，辛格不知不觉间成了另外四个人生活的焦点，这些人都希望在他身上寻觅一种神秘的形象，以圆他们自己痴迷而支离破碎的梦想。12岁的米克·凯利是个假小子，表现出对音乐的独特禀赋，在她的想象中，辛格具有某种精神和谐，这使她想起莫扎特。黑人医生本尼迪克特·科普兰长期以拯救黑人为使命，哑巴对他来说象征着极其罕见的白人的同情心。杰克·布朗特是个激进的工人运动组织者，但他的语言天赋胜于行动，对他而言辛格仿佛是天赐的，因为布朗特误以为只有哑巴愿意倾听，并能理解自己。咖啡馆的老板比夫·布兰农刻意观察咖啡馆的各色人等，在他看来，辛格是个再恰当不过的静观对象，因为大家的注意力都在他的身上。然而，所有这些人都不知道辛格对安东尼帕罗斯的爱，也没有意识到他们对他的兴趣给他带来的困惑。当得知安东尼帕罗斯的死讯时，辛格自杀了，留下的只是他的那些追随者或崇拜者们的思考和悲伤。

与《心是孤独的猎手》相比，《金色眼睛的映象》色调显得更加灰暗，充斥着性反常、窥淫癖、自残和谋杀等情节，因而出版伊始便遭到诟病。故事发生在20世纪30年代美国南方腹地的一个兵营，按照叙述者的说法，其中的人物涉及“两名军官、一个士兵、两个妇女、一个菲律宾人，还有一匹马”。其中一名军官是韦尔登·彭德顿上尉，他是一个倍受压抑、隐藏极深的同性恋者，对其妻子的情人非常着迷；另一名军官是莫里斯·兰登少校，这个行为随便的公子哥在与精力充沛的莉奥诺拉·彭德顿初次见面两个小时之后，便在黑莓丛里发生了关系。那个天真、显得愚笨的士兵——二等兵艾尔基·威廉斯偶然间从窗户里目睹了裸体的彭德顿太太，于是便开始偷偷摸进她的卧室，痴迷地窥视熟睡中的她，从此一发不可收拾。另一名女子是弱不禁风、神经衰弱的艾莉森·兰登，因遭受婴儿夭折、丈夫出轨等连续打击，竟然用园艺剪刀将自己的两只乳头剪了下来，好在她有菲律宾籍用人阿纳克莱托陪伴，从他那里得到了些许的安慰。深得莉奥诺拉喜爱的那匹马——“火鸟”由威廉斯饲养，却遭到彭德顿上尉的鄙视和虐待。经过一系列冒险和潜伏跟踪之后，彭德顿对沉默寡言的威廉斯产生了复杂的感情——既爱又恨，直到他发现这个二等兵潜伏到他妻子的卧室时，他才意识到威廉斯的眼中只有他的妻子，于是，他枪杀了这名士兵。

在某些评论家看来，《伤心咖啡馆之歌》比《金色眼睛的映象》更令人满意，因为在这部小说中，麦卡勒斯避开与更擅长心理描写和组织小说情节结构的作家竞争，明智地转向描写一个更适合自己才能发挥的有限的区域。这是个昏暗的、与文明社会隔离开来的南方小镇。咖啡馆的主人艾米莉亚·埃文斯小姐，是一个黑黑的高大女人，骨骼和肌肉长得像个男人，虽稍微有点斜眼，但还算是一个好看的女子。她生性孤僻，对异性爱不感兴趣，曾有过一段为期十天的婚姻。咖啡馆前身是一个经销饲料、谷物等土特产的商店，除此之外，艾米莉亚还拥有一家酿酒厂，因此，她很有钱。她不仅是个强悍的商人，还是一位颇有一点以解除百姓痛苦为志向的巫医。除了喜欢打官司之外，她日子一直过得很平静，直到她 30 岁那年的春天，生活发生了变化。她爱上了来投靠她的远房表哥雷蒙·威利斯，一个驼背的矮子，患有肺结核的同性恋者。这便验证了麦卡勒斯的一句话："最稀奇古怪的人（the most outlandish people）都能够成为爱的触发剂。"有了爱情，艾米莉亚变得温柔、优雅了许多，而且爱说话了，而作为被爱的雷蒙也变得得意洋洋、神气活现，还有点贵族气。随着人气旺盛，商店逐渐变成了咖啡馆。小镇上的那种怀疑、隔离和怨恨的气氛也逐渐被温暖和友谊的氛围所取代。然而，艾米莉亚对雷蒙的爱并没有得到回报，相反，这个矮子蓄意乞求艾米莉亚的前夫，马文·梅西，一个刑满释放人员的关注，并与其合谋，取走艾米莉亚百宝箱里的所有东西、砸烂她的钢琴和酿酒厂，还企图毒死她，然后一起逃之夭夭。在接下来的几个月里，艾米莉亚任由咖啡馆荒废，也放弃了行医治病，最终成为一个隐居者。小镇又回到从前那种荒凉、死气沉沉的状态。

如果说《伤心咖啡馆之歌》所揭示的人性显得有些神秘，甚至怪诞的话，那么，《婚礼的成员》就容易接近得多，故事也显得更加生动活泼，因此，有评论家认为这是麦卡勒斯最好的作品。《婚礼的成员》共分为三个部分，分别对应青少年成长历程的三个阶段：萌发对生长环境的不满；满怀不切实际的理想，幻灭及对人生局限性的认识。故事的叙述者是主人公弗兰琪·亚当斯。第一部分主要描述弗兰琪感受到的压抑和孤独，连自己的心都仿佛"挤成一团"，因此，她打算离开镇子，到别的地方去，永不回来。这个 12 岁、没有母亲的少女是个行为似男孩的顽皮姑娘。四月以来，她一直被一种朦胧但强烈的不满压得喘不过气来，在炎热的八月，她第一次遭遇少年危机。她感到自己是个孤独的人，不属于任何一个组织的成员。于是，她展开自己丰富的想象力——想到北极熊和冰屋；把贝壳放在耳边就仿佛能听到墨西哥湾的潮汐；想到她的哥哥简维斯和他的新娘简妮丝在冰雪覆盖的教堂里的婚礼。她凭冲动做任何事情，但所做的一切总是错，根本不是她真正想做的。为此，她把自己的美好希望寄托在未来，第一部分结束时，她得意洋洋地宣告，她将成为她哥哥婚礼的成员。

在第二部分，弗兰琪受到新的归属感的鼓舞，发现婚礼前的那天既神奇又独特，似乎对这个世界有了新的认识。她就像一只被释放出来的动物，可以在她此前从未见过的地方游荡。她还自称为弗·简茉莉，当简茉莉在那个难忘的星期六早晨醒来时，她感到她的哥哥和新娘仿佛就睡在她的心底，这使她立刻想起星期天的婚礼。她换掉不合身的衣服，对那套本来就整洁的粉红色的裙子又做了番修饰。她似乎一夜间长大了，第一次理解了她父亲的日常起居，一贯叛逆的她对父亲也有了某种柔情。她还短暂地不再将自己与他人隔离开来，梦想着婚礼结束后远走高飞。

但在第三部分，在试图逃离家庭失败后，她认识到自己此前的梦想有多么幼稚："婚礼就像一场超乎她能力的梦，或像一台不听她管控也不该有她角色的戏。”按照她表弟约翰·亨利的话来说，“猴子死啦，好戏完啦”。此时，她又被称为弗兰西斯。在婚礼上，她一直想对新郎和新娘说：“我太爱你们俩了，你们就是我的‘我们’。”可是，她一直没有机会说，最终只是大喊：“带上我！”而哥哥和新娘已绝尘而去。事情并没有就此结束，弗兰西斯还是打算离家出走，在给父亲留下一封信后，她竟然鬼使神差地要去“蓝月亮”旅馆见那个被她砸倒在地的士兵，结果被警察抓住没有走成。此时，她觉得，“大世界太遥远，她是不可能再参与其中了。她又回到夏季的忧惧里，回到原先那种与世隔绝的忧惧里——而婚礼败笔使忧惧加速升级为恐惧”。小说结尾，约翰·亨利因脑膜炎死亡，哈尼被捕入狱，而一直在她家当厨子，陪伴她长大的贝拉妮斯也将不再为她家服务了。已经 13 岁的弗兰西斯似乎比原来的弗兰琪理性了许多，放弃了幻想，也在设法与环境达成某种妥协。但她并没有变得更讨人喜欢，对环境变化她似乎有些麻木——对约翰·亨利的死和贝拉妮斯即将离开她家好像并不关心。失去梦想的弗兰琪与别人已没有什么区别，换个角度来说，她已融入了社会。

总之，《婚礼的成员》情节紧凑——仅集中描写一个 12 岁的女孩几天里发生的事情；主题特色鲜明——聚焦于主人公的心理变化，紧紧围绕她的梦想与挫败讲述故事。这部小说还常常被归为成长小说之列，但笔者认为，它并不是典型的美国成长小说，因为美国成长小说的结局通常表现为主人公与社会决裂，而不是融合。

麦卡勒斯忍受病痛的折磨，历经10年，艰难地完成了她的最后一部小说——《没有指针的钟》的创作。这部小说虽然聚焦于死亡，但视野显然更为开阔，它将个人的生死、成长与美国南方的种族危机结合在一起。麦卡勒斯对主人公马隆死亡过程的描写可能与她自身的体验有关，因为在她生命的最后阶段，随着健康状况的日益恶化，她不得不时时面对死亡，也难免思考死亡的问题。但她毕竟是个艺术家，死亡主题只是小说的一个方面，她由此生发开来，涉及多重主题。在我看来，这是麦卡勒斯格局最壮阔、最有阐释意义的一部小说。

小说中有四个主要人物：J.T.马隆，40岁的药房老板；马隆的朋友，一个激进的白人至上主义者，84岁的前国会议员福克斯·克兰恩法官；法官的孙子，19岁的约翰·杰斯特·克兰恩，以及一个蓝眼睛的黑人青年舍曼·皮尤。

小说开始时，马隆得知自己患有白血病，他知道自己一定会死，但不知道何时会死，因此，他就像一个看着没有指针的钟的人。马隆素来性格温顺，像头绵羊，任由别人安排他的生活。也许是因为意识到自己即将死亡，他突然产生了顿悟，有了自我认知，觉得自己从来就没有真正地活过。尽管被死亡意识所困扰——他到底什么时候会死，但他还是决心在生命行将结束前的几个月里获得自我，从而使他的人生有某种意义。同样在寻找自我的还有杰斯特——这个小伙子尚未决定他这辈子要干什么。尽管他有许多短暂的兴趣，但他觉得还没有受到任何特定职业的召唤。这种未定的生存状态很可能与他的出身有关。他虽然有显赫的家庭背景，但他对自己的父母一无所知，因为在他来到这个世界之前，他的父亲就已经自杀身亡，而他的母亲也在生产他的时候不幸去世。所以，他一直渴望了解自己的父母，尤其是探寻他父亲自杀的原因，由此小说引出了另一个主题——种族问题。这个问题与舍曼密切相关，这个黑人青年也一直渴望了解自己的身世。舍曼·皮尤是个弃儿，他的姓——皮尤（Pew）——就来自人们发现他时的情形，他被人遗弃在教堂里的一个靠背长椅上，英文中的“pew”就是教堂内靠背长椅的意思。

小说将舍曼父母的身份之谜与杰斯特父亲的自杀之谜嫁接起来，因为杰斯特断断续续从他爷爷——老法官——那里了解到自己父亲的自杀竟然与舍曼父母有关。杰斯特身为律师的父亲约翰爱上了他的一个当事人，一名白人女子——利特尔太太。利特尔太太的黑人情人琼斯因“谋杀”了她的丈夫而受审。约翰为其辩护，试图说服陪审团，琼斯杀人属于自卫，事实也是如此，但这次由老法官主持的审判被证明是对司法和正义的嘲弄——无辜的黑人最终被绞死。在法庭上，利特尔太太拒绝对琼斯作不利的证明，因输了官司，她在审判后不久就死于分娩，临终之时，她诅咒杰斯特的父亲。辩护失败、审判不公、爱情受挫以及当事人的死亡，这一切令约翰极其沮丧而愤怒，于是，他开枪自杀。而舍曼·皮尤就是利特尔太太与黑人琼斯的儿子。

杰斯特终于了解到老法官与其儿子约翰——杰斯特的父亲——在种族问题上意见相左，在这方面，杰斯特也与一手将其抚养长大的爷爷针锋相对。杰斯特天生就具有开明的思想，在得知社会不公是造成他父亲人生悲剧的部分原因之后，他的进步思想得到了进一步强化。于是，他决定子承父业，也当一名律师，完成父亲的未竟事业。父亲的遭遇以及他自己的亲身经历教育了杰斯特，使他找到了人生的方向。而舍曼就没有他这么幸运了，尽管他最终也破解了自己的身世之谜，但他无意，也不可能被白人社会所接纳，而是决定以行动与种族主义社会抗争。于是，他不断挑衅白人社会，最终选择以搬进白人居住区的行为来表达对种族隔离的不屑。在得知白人种族主义者要因此轰炸舍曼的房子后，杰斯特多次警告他，但他拒绝逃离，结果被炸死在自己租住的房子里。这次恐怖袭击事件也涉及马隆，因为在抽签决定谁去炸舍曼的房子时，这个签不幸正好被马隆抽中了，但他拒绝去执行这项“任务”。一辈子都在听命于人的马隆这次似乎也找到了自我，尽管事后不久他就因病而死，但他得到了些许安慰，因为他毕竟自主作了一次道德选择，也算为自己活过一回。在麦卡勒斯的这部绝笔之作中，寻找自我成了突出的主题，但视域更为宽广，因为除了死亡这一文学中的永恒主题之外，《没有指针的钟》还涉及个体的成长、种族主义以及与此相关的道德选择等。

这套美国文库版《麦卡勒斯文集》首次完整地收录了麦卡勒斯 20 部优秀的短篇小说，集成《麦卡勒斯短篇小说全集》。其中，除了令人难忘的故事《泽伦斯基夫人和芬兰国王》和《树 · 石 · 云》等之外，还收录了她以前没有被收录的有关民权运动的故事《游行示威》。

麦卡勒斯的短篇小说同样写得精彩，也涉及其长篇小说中常见的主题：孤独、种族歧视以及人与人之间微妙的感情等，而且似乎在不经意间往往能给读者带来意想不到的启发。例如，在《傻子》中，16 岁的叙述者就得出了一个发人深省的“真理”：“如果一个人很崇拜你，你会鄙视他，不在乎他——然而，正是对那个根本不注意你的人，你却往往很崇拜。”短篇小说中有不少关涉少年成长的主题，也就是我们常说的成长小说中涉及的问题——青春期的躁动、莫名的惆怅和孤独等。其中有关逃离这一美国文学中的常见主题尤其引人注目。例如，在《无题》中，叙述者就说道：“每个人都有想出逃的时候——无论跟家里人相处得有多好。他们都觉得不得不逃离，因为他们曾经做过某事，或是因为他们想做某事，又或许因为他们根本不知道究竟是什么的理由。也许这是某种渐渐产生的渴望，让他们觉得必须出去，去寻找某种东西。”这种逃离的冲动既有人对环境不满的诱因，又有对未来充满幻想的成长因素。《无题》对少年的性萌动描写得细致而含蓄，当主人公安德鲁夜晚独自行走在寂静而偏僻的地方时，某种陌生的声音总令他不安：“有时候，它听似一个女孩子的笑声——温柔地笑个不停。而有时，它却是一个男人在黑暗处的呻吟。这声音就如同音乐，只是没有固定的形式——它让他驻足倾听，而后颤抖，这跟一首歌的效果一样。当他回家睡下之后，这个声音仍然挥之不去；他会在黑暗中辗转反侧，僵硬的四肢互相摩擦，因为他无法得到片刻的安宁。”可能正因为这种情境的触动，使他对家里的女厨子维塔利斯产生了欲望，每当他回家看到她时，他都会说“我饿了”这三个字，即便刚吃饱了也一样。于是，“看着维塔利斯就跟吃东西一样愉快，他的目光总是围着她转”。维塔利斯的理解是：“你就是想有件事可做才吃东西的，因为你不知道有什么其他的事情可做。”这里的“饿”显然暗示的是性饥渴。终于有一天，当 17 岁的安德鲁在维塔利斯家见到她时，“他感觉到自己再一次听到了他在深夜的时候曾经在这条街上听到的那种奇怪的声音”。于是，他们之间发生了“一直在心底蓄势待发”的那种事。事后，他前往“佐治亚州某个较大城市”，一别三年后，他在返乡途中，在南方某个不知道名字的镇子的车站餐厅里回忆了以前所发生的事情。麦卡勒斯的这类小说写得感情细腻，但让人有种不确定感。

值得一提的是，这部短篇小说集还首次收录了麦卡勒斯的《游行示威》，这使读者能够从短篇小说的角度更全面地了解这位作家的创作，也为全面研究麦卡勒斯提供了难得的文本资料。

《游行示威》讲述的是因一座黑人教堂——希尔顿锡安教堂——被炸引发的一场游行示威。游行队伍从锡安第一浸信会教堂出发前往亚特兰大请愿。一路上，自由请愿者既得到部分人的支持，也受到一些人的嘲弄，还遭遇了三K党徒的威胁。在离亚特兰大还很远的时候，他们就遭到了警察催泪弹的袭击，在离目的地尚有三英里远的花枝镇，全体请愿者遭到警察的逮捕，不过，在狱中关了一夜后，他们就被放了出来。出狱后，他们高唱“我们一定会胜利”，继续向亚特兰大进发。这个故事比较真实地反映了20世纪中期美国种族矛盾的现实。其实，麦卡勒斯的小说中常有种族歧视的情节，以《没有指针的钟》为甚，但在短篇小说中，《游行示威》是唯一一篇专门描写种族歧视和民权运动的小说。但正如小说最后所说的，“这不是一次可以……改变历史的游行示威，甚至都算不上是一次民权运动。可参与的每一个人身上都发生了变化”。小说以白人青年吉姆·格雷参加游行为中心：他从家乡止水村出发，跟随游行队伍一直走到一百英里以外的亚特兰大州议会大厦。一路上，他与同样来参加游行的黑人青年奥德姆·威尔逊经历了由生疏到结下友谊的过程，还穿插了他与校友珍妮特·卡尔佩伯之间的爱情故事，以及他的高中英语老师罗莎·卡尔佩伯与圣公会牧师乔治·汤普森之间闪电般的爱情和求婚过程。总之，正如小说的叙述者所说的，“参与的每一个人身上都发生了变化”。

麦卡勒斯的短篇小说涉及的主题同样广泛，但往往会选择从一个青少年的眼光来打量成人世界。

麦卡勒斯是个备受争议的作家，争议始于她 1940 年发表的《心是孤独的猎手》，并伴随着她的整个创作生涯。争议者大致可分为两个阵营：批评主要来自职业书评家，而赞誉则来自小说家和文学批评家。这或许说明，麦卡勒斯属于那种“作家的作家”（writers'writer）之类，其作品不容易立刻对读者产生亲和力，因为从某种意义上说，她的小说不是用来愉悦读者的，而是要教育读者。但她的“教育”并非简单的说教，而多采用微言大义的写法，向读者展示人性和人的心灵，她对事物，尤其是对人性，有一种很特别的感悟力。可以说，麦卡勒斯独特的感悟能力是她的个性，也是她作为艺术家独创性的表现，而这两个方面均集中表现在她对人性的深刻揭示和对人的灵魂的拷问。

麦卡勒斯独特的悟性和新颖的表现手法决定了她的作品需要阐释和细心体悟，方能领会其妙处，因此，读者不仅要有一定文学方面的知识储备，还要有人生经历的积淀，并能在阅读时调用自己心灵深处那些微妙的人生体验。例如，在《婚礼的成员》中那个12岁的弗兰琪常常感到浑身不自在，她不知道自己身上到底发生了什么，但她能感觉到自己的心受到挤压，觉得“世界很小”。其实，这是接近青春期的少女生理和心理上发生的微妙变化，但作者并不明言，而是让读者自己去细心体会，同时也给读者造成一种阅读期待，随着小说呈现越来越多的细节，读者才会慢慢地领悟到主人公内心世界的变化及其成因。弗兰琪在12岁零10个月的时候，她的身高已达到五英尺五又四分之三英寸，此时，她非常担心自己会成为一个“怪胎”。当父亲说她都12岁了，不能再跟他一起睡觉的时候，她开始对父亲有些“怨恨”。所有这些都是她青春期的烦恼，而这些烦恼必然与性有关。于是，麻烦就开始了，她与一个叫巴尼·麦基恩的小伙子在他家车库里犯了“一宗怪诞的罪孽”，这种罪到底坏到什么程度，她并不知道，只是感到恶心，恨不得要杀了巴尼。所以，当她的哥哥带着新娘回家宣布将要结婚时，想到他们就会给她痛苦的感觉，这时弗兰琪可能联想到她与巴尼犯下的“罪孽”，于是，她问贝拉妮斯和第一个丈夫结婚时多大年纪，得知她13岁就结婚了，弗兰琪不明白她为什么这么年轻就结婚。显然，弗兰琪是因为她与巴尼的那种事情使她想起了婚姻的问题。读者这时才会明白，为什么小说一开始她对婚姻这件事感到迷惑："真奇怪……就这么发生了。"作者就是如此细致地描述主人公的感受，逐渐交代事情原委的。

从探索人的心灵出发，麦卡勒斯的小说着重描写人的孤独——孤独造成人的压抑和怪异行为，以及突破孤独的爱的力量。

麦卡勒斯小说中的人物多半是孤独的，故事多涉及因缺乏与他人的亲密关系或交往而造成的孤独感。《婚礼的成员》开篇就说，12 岁的主人公弗兰琪就已经很久不是一个成员了，"她既不归属于任何团体，也不是任何成员。弗兰琪孤零零的一个人，在家门口晃荡，她内心惶惶"。整部小说读起来就仿佛是在听弗兰琪对一个不存在的上帝诉说自己的孤独感及由此带来的苦痛。这个"徘徊在门廊之间"的少女总是处于入口处，从来就不是真正地在里面，也不是真正地在外面。《金色眼睛的映象》中的彭德顿上尉是个同性恋、施虐狂、瘾君子和有盗窃癖的人，但更重要的是，他是个精神孤独者，甚至可以说，正是由于孤独才造成了他的上述怪异行为。《伤心咖啡馆之歌》是麦卡勒斯作品中最悲伤的，其中，有关精神孤独和爱的本质及其作用得到更充分的展示和处理。因此，从纯粹讽喻或寓言的角度来说，《伤心咖啡馆之歌》是麦卡勒斯最成功的小说，欧文·豪称之为“美国人创作的最优秀的小说之一”。[①]

麦卡勒斯的小说还将孤独与人的身份追寻联系起来：失去身份就会产生孤独感。杰斯特、舍曼在探寻自己身世时感到无比孤独，因此，他们都渴望与他人建立某种联系，而建立联系的最佳方式就是爱，理想的爱。杰斯特缺乏父母的爱，又不爱他的爷爷——他在这个世界上唯一的亲人，于是对舍曼产生了一种畸形的情愫，而舍曼因为从来没有享受过母爱，他总是想象自己的母亲就是玛丽安·安德森——美国黑人女低音歌唱大师，20 世纪著名的歌唱家。《婚礼的成员》中的弗兰琪由于不属于任何一个团体，也不屑依附于任何一个特定的人，因此，她渴望的是“我的我们”(the we of me)。

麦卡勒斯似乎认为，摆脱精神孤独仰赖的是爱的力量。在她看来，孤独的原因之一在于人们缺乏交流，而通常的语言交流往往是不成功的，只有通过爱这种理想的交流方式，人才有可能达到目的。在《心是孤独的猎手》中，她形象化地表达了这一观点。在这部小说中，主人公约翰·辛格是个聋哑人，但这一缺陷并没有妨碍他对爱的体验，在小说中所描绘的爱中，这是唯一令人满意的，而这种爱的满足恰恰是

① Irving Howe, *New York Times Book Review*, September 17, 1961.

因为它不是通过语言表达而获得的。当然，这种满意或满足也只是相对而言，因为辛格的爱并没有得到对方——斯皮罗斯·安东尼帕罗斯，一个“神情恍惚的希腊人”——的回报，而且他不久就死了。因此，小说传递了一个悲观的讯息，那便是，虽然爱是将两个男人连接起来的唯一力量，但爱绝非完全是双向的，而且受制于时间，随着爱恋对象的死亡而衰减。唯一的安慰就是在爱存续期间，它对施爱方有益，使他能够短暂地排解孤独，从而得到慰藉。[①]

可悲的是，麦卡勒斯小说中的爱仿佛都得不到回报，都是无望之爱。《没有指针的钟》中的杰斯特暗恋舍曼，后者毫无感觉，还经常折磨他；马隆的女儿埃伦爱杰斯特，杰斯特几乎都不知道她的存在；舍曼崇拜他的房东，黑人齐普·马林斯，换来的只是齐普的虐待；杰斯特的父亲约翰爱上了利特尔太太，但得到的只是她临终前的诅咒；《心是孤独的猎手》中约翰·辛格的爱也没有得到斯皮罗斯·安东尼帕罗斯的回报；《金色眼睛的映象》中的彭德顿上尉暗恋二等兵威廉斯，威廉斯对此丝毫没有察觉；艾莉森·兰登与阿纳克莱托——兰登夫妇的菲律宾籍用人之间的关系也一样；《伤心咖啡馆之歌》中的艾米莉亚更不用说，她对其表哥雷蒙·威利斯的爱不仅没有得到回报还被他害得几乎一无所

① Oliver Evans, “The Achievement of Carson McCullers”, *The English Journal*, 51.5 (May, 1962), p. 303.

有。因此，作者对爱得出了极其悲观的结论：

> 存在恋爱的人和被爱的人，这两类人是全然不同的。通常来说，被爱的那个仅仅是激发体，把恋爱的那个长久积压于心底的、沉默的爱情激发了起来。……因此，任何爱情的价值和性质完全取决于这恋爱的人自己。
>
> 正是因为这个道理，我们绝大多数人更愿意恋爱而不是被爱。几乎每个人都想做恋爱的那个人。道理很简单，许多人嘴上不说，内心却是这么觉得，处于被爱的地位是不堪忍受的。被爱的人对恋爱的人是既怕又恨，是有最充分理由的。因为恋爱的人永远只想将那被爱的人剥个赤膊精光，让他暴露无遗。恋爱的人猴急地渴望与被爱的人发展任何一种可能的关系，哪怕这种经历给他带来的只有痛苦。

由此我们可以看出麦卡勒斯笔下的人物有一个突出的悲剧性格特征：他们往往将爱施与那些不可能接受他们爱欲的人。这使得她的作品总是散发着一股怪诞和异常的味道，仿佛非此就不是她的风格。如《金色眼睛的映象》中的彭德顿上尉居然迷恋他的妻子莉奥诺拉的情人——兰登少校以及常常趁夜色潜入他妻子卧室的二等兵威廉斯，《没有指针的钟》中老法官的孙子约翰·杰斯特·克兰恩始终对黑人男孩舍曼·皮尤有一种得不到回报的情愫等等。在威廉·巴特勒·叶芝的诗歌《为我女儿祈祷》(*Prayer for My Daughter*,1919)中,他提及女性在选择情人时的一种妙不可言的矛盾现象:“毫无疑问,可敬的好女人/就着肉吃沙拉古怪迷人/丰饶角就此尽毁。”就爱情而言,麦卡勒斯小说中的许多人物吃的就是这种“古怪的沙拉”(crazy salad),尤以《伤心咖啡馆之歌》为甚,其中每一对情人都极不般配——丑的与美的,女继承人与罪犯,侏儒般的男人与高大强壮的女人。小说似乎表明,激情是人类最持久、最不可思议的一个谜。爱人者的选择往往是随心所欲、令人难以置信的,但一旦相爱,就爱得持久而坚定,令人称奇,如艾米莉亚对雷蒙的爱,辛格对安东尼帕罗斯的爱。而且,爱既能迫使人屈服,也能使人温柔。例如,艾米莉亚爱上雷蒙后性情大改,不再急躁,也很少跟人打官司了,连恶棍梅西自从迷上艾米莉亚后在礼仪和行为上都有所改善。但爱也能令人毫无防备,爱人者往往会遭遇断然拒绝或背叛,甚至遭到攻击,如梅西婚后遭遇艾米莉亚冷漠的拒斥,艾米莉亚遭到雷蒙的背叛和攻击等。

在麦卡勒斯苦心经营的异化世界里,在她着力描述的孤独的人物背后,我们仿佛看到一个渴望温暖和柔情的麦卡勒斯。正如现实中的麦卡勒斯一样,她总是以眼睛来传达一种亲密感，虽不是实际上的身体接触，但在眸子里折射的是灵魂的交流。[①]可以说，《心是孤独的猎手》中的米克·凯利就是麦卡勒斯的替身，这个12岁女孩的性格就是麦卡勒斯自己那个时候性格的生动体现；《婚礼的成员》中的弗兰琪·亚当斯也是自传式的主人公。所以，麦卡勒斯说："我成了我书写的人物，我感谢拉丁语诗人特伦斯，他说道：'凡是显示人性的没有什么与我不相容。'（Nothing human is alien to me.）"这就是麦卡勒斯的"美学信条"和她的"小说艺术"。[②]她所刻画的人物虽然显得怪诞，但却深刻地揭示了人性。

总体而言，麦卡勒斯更擅长在有限的范围内集中描写小人物或边缘人物，刻画他们的性格特点和心理变化。如《婚礼的成员》主要写一个12岁女孩的欢乐和苦恼；《伤心咖啡馆之歌》聚焦于主人公艾米莉亚·埃文斯小姐的命运变化。这些故事虽然格局不算高大，但往往写得感人。而她在写较为复杂的故事时则常被认为技术不够娴熟，如《金色眼睛的映象》中有关谋杀的描写显得不够自然，《心是孤独的猎手》的结尾就有点机械。很显然，麦卡勒斯一直在试图拓宽她的视野，她经过10年艰难的创作铸就的最后一部小说——《没

---

① Virginia Spencer Carr, *The Lonely Hunter: A Biography of Carson McCullers*, New York: Carroll and Graf Publishers, Inc., 1985, p. 296.

② Harold Bloom, "Introduction", in Harold Bloom, ed., *Bloom's Modern Critical Views: Carson McCullers* (New Edition), New York: Infobase Publishing, 2009, p. 1.

有指针的钟》便是明证。这部小说力图将一个受到癌症威胁的濒死之人的生存危机与南方受到种族主义困扰的社会危机联系起来，将一个以自我为中心的小世界镶嵌在一个广阔的社会图景之中，格调更高、视野更开阔。但这样的努力并没有获得批评家应有的赏识，反而遭到诟病，尤其是在小说出版之初。譬如，有人认为，由于她当时病重，这种写法与她的天性相悖，因此，小说在心理直觉的描写和文化分析上显得捉襟见肘。[①]但公允地说，小说以主人公马隆得知自己身患绝症开始，到他最后死亡结束，以“等死”为线索，为故事提供架构，将小说中的其他几个与死亡有关的主题连接在一起，显示了作者较高的驾驭能力。而且，小说既有细腻的心理描写，也有深刻的社会和文化分析，其中还穿插了有据可考的历史事实，因此并非像早期论者所说的那样单薄。

从有关麦卡勒斯的研究现状来看，社会语境的变化给麦卡勒斯的作品带来了新的批评视角和跨学科的研究方法。譬如，在对待同性恋这个主题上，传统的研究方法通常采用的是传记式的批评，将小说中的同性恋描写与麦卡勒斯自己的同性恋倾向联系起来。但在21世纪，人们越来越关注人类与环境之间的相互作用以及人与动物之间的关系。于是，研

① Lawrence Graver, *University of Minnesota Pamphlets on American Writers: Carson McCullers*, Minneapolis: University of Minnesota Press, 1969, p. 42.

究者便对诸如《金色眼睛的映象》这样的小说展开酷儿—后人文主义研究，在酷儿解读的基础上增加了后人文主义的透镜，将小说中人类和非人类身体的重要性置于同等重要的地位。小说中那匹叫作“火鸟”的马被列为悲剧的“参与者”，它对人类主人公的自我认知发挥了重要作用，从而瓦解了人与非人这对二元对立。从这个角度来看，彭德顿上尉的虐马行为，一方面表现为他试图恢复自己对同性恋倾向的控制，另一方面也显示了他维持人与动物之间等级区分的企图，这样，他对动物的压制就与他对自己同性恋倾向的抑制联系了起来。这种新的批评视角和方法是对过去的观点——诸如，《金色眼睛的映象》真实地洞悉了性反常，但只随意描写了一系列俗艳、夸张的插曲，令人震惊，但没有启发，更没有连成一个更大的情节模式或意义[①]——的一种反拨。

早在1961年，戈尔·维达尔就断言：“在所有的南方作家中，［麦卡勒斯］是最有可能历久弥新的”。[②]事实证明，麦卡勒斯的作品至今没有褪色，鉴于她小说中所涉及的问题与当下社会问题密切相关，我们有理由相信，她的艺术之花在将来也不会凋萎。

---

① Lawrence Graver, *University of Minnesota Pamphlets on American Writers: Carson McCullers*, Minneapolis: University of Minnesota Press, 1969, p. 24.

② Casey Kayser Fayetteville, Alison Graham-Bertolini, "Preface", in Alison Graham-Bertolini, Casey Kayser, eds., *Carson McCullers in the Twenty-First Century*, Cham: Palgrave Macmillan, 2016, p. xiii.

关于麦卡勒斯其人其作有谈不尽的话题，我还是就此搁笔，让读者诸君尽早进入麦卡勒斯那略显怪异，却迷人而发人深省的艺术世界吧！是为序。

2019年10月于松江大学城

献给医学博士玛丽·E. 默瑟

# 第一章

死亡总是一样的，而每个人则各有各的死法。对 J. T. 马隆来说，死亡来得如此稀松平常，以致一度他都分不清这到底是生命的终结还是又一个季节的开始。他四十岁那年的冬天对这个南方小镇来说冷得异乎寻常——白天寒冷，阳光柔和，而夜晚却星光灿烂。1953 年那年的春天在三月中旬说来就来了，马隆在百花竞放、疾风肆虐的那些日子里显得慵懒而憔悴。他是名药剂师，自我诊断为春困症，于是就给自己开了滋肝和补铁的药剂。他虽然很容易困倦，但他还是坚持像往常一样处理日常事务：他步行去上班，他的药房是大街上那些最早开门的商铺之一，下午六点才打烊。他在市中心的一家饭店里吃午餐，在家里与家人共进晚餐。但他的胃口过分讲究，身体日渐消瘦。当他把冬衣换成轻薄的春衣时，裤子就皱巴巴地悬在他那高大、瘦削的身躯上。他的太阳穴萎缩得很厉害，以至于他在咀嚼或吞咽的时候血管的跳动清晰可见，喉结在他那瘦削的脖子里艰难地蠕动着。可马隆看不出有什么紧张的理由：他的春困症异常严重，于是，他又在自己的补药里添加了硫磺和糖浆这种老式的药剂——因为说一千道一万，还是老方子最管用。这种想法一定是给他带来了抚慰，因为不久他就感觉好点了并开始打理起他那一年生蔬菜的菜园来。可后来有一天，他在给一个处方配药时，摇摇晃晃、晕倒了。随后，他去看了医生，接着在市立医院做了一些检查。他依然不太担心；他患有春困症，有这种病的弱点，一天天气温暖，他就昏厥过去了——一件普通，甚至自然的情况。马隆可从未考虑过自己死亡的事情，除非是在想到某个朦胧、无法推测的未来，或者是涉及人寿保险的时候。他是一个普通、平常之人，他自己的死只是一种常见现象而已。

肯尼思·海登医生是一个好客户，也是一个朋友，他的诊所就在药房的楼上，检查报告出来的那天，马隆下午两点钟的时候上楼去了。一等到就他和医生两个人的时候，他立马感到有一种莫名的威胁。医生并没有正面看他，所以他那苍白、熟悉的面孔不知怎么的就像没有长眼睛似的。在同马隆打招呼的时候，医生的嗓音出奇地拘谨。他静静地坐在办公桌旁，玩着一把裁纸刀，在把刀从一只手传到另一只手的时候，他目不转睛地凝视着它。这种奇怪的沉默在警告着马隆，当他再也无法忍受的时候，他脱口而出道：

“报告出来了——我没问题吧？”

医生避开马隆盯着他看的那种忧郁而焦虑的目光，然后，他的眼睛不安地转向打开的窗户，目光就定在那里了。“我们已经仔细检查过了，血液化验好像有点不正常。”医生最后以温和的语气吞吞吐吐地说道。

一只苍蝇在这间毫无生气、沉闷的房间里嗡嗡地叫，房间里有那种挥之不去的乙醚的味道。马隆现在确信出了什么严重的问题，由于无法忍受这种沉默，以及医生反常的语气，他开始喋喋不休地说起话了，以此对抗真相。“我一直觉得你们会查出我有点贫血。你知道我曾经是一名医科学生，而且我怀疑我的血细胞数字是不是太低了。”

海登医生看着他正在桌上摆弄的那把裁纸刀。他的右眼眼睑在抽搐。“既然如此，那我们就从医学的角度来聊一聊吧。”他放低声音，并匆忙谈下去。“红细胞数只有二百一十五万，所以我们认为有并发性贫血症。不过，这倒不是重要的因素。白细胞异常增加了——数字达到了二十万八千。”医生停顿了一下，摸了摸他抽搐的眼睑。“你可能明白那意味着什么。”

马隆并不明白。他已经惊得不知所措了，房间里似乎突然冷了起来。他只知道，在这寒冷而摇摆的房间里，什么奇怪而可怕的事情正发生在他身上。他被医生在他那洗得干干净净、又粗又短的手指间转动的裁纸刀迷住了。沉睡已久的一段记忆被唤醒了，他想起了已被忘却了的某种可耻的事情，虽然这段记忆本身依然不清楚。所以他遭受着双重的痛苦——医生的话给他带来的恐惧和紧张以及那种神秘而记不太清楚的羞耻感。医生的手白净且长满了毛，马隆看着它们在玩着刀，实在无法忍受，可他的注意力却又被神秘地吸引着。

“我不大记得了，”他无助地说道，“这已经很久了，我没有从医学院毕业。”

医生把刀放到一边，递给他一支体温计。“你只要把它放在舌头下面——”他看了一下他的手表，走到窗户旁，站在那里朝外看着，双手紧扣着背在身后，两脚分开站着。

“显微镜的载片显示细胞白血球有病理学上的增加和并发贫血。有一种幼年性状的白细胞占优现象。总之——”医生顿了下，又紧握双手并踮着脚站了一会。“概括地说，我们这里遇到了一个白血病病例。”他突然转过身来，取下体温计，很快看了看读数。

马隆紧张不安地坐在那里，等待着，一条腿缠绕在另一条腿上，他的喉结在他那脆弱的喉咙里艰难地蠕动着。他说：“我感到有点发热，但我总是在想，这只不过是春困症。”

“我想给你检查检查。请脱掉衣服，在治疗台上躺一会儿。”

马隆躺在台子上，由于他赤身裸体，显得枯瘦而虚弱，而且感到羞耻。

“脾脏增大了许多。你有没有因什么肿块或隆起的东西而感到过不适？”

“没有，”他说，“我在设法想我所了解的白血病。我想起了报纸上的一个小女孩，父母在九月份就给她过圣诞节，因为都预计她很快就会死。”马隆绝望地盯着灰泥吊顶上的一个裂缝看。从毗连的一个诊所里传来一个孩子的哭叫声，那声音因恐惧和抗议而中途抑制住了，哭声似乎不是从远处传来的，而是他自己痛苦的一部分，这时他问道：“我会因这——白血病死掉吗？”

答案对马隆来说是清楚的，虽然医生并没有说。隔壁房间里传来那个孩子毫不掩饰的长长的尖叫声，持续了几乎整整一分钟时间。检查结束的时候，马隆坐在台子的边上发抖，对自己的懦弱和悲伤深感厌恶。他那双侧面长着老茧的瘦长的脚尤其令他厌恶，于是，他先穿上了灰色的袜子。医生在拐角处的脸盆里洗手，由于某种原因，这令马隆很不舒服。他穿上衣服，回到了办公桌旁的椅子上。他坐在那里，抚摸着自己稀疏、毛糙的头发，长长的上嘴唇小心翼翼地抵在战栗的下唇上，双眼狂热而恐惧，马隆已经有了患不治之症的病人那种懦弱和蔫头蔫脑的表情了。

医生又操弄起那把裁纸刀，而马隆再次被深深地吸引住了，并感到莫名地痛苦；那手和刀的移动是疾病的一个部分，也是某种神秘、依稀记得的羞辱的一个部分。他吞咽了一下，镇定了一下嗓音开口问道：

“唉，医生，你觉得我还能活多久？”

医生第一次与他四目相视，持续看了他一会儿。然后，他的目光转到了桌上的那张照片上，照片中他的妻子和两个小男孩正面对着他。“我们俩都是有家室的人，如果我处在你的位置，我知道我会希望了解真相。我会把事情安排好。”

马隆几乎说不出话来，但话一旦说出口，言词响亮而刺耳：“多久？”

一只苍蝇的嗡嗡声以及街上传来的车来人往的吵闹声似乎使沉闷的房间里的寂静和紧张气氛更加突出。“我想我们或许可望有一年或十五个月的时间——这很难精确估计的。”医生白皙的双手上覆盖着一缕缕长长的黑毛，它们不停地捣鼓那把象牙制的刀，虽然那情景对马隆来说不知怎么的有点可怕，但他无法转移注意力。他开始急促地说起话来。

“这真是件怪事。在去年冬天之前，我一直购买的都是一般的普通人寿保险。可去年冬天，我让人把它转换成给人支付退休金的那种保险——大家已经注意到杂志上的那些广告了。从六十五岁开始，你终身可以每月领取二百美元。现在想到这些真可笑。”哽咽着笑了一阵之后，他补充说道，“保险公司必须要把它变换成以前的那种方式——就是普通的人寿保险。都市保险是一家优秀的公司，我买人寿保险已将近二十年了——大萧条时期停了很短一段时间，等我有能力支付的时候又续上了。那些养老金计划的广告总是设想中年夫妇住在阳光充足之地——也许是佛罗里达或加利福尼亚。但我和我太太有不同的想法。我们已打算住在佛蒙特或缅因州这样的一个小地方。终身生活在那么遥远的南方，你就非常厌烦太阳和耀眼的光——”

突然间，语言的屏障倒塌了，他的命运前面毫无设防，马隆哭了起来。他用那双带有酸性染剂的宽大的手捂着脸，极力想控制住他啜泣的呼吸。

医生看着他妻子的照片，好像是要寻求指导，他关切地拍了拍马隆的膝盖。“在我们今天生活的这个时代里，没有什么是不可救药的。每个月科学都会发现一种对抗疾病的新的武器。也许不久他们就会找到一种控制病态细胞的方法。而同时，人们会采取一切可能的方法来延长生命并让你舒服点。这种疾病有一个好的地方——如果在这种情况下还有什么可以被称作是好的话——生这种病不会有太大痛苦。而且我们会作一切努力。我希望你尽快到市立医院登记住院，我们可以给你输些血并试试 X 射线。这会让你感觉好很多。”

马隆已经控制住了自己的情绪，用手帕轻轻拍了拍自己的脸。然后，他吹了吹自己的眼镜，把它擦了擦，又把它戴上了。“对不起，我猜想我很虚弱，有点精神错乱了。你什么时候要我去医院我都可以去。”

马隆第二天一早就进了医院，在那里住了三天。第一天夜晚，他被注射了镇静剂，于是他梦到海登医生的手和他在桌子上操弄的那把裁纸刀。当他醒来的时候，他想起了前一天困扰着他的那种潜伏着的羞耻感，而且他知道自己在医生诊所里所感受到的那种朦胧不清的痛苦的根源。他还第一次意识到海登医生是一个犹太人。他勾起了一段回忆，这种记忆如此痛苦，因此有必要把它忘记。这段回忆与他在医学院第二年考试不及格的经历有关。这是一所北方的学校，在班上有许多埋头苦读的犹太学生。他们抬高了平均积分，这样中下等的普通学生根本没有公平的机会。那些埋头苦读的犹太学生把 J. T. 马隆挤出了医学院，毁了他当医生的前途——结果他不得不转学药剂学。在他走道对面有一个叫利维的犹太人，他摆弄一把刀刃锋利的刀分散他的注意力，令他不能很好地听课。利维是一个得了 A+ 的埋头苦读的犹太学生，他每天晚上在图书馆学习到关门的时候。马隆似乎觉得利维的眼睑也偶尔抽动。意识到海登医生是个犹太人似乎非常重要，以致马隆感到惊讶，他怎么能这么久忽略了这一点。海登是个好客户和一个朋友——他们多年在同一座大楼里上班，而且每天都见面。为什么他没有注意到呢？也许是医生的名字欺骗了他——肯尼思·黑尔。马隆心想他没有偏见，可犹太人用那样体面的老盎格鲁-撒克逊的南方人的名字，他觉得这不管怎样都是不对的。他想起来了，海登的孩子们都长着鹰钩鼻，他还记得一个礼拜六他曾在犹太教会堂的台阶上看到那一家子人。海登医生来出诊的时候，马隆恐惧地看着他——尽管多年来他是一个朋友和客户。这倒不是说肯尼思·黑尔·海登是个犹太人，而是说他还活着，并且将继续活下去——他以及他那样的人——而J. T. 马隆得了不治之症，一年或十五个月后就要死了。马隆一个人的时候有时候会哭泣。他也睡了很多觉，还读了许多侦探小说。他出院后，脾脏大为好转，虽然白血球几乎没有什么变化。他无法考虑未来这些月份，也无法想象死亡。

后来，他被一种孤独的氛围包围着，虽然他的日常生活并没有太大变化。他没有把自己的疾病告诉他太太，因为不幸有可能会修复他们之间的亲昵；婚姻的激情早就被吹散了，他们现在主要关心的是如何尽父母的本分。那一年，埃伦是个中学三年级的学生，而汤米只有八岁。马莎·马隆是个头发日渐灰白的精力充沛的女人——一个好母亲，也是家庭收入的一个贡献者。在大萧条时期，她按照人们的要求做蛋糕，而在那个时候，他似乎觉得这完全正确。在药房还清债务之后，她继续做蛋糕生意，甚至给许多杂货店提供带子上印有她名字的、包装好的三明治。她赚了不少钱，也给孩子们带来很多好处——她甚至还买了一些可口可乐的股票。马隆觉得这走得太远；他担心人们会说他不能很好地养家，因而自尊心受到侮辱。有一件事他是坚决反对的：他是不愿去送货的，而且他也不准他的孩子和他太太去送货。马隆太太总是把车开到客户那里，然后用人——马隆家的用人们总是要么年龄太小了点，要么就是太老了，因此得到的薪水比市面工资少——带着蛋糕或三明治从汽车上爬下来。马隆无法理解他太太身上所发生的变化。他娶的是一个穿着雪纺绸裙子的姑娘，曾经见到老鼠从她鞋子上跑过去就会晕倒的人——她已经莫名其妙地变成了一个头发灰白的家庭主妇，有了一份自己的生意，甚至还持有可口可乐股票。他现在生活在一个被家庭生活的各种关切——谈论的都是中学班级舞会、汤米的小提琴独奏会和一个七层的结婚蛋糕——所包围着的古怪的真空中，日常活动在他四周打旋，就像枯叶围绕着漩涡的中心转动，让他奇怪地觉得这一切都与己无关。

尽管疾病令马隆身体很虚弱，但他还是静不下来。他经常会漫无目的地围绕着城镇街道四周转悠——穿过纺织厂周围那些拥挤、不通畅的穷街陋巷，或者穿过黑人居住区或洋房坐落在经过精心修剪的草坪中的那些中产阶级居住的大街。在这么转悠的时候，他面带心不在焉的人那种迷茫的神情，这种人在寻找着某种东西，但已经忘了那东西早已丢失。他经常会无缘无故地伸手随意触摸某样东西；他会改变路线去摸一摸一根路灯柱子，或者把双手撑在一堵砖墙上。然后，他会站在那里发呆、走神。当他从一棵长着绿色树叶的榆树上剥下一块乌黑的树皮时，他又会把这棵树仔细检查一番，注意力之集中近乎病态。他死了之后，那灯柱、墙壁、树将依然存在，这种想法令马隆厌恶。还有更深一层的困惑——他无法承认日益逼近的死亡这个事实，这种抵触情绪导致一种无处不在的虚幻感。有时候，马隆朦朦胧胧地觉得自己就是在一个混乱的世界中盲目地乱转，这个世界既无序也无可信的规划。

马隆在教堂里寻求安慰。在感到死亡和生存都不真实时，这种折磨使他懂得第一浸信会教堂是相当真实的。这是镇上最大的教堂，占了靠近大街的一个街区一半的面积，随便估算一下，其财产也值约两百万美元。像这样一个教堂必定是真实的。教堂的顶梁柱都是些财力雄厚的人和最重要的市民。布奇·亨德森，房地产经纪人，镇上最精明的商人之一，是教堂的执事，年复一年，他从未错过一次礼拜仪式——布奇·亨德森这样一个有出息的人会不嫌麻烦，把时间浪费在如灰尘那般不真实的事情上吗？其他执事也都同样有才干——尼龙纺织厂的董事长、一个铁路公司的受托人、最大百货公司的老板——全都是可靠而精明的实业家，他们的判断是万无一失的。而且他们都相信教会和死后的来世。

甚至 T. C. 韦德韦尔，可口可乐的创始人之一，千万富翁，都给教堂遗赠了五十万美元，用来修建教堂的右翼。T. C. 韦德韦尔有着异乎寻常的远见信任可口可乐——而且 T. C. 韦德韦尔相信教堂和来世，遗赠高达五十万美元。投资从未出过差错的他如此投资来世。最后还有福克斯 · 克兰恩，他是个议员。这个老法官和前国会议员——是这个州和南方的荣耀——在镇上时经常参加仪式，当听到他最喜爱的赞美诗时，就会擤鼻子。福克斯 · 克兰恩是个教徒和信徒，而马隆就像在政治上追随老法官一样也愿意在这个方面追随他。所以，马隆虔诚地去教堂做礼拜。

四月初一个星期天，沃森博士做了一个令马隆印象深刻的布道。他是一位随和的牧师，经常拿商业界或体育界做比较。那个星期天的布道主要是针对死亡谈救赎的。那声音在拱形的教堂里回响着，彩色的玻璃窗投下艳丽的光，照射在教堂会众的身上。马隆直挺挺地坐在那里听着，他希望每一刻都能得到一些属于他自己的启示。可尽管布道很长，但死亡依然是个谜，在他离开教堂，最初的兴高采烈过后，他有点上当受骗的感觉。你怎么可能针对死亡呢？这就像针对天空。马隆抬头凝望着明朗的蓝色天空，直至感到脖子很疲惫。然后，他匆忙朝着药房方向走去。

那天马隆意外地遇到一个人，这令他莫名其妙地感到心烦，虽然在表面上这只是一件很普通的事情。那个商业区空无一人，但他却听到了身后的脚步声，在他转了个弯之后，那脚步声还跟着。当他抄近路穿过一条没有铺路面的小巷时，不再有脚步声了，可他有被人跟踪的不安的感觉，并在墙上瞥见了一个人影。他猛地转过身，转得很突然，结果他与跟踪他的人撞了个满怀。那是一个马隆见过面的黑人男孩，在他散步时，他似乎总是偶然遇到他。或许只是每当他看见这个男孩时，他都会因为他那异常的外貌而注意到他。那男孩中等身材，身上肌肉发达，面部宁静中显得有些阴沉。除了他的眼睛之外，他看起来与其他任何黑人男孩没什么两样。可他的眼睛是蓝灰色的，镶嵌在黑色的面庞上，双眼有一种阴冷、凶暴的神情。一旦看到这双眼睛，身体的其他部位似乎也都显得异常而不成比例了。胳膊太长，胸部太宽——而且表情一会儿情感敏感，一会儿故作愠怒。给马隆留下了这种印象，结果他不再用一个*黑人男孩*这种并无恶意的词语来看他——他的大脑无意识用起了*坏黑鬼*[①]这种刺耳的词，尽管这个男孩对他来说是个陌生人，通常在这类事情上他还是宽厚的。当马隆转身、他们撞在一起的时候，那个黑鬼稳住了自己，但并没有挪动身子，还是马隆向后退了一步。他们站在狭窄的小巷子里，互相盯着对方看。两个人的

① 坏黑鬼（bad nigger），美国俚语、黑人反语，指敢于反抗白人压迫的黑人，也指虐待妇女的好斗黑人男子。nigger 原本只是 Negro 的方言变体，现在在黑人英语中已广为使用，但在非黑人中则由于历史上积淀下来的种族仇恨而被视为带有侮辱色彩的禁忌语。

眼睛都是同样的灰蓝色，一开始这就像是一场互相以目光压倒对方的竞赛。看着他的那双眼睛在黑色的脸上显得既冷漠又炽热——然后，在马隆看来，那火焰般的目光摇曳着，并逐渐稳定下来，变成了一种让人捉摸不透的理解的眼神。他觉得这双奇怪的眼睛知道他将不久于人世。这种情绪来势如此迅速而令人震惊，马隆一哆嗦，转身离开了。那种凝视持续了还不到一分钟，而且表面上看起来也没有什么后果——但马隆却觉得完成了某件重大而可怕的事情。他摇摇晃晃地走完了那个小巷剩下的路程，在巷子尽头看到那些平常而友好的面孔，他感到如释重负。走出巷子，进了他那安全、普通、熟悉的药房，他松了一口气。

老法官在星期天晚饭前经常顺便来药房喝上一杯，看到他已经在那里，正对一群站在饮料柜台前的密友滔滔不绝地说着话，马隆很高兴。马隆与他的顾客心不在焉地打着招呼，但并没有停下来。天花板上的电风扇搅动着那个地方的混合气味——来自饮料机的糖浆味混合着后面配药间的药味。

“过一会儿我去找你，J. T.。”马隆在走向里屋从他身边经过的时候，老法官中断了自己的谈话说道。他是一个身材魁梧、脸色通红、白里透黄的头发散发着刺眼光圈的人。他身穿一套皱巴巴的亚麻布白色西服，一件淡紫色的衬衫，领带上饰有珍珠领带夹并染上了一点咖啡污渍。他的左手在一次中风中受到了伤害，所以他小心地把它搭在柜台的边缘。这只手很干净，由于不用而有点肿胀——而那只右手他在谈话时经常摆动，指甲很脏，无名指上还戴着一颗星彩蓝宝石。他拄着一根带有银质弯曲手柄的乌木手杖。法官结束了他那段反对联邦政府的长篇大论，走进配药间与马隆见面。

这是一个很小的房间，由药瓶构成的一堵墙把它与药店的其他部分隔开。空间只够放一把摇椅和配药的桌子。马隆已拿出了一瓶波旁威士忌酒，并从拐角处打开了一把办公椅。法官挤进房间，他小心翼翼地低下身子坐到摇椅里。他那魁梧的身子散发出来的汗味与蓖麻油和消毒剂的味道混合在一起。马隆斟酒时，威士忌酒轻轻地溅在他们的玻璃杯杯底上。

“没有什么像星期天早晨倒第一杯波旁威士忌酒的声音这么悦耳的了。巴赫也好，舒伯特也罢，连我孙子演奏的那些大师的任何音乐都没法比……”法官唱道：

“啊，威士忌是人的生命力……啊，威士忌！哦，约翰尼！”

他慢慢地喝着酒，每咽下一口都要停下来让他的舌头在嘴里动一动，稍微品味一下咽下后的感觉。马隆喝得很快，酒就像玫瑰一样在他的肚子里开起花来。

“J. T.，你可曾静下心来想过，南方正处在一场革命的漩涡中，这场革命几乎就像南北战争那样是灾难性的？”马隆没有想过，但他将头转向一边，严肃地点了点头，这时法官继续说道：“这场革命的暴风越刮越大，要摧毁的恰是南方得以建立的基础。人头税不久就将被废除，每个无知的老黑都能投票。接下来他们就将享受教育上的平等权利。想象一下未来吧，娇美的白人小女孩为了学习读书和写字就必须要与漆黑的黑鬼共用同一张课桌。最低工资法可能会强加在我们的头上，它把工资涨到惊人的高度，这将是给依赖农业的南方敲响的丧钟。想象一下要给一群卑微的农场工人按小时付工资吧。联邦住房建造计划已经毁灭了房地产投资人。他们称之为贫民窟拆迁——可我倒是要问你，是谁制造了贫民窟呢？是那些住在贫民窟的人，由于他们自己目光短浅制造了贫民窟。记住我的话好了，就是这些联邦政府的公寓大楼——尽管它们是时髦的北方建筑——不出十年时间同样会变成贫民窟。”

马隆像在教堂里听布道那样充满信任而专注地听着。他与法官的友谊是他感到极为自豪的地方之一。自从他来到米兰他就认识了法官，而且在狩猎季节经常到他那个地方去打猎——在法官唯一的儿子死亡之前，他星期六和星期天都在那里。但在法官生病之后，一种特殊的亲密关系就表现出来了——当时有段时间好像这个老国会议员的政治生涯已经结束了。马隆总是在星期天来看望法官，带来一大堆他自己菜园里种的芜菁等绿色蔬菜或者法官喜欢的一种水磨的玉米粉。有时候，他们会打扑克——但通常总是法官说话而马隆听着。在这样的时刻，马隆觉得靠近了权力的中心——差不多好像他也是一个国会议员了。在法官能起床走动的时候，他经常会在星期天到药房来，他们会在配药间里一起喝酒。即使马隆有时候对老法官的想法有些疑虑，他也是立刻把它们抑制住。因为谁能对一个国会议员吹毛求疵呢？如果老法官不对，那么，谁能对呢？既然老法官在谈论再次竞选国会议员的事，马隆觉得责任理所当然就应该落在能担此大任的人的肩上，于是，他感到心满意足。

要喝第二杯的时候，法官拿出了他的雪茄烟盒，由于法官一只手不便，马隆就把酒和烟都准备好了。烟呈直线升向低矮的天花板，并在那里散开。通向大街的门是开着的，一缕阳光把烟雾照成了乳白色。

“我有一个严肃的请求要央求您，”马隆说，“我想起草我的遗嘱。”

“总是很乐意帮你的忙，J. T.。有什么特别的要求吗？”

“哦，没有，只是按惯例——不过，只要您能抽出时间来做，我想请您尽快把它办了。”他以平淡的语气补充说，“医生们说我活不了太久了。”

法官停止在摇椅上摇动，放下了他的酒杯。“嗨，到底在说什么呢！你怎么啦，J. T.？”

马隆第一次说到他的病情，不知怎么的，言语反而使他轻松下来了。“我好像患有一种血液病。”

“一种血液病！噢，那太荒唐了——你有这个州最健康的血液了。我记得很清楚，你父亲在梅肯市的第十二街与马尔伯里大街拐角处开了一家自己的批发药房。而你的母亲我也记得——她是惠尔赖特家的一员。你的血管里流淌的是这个州最好的血液了，J. T.，千万不要忘了这一点。”

马隆感到高兴和自豪，但这种感觉略带一点寒意，几乎立即就消失了。“医生们——”

“哦，医生们——尽管对医疗职业尊敬之至，但恕我直言，我很少相信他们说的一句话。千万不要让他们给吓住了。几年前，我那点小小的疾病发作，我的医生——花枝市的塔特姆大夫——就开始那么危言耸听地说。严禁酒和雪茄，甚至香烟。好像我最好是去学着弹竖琴，要不就学铲煤。”法官的右手在想象的琴弦上弹着并做出了铲煤的姿势。“可我敢大胆地对医生说出我的心里话，还是随着我自己的直觉走。直觉，那可是一个男人能相信的唯一的东西。你看看，我这么精神矍铄，像任何我这把年纪的男人所希望的那样。而可怜的大夫，真是具有讽刺意味——我是他葬礼上的一个抬棺人。具有讽刺意味的是，大夫是个坚定的禁酒主义者，也从不抽烟——尽管他偶尔嚼一嚼烟草。一个了不起的家伙，是医疗行业的骄傲，但像他们中的每个人一样，做起诊断来危言耸听，容易犯错误。不要让他们吓唬你，J. T.。”

马隆得到了安慰，在他喝第三杯酒的时候，他开始考虑海登和其他医生有可能是做了一个错误的诊断。“显微镜的载片显示这是白血病。而且血细胞数字表明白细胞有可怕的增加。”

“白细胞？”法官问道，“那是什么？”

“白血球。”

“从来没有听说过这些东西。”

“可它们确实存在。”

法官抚弄着他手杖那银质的手柄。“如果要是你的心脏或肝脏，甚至是你的肾脏，那我还能理解你的惊慌。可像有太多的白细胞这种无关紧要的疾病我似乎就觉得有点不大可信了。我活了八十多岁可从未考虑过自己是否有这些白细胞。”法官的手指伴随着一个反射动作弯曲起来，当他把它们再次伸直的时候，他用惊奇的蓝眼睛看了看马隆。“尽管这么说，你最近看起来消瘦了，这倒是事实。肝脏对血液非常好。你应该吃些炸得酥脆的小牛肝和洋葱汁里炖的牛肝。这既美味可口又是一种自然的疗法。而阳光是一种血液调节器。我敢打赌，你身上的毛病没有什么是明智的生活和在米兰这地方过一段时间的夏天所治不好的。”法官举起他的玻璃杯。“而这是最好的补药——引发食欲且放松神经。J. T.，你只是紧张，并且被吓住了。”

“克兰恩法官。”

格罗恩·博伊已进了房间，并站在那里等着。他是维里利——为法官工作的那个黑人妇女的侄儿，他是个长得又高又胖的十六岁的男孩，但他的心智好像还没达到他这个年龄的分上。他穿着一套对他来说太紧的淡蓝色的外衣，和一双紧绷绷的尖头鞋，这使他走起路来小心翼翼、一瘸一拐的。他患了感冒，虽然胸前口袋里就能看到有一块手帕，但他还是用手背擦流着的鼻涕。

“今天是星期天。”他说道。

法官把手伸进自己的口袋，给了他一个硬币。

在他一瘸一拐地急忙向饮料柜台走去的时候，他和声细语地朝后面叫道：“多谢了，克兰恩法官。”

法官用悲哀的眼神快速瞥了一眼马隆，可当药剂师转过身面向他时，他避开了他的目光，又开始抚弄起他的手杖。

“每个小时——每个活着的人都朝死亡靠近了一些——可我们有多久才想到它呢？我们坐在这里喝着我们的威士忌，抽着我们的雪茄，可每一个小时我们都在靠近我们的终点。格罗恩·博伊吃着他的蛋卷冰淇淋，从未想过任何事情。我坐在这里，只剩下一个老人的残破之躯，死亡已与我发生过小小的冲突，而这小冲突已陷入僵局。在死亡这个古战场上我就是一个阵地。在我儿子去世以来的这十七年里，我一直在等待着。啊，死神，汝之胜利今在何方？我儿子取了自己性命的那个圣诞节的下午，死神赢得了胜利。”

“我经常想到他，”马隆说道，“而且为您感到悲伤。”

“可为什么——为什么他要那么干？如此漂亮而且如此有出息的一个儿子——还不到二十五岁，以优异成绩[①]大学毕业。他已经取得了法学学位，而且一番辉煌的事业本已向他敞开。有一个年轻漂亮的妻子，马上就要生孩子了。他过着小康——甚至富有的生活——那可是我时运的顶峰。我把塞里诺农场作为毕业礼物送给他，为此我前一年支付了四万美元——差不多有一千英亩最好的桃树地。他是一个阔佬的儿子，命运的宠儿，各方面都很幸运，即将开创一番伟大的事业。那个孩子本来是可以当总统的——他可以干任何他想干的事。他究竟为什么要死呢？”

马隆谨小慎微地说道：“也许那只是抑郁症突然发作。”

“他出生的那天夜晚，我看到了一颗神奇的流星。那是一个明亮的夜晚，那颗星在一月的夜空划了一道弧线。米西小姐已经分娩了八个小时，我一直就趴在她的床脚前面，祈祷、哭泣着。然后，塔特姆大夫抓住我的领口，猛地把我拉到门口说：‘从这里滚出去，你这个吵闹的老蠢货——到食品

① 原文为拉丁语“magna cum laude”。

室把自己灌醉，要不就滚到院子里去。’我来到院子里，看了看天空，这时我看到了那颗流星的弧线，就在那时候，约翰尼，我儿子，出生了。”

“很可能那就是预兆。”马隆说道。

“后来，我匆忙走进厨房——当时已是凌晨四点了——油煎了一对鹌鹑，还煮了粗玉米粉。我煎鹌鹑可一直是高手。”法官停顿了一下，然后怯怯地说道，“J. T.，你可知道一些神秘离奇的事情？”

马隆看着法官脸上悲伤的表情，没有回答。

“那个圣诞节我们正餐吃的是鹌鹑而不是通常的火鸡。约翰尼，我的儿子，前一个星期天去打猎了。嗳，生命的形态——既大又小。”

为了安慰法官，马隆说：“也许这是个意外。也许约翰尼当时正在擦枪。”

“那不是他的步枪。那是我的手枪。”

“圣诞节前的那个星期天我在塞里诺农场打猎。那可能是短暂的抑郁。”

“有时候我想那是——”法官没有接着说下去，因为如果他再说一个字，他有可能就哭起来了。马隆拍了拍他的手臂，法官控制住了自己的情绪，又开始说话了。“有时候我想那是要存心伤害我。”

“哦，不是！当然不是，坐下。那是某种没有人能明白和控制的抑郁。”

“也许吧，”法官说道，“可就在那一天我们一直在吵架。”

“那又怎么样呢？每个家庭都吵架。”

“我儿子是想违背一项原则。”

“原则？什么样的原则？”

“那是关于某种无关紧要的事情。是有关一个黑人的案子，由我负责判决的案子。”

“您这样自责，根本没有必要。”马隆说道。

“我们当时正坐在桌旁喝咖啡、抽雪茄，还喝着法国白兰地——女士们都在客厅里——而约翰尼越来越激动，最后他朝我嚷着什么，并冲到楼上去了。几分钟之后，我们听到了枪声。”

“他总是很冲动。”

“现在的年轻人似乎没有人跟他们的长者商量。我儿子在一次舞会后一激动就结婚了。他把他的母亲和我叫醒，对我们说：‘米拉贝尔和我结婚了。’你可听清楚了，他们私奔到一个治安法官那里结的婚。这让他的母亲非常伤心——不过后来这倒是坏事变好事了。”

“您的孙子像极了他的父亲。”马隆说。

“简直一模一样。你有没有看到过这么光彩照人的两个男孩？”

“这对您一定是个巨大的安慰。”

法官把他的雪茄叼在嘴里，然后回答说：“安慰——担忧——现在给我留下来的也只有他了。”

“他打算学习法律，然后进入政界吗？”

“不！”法官语气强烈地说道，“我不想这孩子进入法律界或政界。”

“杰斯特是个在任何行业都能干出一番成就来的孩子。”马隆说道。

“死亡，”老法官说，“是最阴险莫测的。J. T.，你觉得医生相信你患了一种致命的疾病。我可不这么看。尽管我对医疗界尊敬之至，但医生们并不知道死亡是什么——谁能知道呢？就连塔特姆大夫也不知道。我，一个老人，估计要死都有十五年了。但死亡太狡猾。在你等待它并最终面对它时，它决不会来。它向一边转过去了。它残杀那些不知不觉的人，就如同它常常杀害那些小心提防它的人一样。啊，什么，J. T.？我那光芒四射的儿子到底发生了什么？”

“福克斯，”马隆问道，“您相信永恒的生命吗？”

“只要我能拥有不朽的思想我就相信。我知道我的儿子将永远活在我的心里，而我的孙子在他和我的心里。可不朽是什么呢？”

“做礼拜的时候，”马隆说，“沃森博士做了一个针对死亡谈救赎的布道。”

“这话说得漂亮——但愿我也说过这样的话。可根本没有道理。”他最后补充说，“不，就宗教本身而言，我不相信不朽。我只相信我所知道的事物以及继我而来的后代。我也相信我的祖先。你把这称为不朽吗？”

马隆突然间问道：“你有没有见过一个蓝眼睛[①]的黑人？”

“你的意思是一个长着蓝眼睛的黑人吗？”

马隆说：“我不是说视力差的蓝眼睛的老黑人。我是说一个长着灰蓝色眼睛的年轻黑人。这个镇子周围有一个像这样的人，而今天他把我吓了一跳。”

法官的眼睛就像蓝色的气泡，他把酒喝完，然后说道：“我认识你想起的那个黑鬼。”

“他是谁？”

“他就是这镇子附近的一个黑鬼，我对其不感兴趣。他给人做做按摩，提供餐饮服务——一个万事通。他还是个训练有素的歌手。”

马隆说：“我在商店后面的一个小巷子里碰到他了，他把我吓了一大跳。”

法官用此刻对马隆来说显得奇怪的加强语气说道：“舍曼·皮尤，这是那个黑鬼的姓名，我对他没有兴趣。不过，

---

① 原文是“blue-eyed”，意为“蓝眼睛的”，但在美国俚语中，它还有“白人的”“无知的”等意思，所以法官才会在下文接着追问一句。

因为缺少帮手，我在考虑雇佣他当男仆。”

“我从未见过那么奇怪的一双眼睛。”马隆说。

“一头林中的小马驹，”法官说，“床笫之间出了什么差错。他是被丢在神圣耶稣升天教堂的一个弃儿。”

马隆觉得法官还有什么事没有说，可法官这么了不起的人物事情纷繁复杂，是他决不该打听的。

“杰斯特——刚说到他，他就来了——”

约翰·杰斯特·克兰恩站在房间里，身后是街上照射进来的阳光。他是一个身材瘦小而动作灵活的十七岁的男孩，头发呈赤褐色，面色白皙，白得使上翘的鼻子上的雀斑就像是桂皮撒在奶油上一样。强烈的阳光照得他的红头发闪闪发光，但他的面庞却处在阴影中，他避开炫目的光，遮蔽着自己红棕色的眼睛。他身着蓝色的牛仔裤和一件带条纹的运动衫，其袖子推到了他那纤弱的肘部。

“躺下，泰格。”杰斯特说道。那条狗是一条有斑纹的拳师狗，是镇子上唯一的这种狗。而且它是个面相凶猛的畜生，以致当马隆一个人在街上看到它时，他都有点怕它。

“我单独飞行了，爷爷。”杰斯特兴奋地提高嗓音说道。然后，看到马隆，他礼貌地补充说道，“您好，马隆先生，今天您好吗？”

回忆、骄傲和酒精引起的泪水涌上了法官弱视的眼睛。“你单独飞行了，宝贝？感觉如何？”

杰斯特思考了片刻。“感觉好像与我预期的不完全一样。我原以为会感到孤独，不管怎样也感到自豪。可我想我当时只是一直盯着仪器。我猜想我只是感到——责任重大。”

“想想看，J. T.，”法官说，“几个月前，这个小坏东西只是向我宣布，他要在机场上飞行课。他自己积攒钱，而且已经做了课程安排。可甚至都没有经过我同意。只是宣布：‘爷爷，我要上飞行课。’”法官轻抚杰斯特的大腿。“你是不是这样啊，小宝贝？”

男孩将一条长腿靠在另一条上。“这没什么大不了的。每个人都应该能开飞机。”

“是什么自信促使现在的这些年轻人这么前所未闻地果断行事？我那个年代或你那个年代决不是这样的，J. T.。难道你现在还不明白我为什么这么担心吗？”

法官的声音让人痛心，杰斯特巧妙地把他的酒挪走，藏在一个墙角架上。马隆注意到这一幕，替法官感到生气。

“吃晚饭的时间到了，爷爷。汽车就在街边呢。”

法官扶着手杖费力地站起来，狗朝门口奔去。“你准备好了我们随时就走，小宝贝。”到了门口，他转身面向马隆。“不要让医生们吓着你了，J. T.。死神就是一个袖子里装着许多把戏的玩家。你和我在参加完一个十二岁女孩的葬礼后也许会一起死。”他把自己的面颊贴向马隆，跨过门槛，向街上走去。

马隆走到药房前面去把大门锁上，在那里，他无意中听到一段对话。“爷爷，我真的不想这么说，可我确实希望您不要在陌生人面前叫我小宝贝呀宝贝的。”

在那一刻，马隆讨厌起杰斯特。他因为“陌生人”这个词受到了伤害，在法官面前那道使他振奋起来的光瞬间黯淡下去了。从前，好客的本质在于使每个人，甚至是烧烤野餐会上最普通的成员，觉得有归属感。可现在好客的本质已经不见了，只有孤立了。杰斯特恰恰才是一个“陌生人”——他从来就不像是个米兰的男孩。他傲慢，同时又过分礼貌。这个男孩及其表现出来的宽厚好像隐藏着某种东西，不知怎么的，他的聪明活泼似乎充满着危险——仿佛他就像一把套在丝绸刀鞘里的刀。

法官似乎没有听到他说的话。“可怜的J. T.，”当小汽车的门打开的时候他说道，“这事情太让人震惊了。”

马隆迅速把大门锁上了，并回到了配药间。

现在就剩下他一个人了。他坐在摇椅里，手里拿着碾药的杵。这个药杵是灰色的，由于经常使用变得很光滑。二十年前，他开张做这门生意时，他买下这个药杵及药房的其他必备装置。这个药杵原来是格林洛夫先生的——他上次想起他还是什么时候？——在他去世后，地产商把财产都卖了。格林洛夫先生用这个药杵干活多久了呢？在他之前又是谁用的呢？……这个药杵用的时间很久了，古老而牢不可破。马隆在想，它是不是印第安人时代留下的一份遗物。尽管它很古老，但它还能用多久呢？这石头在嘲弄马隆。

他打了个寒颤。这就仿佛一股气流让他感到寒气逼人，虽然他注意到雪茄飘起的烟并没有受到扰动。当他想起老法官时，一种哀婉的情绪减缓了他的恐惧。他想起了约翰尼·克兰恩以及过去在塞里诺度过的那些日子。他可不是一个陌生人——在狩猎季节他有好多次在塞里诺做客——有一次，他甚至在那里过夜。他与约翰尼一起睡在有四根帷柱的大床上，早晨五点钟的时候，他们下楼到厨房里去，他还记得他们在打猎前吃早餐时那鱼子和热软饼的味道以及湿狗[①]味。没错，许多次他都与约翰尼·克兰恩一道打猎，多次应邀到塞里诺农场，而且约翰尼去世的那个圣诞节前的星期天他也在那里。而米西小姐有时候也会去那里，尽管那主要是男孩和男人们的一个狩猎的地方。法官的枪法几乎总是很糟糕，当他打得很差的时候，他总是抱怨天空这么大，而鸟却这么少。塞里诺总是有一种神秘感，即便在那个时候也是如此——可这是不是一个生来很贫穷的男孩总是会感觉到的那种对奢侈难以理解的神秘呢？马隆回忆着过去的岁月又想着现在的法官——他的智慧和名望以及无法安慰的悲痛——此

① 品酒行家用语，奇异酒味，指某些酒的化学气味。

时，他的心便吟唱起爱的曲调，这曲调就如同教堂里的风琴音乐那般庄严而忧郁。

在他盯着那个药杵看的时候，他的眼睛闪烁着狂热而恐惧的光芒，而且由于他吓呆了，他一时间没有注意到，在药房下面的地下室里有咔哒咔哒的声音。在今年春天之前，他一直信守生与死这一基本节律——《圣经》中七十年的规律性变化。可现在他心里老是想着那些令人费解的死亡。他想到孩子们，躺在他们铺着白色绸缎的棺材里，如珠宝那般真切而娇嫩脆弱。还有那位漂亮的音乐教师，她在吃一条油炸鱼时吞了一根鱼刺，还不到一个小时就死了。他还想到约翰尼·克兰恩，以及那些在第一次战争和上一次战争中死去的米兰的小伙子们。还有多少别的什么人？怎么死的？为什么会死？这时他意识到地下室里咔哒咔哒的声音。那是一只老鼠——上个星期，一只老鼠打翻了一瓶阿魏[①]，那臭气太难闻，一连多日，他的清洁工都不愿在地下室里干活。死亡没有节律——只有老鼠的节律，以及腐坏的恶臭。那漂亮的音乐老师，约翰尼·克兰恩那白皙的年轻肉体——宝石般的孩子们——所有的人都最终变成液化的尸体和棺材中的恶臭。他带着一种病态的惊诧神情看着那个药杵，因为只有这个石头依然存在。

---

① 阿魏属(Ferula)植物树脂，曾作镇痉药。

门口传来一阵脚步声，马隆突然间十分焦躁不安，他把药杵都落在了地上。那个蓝眼睛的黑鬼站在他的面前，手里拿着什么在阳光下闪闪发光的东西。他再次凝视着那双炽热的眼睛，再次感受到那怪异的充满同情的神情，意识到这双眼睛知晓他将不久于人世。

“我就在门外面捡到了这个东西。”那个黑鬼说道。

马隆由于震惊而视力模糊起来，一时间，他以为那是海登医生的裁纸刀——然后，他看清了，那是套在一个银环上的一串钥匙。

“它们不是我的。”马隆说。

“我注意到克兰恩法官和他的孩子刚才在这里。也许这是他们的。”那个黑鬼把钥匙扔在桌子上。然后，他把药杵捡起来，把它递给马隆。

“十分感谢，”他说，“我会查问这些钥匙的。”

那男孩走了，马隆看着他无视交通规则随意穿过马路。他因厌恶和怨恨而感到十分扫兴。

他手里握着药杵坐在那里，此时，他内心已十分镇静，为他曾经平静的心境发生如此剧烈的变化而产生的异样情绪而感到惊讶。他被爱与恨撕扯着——可至于他爱什么与他恨什么，他并不清楚。他第一次意识到死亡离他很近。但令他窒息的恐惧并不是因为他知道要死了。这恐惧与正在发生的一些神秘的戏剧性事件有关——尽管这戏剧性事件有关什么马隆并不清楚。恐惧在探究接下来这些月份将发生什么——有多久？——它怒视着他那屈指可数的日子。他是一个看着没有指针的钟的人。

只有老鼠的节律。“爸爸，爸爸，救救我吧。”马隆大声叫道。可他的爸爸已经死了很久，有这么多年了。当电话铃声响起的时候，马隆第一次告诉他的妻子，他病了，请她开车到药房，接他回家。然后，他坐在那里，抚弄着那个石杵，权当他在等待时的一种安慰。

# 第二章

法官保持着老派的正餐时间，而星期天的正餐是在下午两点。就在午餐钟声敲响之前不久，维里利，那个厨子，把餐厅的百叶窗打开了，这些窗户整个上午都一直关着以遮挡耀眼的光。仲夏的高温和光线直扑窗户，窗外是被烤焦了的草坪和亮得像发热似的花坛。草坪尽头的几棵榆树在午后涂了漆般的光亮中显得昏暗，没有一丝风吹过。杰斯特的狗第一个对午餐的召唤做出了回应——它在桌子底下漫步，任由锦缎制成的桌布在它脊柱上磨蹭。接着，杰斯特出来了，站在他爷爷椅子的后面等着。等到老法官进来时，他小心翼翼地让他坐好，然后在餐桌旁坐在自己的位置上。正餐按照惯例开始了，像往常一样，蔬菜汤是第一道菜。与汤一起摆上来的是两种食物——松脆饼干和玉米棒。老法官狼吞虎咽地吃起来，在吞咽饼干间隙啜饮着酪乳。杰斯特只勉强喝几勺热汤，然后他喝着冰茶，并不时地将冰冷的玻璃杯贴在自己的面颊和额头上。根据家里的规矩，在上汤这道菜期间是不准谈话的，只有法官通常说的星期天讲话："维里利，维里利，我对你说：你要住在耶和华的殿中，直到永远。"[①]他增加了自己的一点星期天的笑话："如果你这菜做得很好的话。"

维里利什么也没说——只是噘起她那有点发紫、布满皱纹的嘴唇。

"马隆始终是我最忠实的选民和最佳支持者之一。"法官说道，这时鸡肉端上来了，杰斯特站起身来切鸡肉。"鸡肝你自己留着，孩子，你每个星期至少要吃一次肝脏。"

"好的，爷爷。"

至此，这餐饭符合这家人的习惯和规矩。可后来出现了一种奇怪的不和谐，通常的融洽气氛严重受挫，于是，交流偏离了方向，产生了一种志趣相异和疏离感。当时，老法官和他的孙子两个人都没有意识到发生了什么，可在这炎热的午后，当这顿冗长、与平时并无二致的正餐结束之时，他们两个人都觉得某种东西发生了变化，他们的关系再也不可能像从前一样了。

"今天的《亚特兰大法规报》称我为反动分子。"法官说道。

---

① 法官的这句话源于《圣经 · 旧约 · 诗篇》第 23 章第 6 节大卫所说的话："我一生一世必有恩惠慈爱随着我。我且要住在耶和华的殿中，直到永远。"

杰斯特轻声说道："我感到遗憾。"

"遗憾，"老法官说，"这没什么好遗憾的。我高兴着呢！"

杰斯特棕色的眼睛传递了一个疑惑的眼神，久久地凝视着。

"当今，你必须按照字面意思来理解'反动分子'这个词。一个反动分子就是这样一个公民，当年代久远的南方道德伦理标准受到威胁时，他要反动。如果州权遭到联邦政府践踏，那么，南方的爱国者就有责任和义务去反动。否则，崇高的南方道德伦理标准将会遭到背叛。"

"什么崇高的标准？"杰斯特问道。

"哎呀，孩子，动动你的脑子。我们行为准则的崇高标准，南方的传统制度。"

杰斯特什么也没有说，但他流露出了怀疑的眼神，而老法官对他孙子的所有反应都很敏感，所以，他注意到了这点。

"联邦政府正试图质疑民主党初选的合法性，因此，这将危及整个南方文明的平衡。"

杰斯特问道："怎么危及了？"

"嗨，孩子啊，我指的是种族隔离本身。"

"您为什么总是唠唠叨叨地谈种族隔离啊？"

"嗨，杰斯特，你在开玩笑吧。"

杰斯特突然严肃起来。“不，我没有开玩笑。”

法官大惑不解。“那个时代也许在你们这一代会到来——我希望那时我就不在人世了——到时候，教育制度本身就是不同种族的混合——没有种族界限。那样的话，你会觉得怎么样？”

杰斯特没有回答。

“看到一个笨拙的黑人男孩与一个优雅的白人小女孩共用一张课桌，你觉得如何？”

法官无法相信有这种可能性；他想令杰斯特感到震惊，让他意识到现状的严重性。他的目光向他的孙子发出挑战，希望他以南方的绅士精神作出反应。

“一个笨拙的白人女孩与一个优雅的黑人男孩共用一张课桌，您认为又怎样呢？”

“什么？”

杰斯特没有重复自己的话，老法官也不想再次听到让他感到如此惊恐的话。就仿佛他的孙子初次干了某种极端疯狂的事，而意识到一个心爱之人接近疯狂是可怕的。这也太可怕了，以致老法官宁愿不相信他自己的听觉，尽管杰斯特说话的声音依然震动着他的耳鼓。他试图曲解杰斯特的话的意思以符合他自己的理性。

“你是对的，小宝贝，每当我读到这种共产主义的思想，我就意识到这些观念是多么不可思议。某些事情就是太荒谬根本无法细究。”

杰斯特缓缓地说道：“我不是那个意思。”出于习惯，杰斯特瞅了瞅，看维里利是不是离开了房间。“我不明白为什么黑人和白人就不该像公民那样交往。”

“哦，孩子啊！”这是一声遗憾、无助和惊骇的呼喊。多年前，在杰斯特还是个儿童时，他偶尔在吃饭时会突发一阵呕吐。这个时刻，体贴会战胜恶心，然后，法官感同身受，觉得自己也想要吐。现在，老法官对这一突发的情形也报以同样的反应。他抬起自己那只健康的手，摸摸耳朵，好像他耳朵痛，于是，他便停下来不吃东西了。

杰斯特注意到了老法官的痛苦，他感到一阵同情。“爷爷，我们大家都有自己的坚定信仰。”

“有些信仰是站不住脚的。信仰究竟是什么呢？它们只不过是你的所思所想。而你还太年轻，孩子，还不了解人的思维模式。你只是在用那些愚蠢的话折磨你的爷爷。”

杰斯特的同情感消退了。他盯着壁炉架上方的一幅画看。那幅画画的是南方的景色，画上有一个桃园和一间黑人的棚屋以及多云的天空。

“爷爷，您在那幅画上看到什么了？”

法官因紧张气氛突然被打破而感到如此宽慰，以致他竟然咯咯地笑了一下。“上帝知道这幅画应该提醒我自己所干的蠢事。我因为那些漂亮的桃树损失了一大笔钱。这幅画是你姑姥姥萨拉在她去世的那年画的。后来，财源一路不断地从桃子市场退出了。”

“我的意思是，您在画上实际看到了什么？”

“嗨，有一个果园和云彩还有一间黑人的棚屋。”

“您在棚屋和那片树之间有没有看到一头粉红色的骡子？”

“一头粉红色的骡子？”法官的蓝眼睛惊恐地睁得很大。“哎呀，当然没有啦。”

“那是一朵云，”杰斯特说，“可那对我来说看起来就恰似一头套着灰色缰绳的粉红色的骡子。既然我这么看它，那么，我就再也无法用任何其他的方式看那幅画了。”

“我看不出来。”

“嗨，您不可能看不出来的，正在向上飞驰——满天的粉红色骡子。”

维里利端着一盘玉米布丁进来了：“嗨，哎呀，你们这都怎么啦。你们饭菜几乎碰都没碰一下。”

“一直以来，我都像姑姥姥萨拉本打算画的那个样子看这幅画。可就在今年这个夏天，我无法看到我应该在里面看到的东西了。我设法回顾我过去常常看它的情景——可这没用。我仍然看到了那头粉红色的骡子。”

“你是不是觉得眩晕，小宝贝？”

“哎呀，不是。我只是在设法向您解释，这幅画是一种——象征——我猜想你可能会说。一直以来我都用您和家里人希望我看事物的那种方式来看待它们。而今年夏天我不像过去那样看事物了——而且我有了不同的感受，不同的想法。”

“那很自然，孩子。”法官的语气带着鼓励，但他的眼神还是焦虑不安的。

“一个象征，”杰斯特说道。他把这个词又重复了一遍，因为这是他第一次在谈话中说它，尽管这是他在学校作文当中最喜欢的词之一。“今年夏季的一个象征。我过去的想法跟其他人一模一样。而现在我有我自己的想法。”

“比如说？”

杰斯特一时没有回答。可在他说话时，因紧张和青春期的原因，他的嗓音变了调。“首先，我怀疑白人至上论的公正性。”

这种质疑具有挑衅性，挑衅的意味就像从桌子对面扔来一把装满子弹的手枪那样清清楚楚。可法官无法接受它；他的嗓子既干又疼，他无力地吞咽了一下。

“我知道这令您感到很震惊，爷爷。可我不得不告诉您，否则，您会想当年地[①]认为我还是以前那个样子。”

“想当然，”法官纠正道。“不是当年。你成天都在跟什

① 杰斯特在这里把“take it for granted”（想当然）说成了“taken it for granite”，故有下文法官对他的纠正。

么样极端的激进分子厮混啊？”

“没有谁。今年夏天我一直很——”杰斯特打算说我一直很孤独，但他无法让自己去大声地承认这一事实。

“嗯，我说的是，关于种族混合的话以及那画中粉红色的骡子，这些肯定都是——不正常的。”

这个词对杰斯特打击不小，就像腹股沟上挨了一击，于是，他猛地脸红起来。痛苦令他发起反击：“我长这么大一直爱您——我甚至崇拜您，爷爷。我原以为您是世界上最明智、最心地善良的人。我就像听福音书中的真理那样听您所说的一切。我把书报上关于您的一切都保存下来。我一开始读书识字的时候剪贴簿上就有您了。我一直以为您应该当——总统。”

法官无视这说的都是过去，在他的血管里流淌着自豪的热血。像镜子般投射出来的形象反映出他自己对他孙子的感情——他那皮肤白皙，遭遇厄运的儿子留下的这个白皙、花苞怒放的孩子。爱与怀念使他敞开心扉且毫不设防。

“那个时候，我听说那个来自古巴的黑人在众议院正在发表演说，当时我是那么为您感到自豪。当别的国会议员都站起来的时候，您却在椅子上更放松地坐着，将双脚高高地跷起来，点燃了一支雪茄。我当时想，这好极了。我真是为您感到骄傲。可现在我对此的看法不同了。那很粗鲁，是不礼貌的。我现在想起来的时候，我为您感到羞愧。当我回想起我过去是如何崇拜您的时候——”

杰斯特不能讲完了，因为此时老法官的痛苦已显而易见。他那残废的手臂绷得很紧，手牢牢地蜷曲着并发出痉挛，而肘关节弯曲起来，根本无法控制。杰斯特的话给他带来的震惊与他自己身体上的紊乱相互影响，致使他身心受到伤害，开始流下泪水。他擤了擤鼻子，沉默片刻后说道：“养一个忘恩负义的孩子，这比毒蛇的牙齿带来的伤害要厉害得多。”①

但是他的祖父竟然这么脆弱，杰斯特对此非常厌恶。“可爷爷，您总是想说什么就说什么。而我一直偏听偏信。但因为我有些自己的看法，您就不能容忍，还开始引用《圣经》上的话。这不公平，因为这自然就将一个人置于理亏的境地。”

“那可不是《圣经》——是莎士比亚。”

“不管怎么说，我不是您的孩子。我是您的孙子，是我父亲的孩子。”

电扇在让人喘不过气来的午后转动着，而太阳就照射在餐桌上，餐桌上是那盘切好的鸡和黄油碟中融化了的黄油。杰斯特把凉茶玻璃杯贴在面颊上，说话前先扰弄了一会儿。

① 典出莎士比亚《李尔王》第一幕第四场第288—289行李尔王所说的话：“逆子无情甚于蛇蝎！”（How sharper than a serpent's tooth it is/To have a thankless child！）小说中法官的话稍有不同。

“有时候我在想，我是不是开始怀疑我父亲为什么——干了他所干的事。”

逝者依然活在这个配有笨重家具的华丽的、维多利亚时代的宅子里。法官妻子的那间化妆室还保留着她生前的那个样子，梳妆台上她用过的银器以及装有她衣物的衣橱都没有动过，只是偶尔擦擦灰。而杰斯特是伴随着他父亲的那些照片长大的，在书房里，律师资格证书还镶在镜框里。不过，尽管整个宅子里到处都是逝者生前留下的纪念品，但从未有人提及过死亡的实际情况，甚至都没有人推断过到底是怎么回事。

“你刚才那么说是什么意思？”老法官忧心忡忡地问道。

“没什么意思，”杰斯特说，“只不过在这种情况下，对我父亲的死因感到疑惑也合乎常情。”

法官摇了摇开饭的铃子，那声音似乎加剧了房间里的紧张气氛。“维里利，拿一瓶马隆先生带给我过生日的接骨木果酒来。”

“就是现在，今天吗，先生？”她问道，因为果酒通常只有在感恩节和圣诞节宴会上才会上的。她从餐具柜上取了几只玻璃酒杯，并用她的围裙把上面的灰尘擦掉。注意到那一大盘没有吃的食物，她不知道是不是在做菜时有一根头发或一只苍蝇落到蜜饯山药或调料里去了。“饭菜有什么问题吗？”

“哦，很好吃。我想，我只是有点消化不良。”

这倒是真的，当杰斯特谈到种族混合的时候，他的胃似乎就翻腾起来，顿感食欲尽失。他打开那瓶他喝不惯的果酒，并斟上，然后庄重地喝起来，就仿佛他是在葬礼上喝酒一般。因为在理解、在同情上的断绝实际上就是一种死亡的形式。法官受到了伤害，因此很伤心。而当伤害是由一个喜爱的人所造成的，只有这个喜爱的人可以使伤害得到缓解。

他慢慢地将他的右手伸向他的孙子，掌心朝上放在桌上，过了一会儿，杰斯特把自己的掌心放在爷爷的掌心上。但法官并不满足；由于语言伤害了他，他的安慰在于语言。他不顾一切地抓住杰斯特的手。

“难道你不再爱你的老爷爷了吗？”

杰斯特把自己的手拿开，并喝了几口酒。“我当然爱您，爷爷，可是——”

尽管法官还在等着，杰斯特却没有讲完那句话，在那间紧张的屋子里，情感受到限制而有所保留。法官的手就那么伸着留在那里，而手指在轻微地颤动。

“孩子，你有没有想到过，我已不再是个富人了？我遭受过许多损失，而且我们的祖先也遭受过损失。杰斯特，我为你的教育和你的未来担心。”

“不要担心。我能应付。”

“你听到老话说过，生活中最美好的东西都是免费的。这话既对也不对，就像所有概括性的话一样。可这一件事是对的：你绝对可以得到这个国家最好的教育，而且是完全免费的。西点军校是免费的，而我有可能为你谋一个职位。”

“可我不想当一名军官。”

“那你想当什么？”

杰斯特感到困惑，不能断定。“具体我不知道。我喜欢音乐，而且我也喜欢飞行。”

“好啊，那就去西点军校，进入陆军航空兵团。任何你可以从联邦政府得到的东西，你都应该充分利用。上帝都知道，联邦政府对南方造成的损害已经够大的了。”

“在我明年中学毕业之前，我没有必要决定未来。”

“我刚才想说明的是，孩子，我的收入已不同往日。但是，如果我的计划实现的话，那么，有一天，你将会成为一个富有的人。”法官经常反复地对未来的富有做出模糊的暗示。杰斯特对这些暗示从来就没太在意，可现在他问道：

“什么计划，爷爷？”

“孩子，我不知道你是否已长大，足以理解策略了。”法官清了清嗓子，“你还年轻，可梦想是远大的。”

“什么梦想？”

“那是一项消除所造成的损害和恢复南方的计划。”

“怎么做呢？”

“那是一个政治家的梦想——不仅仅是一个能够轻易实现的政治谋划。它是改正一个巨大的历史不公行为的计划。”

冰淇淋已经上了，杰斯特在吃着，但法官却任由它在碟子里化掉。“我还是不明白，先生。”

“想想吧，孩子。在文明国家之间的任何一场战争中，没有打赢的那个国家的货币出现了什么情况？想想第一次世界大战和第二次世界大战吧。停战后德国马克发生了什么？德国人把他们的钱都烧了吗？而日元呢？日本人战败后把他们的货币都烧掉了吗？他们这样做了吗，孩子？”

“没有。”杰斯特说，他被老人说话时激烈的语气弄得手足无措。

“在炮声沉寂、战场上平静下来之后，任何一个文明的国家会发生什么情况？为了共同的经济利益，胜利者会让被征服者休养生息和重建家园。战败国的货币总是可以兑现的——虽然贬值了，但仍然可以兑现。兑现了，看看现在在德国出现的情况——还有日本。联邦政府已兑现了敌人的钱，并帮助战败国自我重建。自远古以来，一个战败国的货币一直都可以得以流通。还有意大利的里拉——联邦政府没收里拉了吗？里拉、日元、马克——所有这些货币，全都被兑现了。”

法官在餐桌上身体前倾，他的领带擦到那盛有融化了的冰淇淋的碟子上了，但他并没有注意到。

“可南北战争之后出现了什么情况？美国的联邦政府不仅释放了奴隶，他们可是我们棉花经济的必要条件[①]，结果随风飘去的正是这个国家的财力。没有哪一个故事写得比《飘》[②]更真实的了。还记得我们在看那部电影的时候是怎么哭的了吗？”

杰斯特说：“我可没有哭。”

“你当然哭了，”法官说道，“但愿那本书是我写的。”

杰斯特未予置评。

“可回到那个问题上。不仅国家的经济被蓄意破坏了，而且联邦政府还把所有南部邦联的货币给完全作废了。一分钱也不能被兑现成整个南部邦联的财富。我都听说南部邦联的纸币被用来点火了。”

“过去在阁楼上曾有整整一行李箱南方邦联的钞票。我不知道它们都怎么样了。”

“它们都在书房我的保险箱里呢。”

“为什么？它们不是都一文不值了吗？”

法官没有回答；而是从他背心口袋里抽出一张一千美元

---

① 原文为拉丁语“sine qua non”。

② 《飘》是美国作家玛格丽特·米切尔（1900—1949）创作的一部反映美国南北战争及战后重建的小说。该小说1939年就被拍成电影，并获得了奥斯卡金像奖。小说原名“Gone with the Wind”的原意为“随风飘逝，一去不复返，不复存在”的意思，即上文所译的“随风飘去”。但国内一般采用“飘”这个译名，为避免混淆，故采用此译。

的南部邦联钞票。杰斯特带着在阁楼上玩耍时某种童年般好奇的神情仔细地打量着它。钞票非常真实、非常绿且可信。那种好奇让他看上去容光焕发，但这种表情只持续了片刻，然后便消失了。杰斯特把钞票递回给了他的祖父。

“如果这是真的，那可值很多钱呢。”

“总有一天，就像你所说的，它会是‘真的’。终归会的，如果我的影响力和我正在做的事情以及我的眼力能够使它成真的话。”

杰斯特用他那冷淡而明亮的眼睛对他的祖父发出了质疑。然后，他说：“这钱都有将近一百年的历史了。”

“可你想想在这一百年间被联邦政府浪费掉的成百上千亿的美元吧。想想为战争提供的经费和政府开支吧。想想其他那些被兑现并被重新投入流通的货币吧。马克、里拉、日元——全都是外国货币。而南方毕竟是同族同种的亲骨肉，本来就应该被待如兄弟。这些货币本应该被兑现，而且不该被贬值。难道你还不明白这个道理吗，宝贝儿？”

“哦，可它没有被兑现，而且现在也太迟了。”

这样的交谈让杰斯特感到很不舒服，于是，他想离开餐桌，走开。但是，他的祖父打了个手势阻止了他。

“等会儿。从来就不存在什么太迟了而不可纠正的冤案。而且在让联邦政府纠正这一具有重要历史意义的重大冤案上，我将发挥作用，”法官自以为是地说道，“如果我赢得了下一届选举，我打算让人在众议院提出一项议案，将兑现所有南部邦联的货币，根据现在生活费的提高做出适当的调整。这对南方来说将是罗斯福在他的新政中打算做的事情。这将对南方的经济产生革命性的变化。而你，杰斯特，将会成为一个富有的年轻人。在那个保险箱里有一千万美元。对此你有何意见？”

“那么多南部邦联的钱是怎么积攒起来的？”

“我们这个家族里有富有眼力的祖先——记住这点，杰斯特。我的祖母，你的曾曾祖母，是一个大家闺秀且是一个富有远见的女子。战争结束的时候，她做起了南部邦联货币的生意，不时用几只鸡蛋和农产品来交换——我记得她曾告诉过我，她甚至用一只下蛋的老母鸡换了三百万美元。当时，大家都很饥饿，而且大家都失去了信心。除了你的曾曾祖母以外，所有的人都这样。我永远不会忘记她说的话：‘它会重新流行的，它一定会的。’”

“可它从来没有过。”杰斯特说道。

“迄今为止还没有——但你就等着瞧吧。这将是南方经济的一项新政，而且会让整个国家受益。甚至连联邦政府都会受益。”

“怎么受益？”杰斯特问道。

法官平静地说：“个体受益整体就受益。这很容易理解；如果我有几百万，我就会投资，雇佣许多人并刺激当地的商业。而仅仅我一个人需要得到补偿。”

“还有一个问题，”杰斯特说，“这都大约有一百年了。那些钱怎么能找得到呢？”

这下法官的语气显得得意洋洋。“那是最不需要我们担心的。如果财政部宣布南部邦联的货币即将要兑现的话，那些钱就会很顺利地被找到。南部邦联的钞票就会突然出现在整个南方的阁楼里和粮仓里。突然出现在整个国家，甚至在加拿大。”

“钱突然出现在加拿大，那有什么好处呢？”

法官严肃地说道：“那只是一个比喻的说法——一个修辞的范例。”法官抱有幻想地看着他的孙子。“可总的来说，你觉得我这个立法提案怎么样呢？”

杰斯特避开了他祖父的眼神，没有回答。而法官迫切需要得到他孙子的认可，反复追问：“怎么样啊，宝贝儿？这是一个大政治家的眼光，”他更加坚定地补充说道，“那个《日报》已经多次称我为一位‘大政治家’，而《信使报》总是说我是米兰第一市民。曾经这样写道，我是‘在南方政治家这个光辉灿烂的天空中的恒星之一’。难道你不承认我是一个大政治家吗？”

这个问题不仅是要得到安慰的一种请求，而且是希望固化感情的一种不顾一切的命令。杰斯特无法回答。他平生第一次怀疑，他祖父的推理能力是否已经受到了中风的影响。

他的心在同情与要求分离的自然本能之间摇摆不定，这种本能将身体健康的人与体弱多病的人区分开来。

由于年事已高，加之激动，法官太阳穴上青筋暴起，脸也涨得通红。法官这一辈子只有两次遭到拒绝：一次是他在竞选国会议员时被击败了，还有一次是，他写了一篇长篇报道，把它投给了《星期六晚邮报》，结果附了一份通函被退回给他了。法官简直无法相信这种拒稿。他把那篇报道又看了一遍，发现它比那个《邮报》上刊发的所有其他报道都好。然后，他怀疑这稿子没有被完整地读过，所以他就把原稿的某几页粘在一起，在稿子再次被退回来之后，他就再也不看《邮报》了，从此再也没有写过一篇报道。现在他无法相信他与他的孙子之间真的有隔阂。

“你小的时候是怎样经常叫我阿爷的，你还记得吗？”

杰斯特没有被这种回忆所感动，他祖父眼里的泪水令他恼火。“我什么都记得。”他起身站在法官椅子的后面，但他祖父不愿站起来，也不愿让他走。他抓住杰斯特的一只手，把它贴向自己的面颊。杰斯特僵硬地站在那里，很难堪，他的手对爱抚没有反应。

“我绝没有想到，我会听到我的孙子像你那样说话。你说你不明白为什么种族不该混合。想想这种混合的逻辑结果吧。这将会导致异族通婚。你觉得这样的结果怎么样？假如你有一个姐妹，你愿意让你的姐妹嫁给一个年轻的黑人吗？”

“我不打算考虑这个问题。我刚才思考的是种族的公正性。”

“可如果你所谓的‘种族的公正性’导致异族通婚——根据逻辑规律会这样的——那么，你愿意娶一个黑人吗？说实话。”

不由自主地，杰斯特想起了维里利和其他在他家干过活的厨子和洗衣女工，还想起了煎饼广告上的杰迈玛阿姨①。他的脸红了起来，红得发亮，脸上的雀斑颜色也加深了。他无法立刻回答，那种形象让他非常震惊。

“你瞧，”法官说道，“你只是在说口头上说得好听的空话——而且还是为了北方佬。”

杰斯特说：“我依然认为，身为法官，您用两种不同的方式审判同一项罪行——根据它是一个黑人干的还是一个白人干的。”

“当然了。他们完全是两码事。白是白黑是黑——二者决不会相交，如果我能阻止的话。”②

法官笑了起来，并在杰斯特再次试图离开时握住他

---

① 原为美国商业广告中的黑人厨娘，是与“汤姆叔叔”（Uncle Tom）相似的逆来顺受的黑人形象。

② 此处，法官或者说作者麦卡勒斯很可能模仿的是英国作家吉卜林（Rudyard Kipling）在其《东西方之歌》中所说的话：“东方是东方，西方是西方，二者决不会相交。”与吉卜林东方主义的偏见一样，这里表现出法官也持有严重的种族偏见。

的手。

“我一生一直关心公正的问题。在你父亲去世之后，我意识到公正本身就是一个妄想，一种错觉。公正不是一把绝对的标尺，用来以相同的计量标准衡量相同的情况。在你父亲去世后，我意识到有一种比公正更重要的品德。”

每提到杰斯特的父亲及其死亡，他的注意力总是会被吸引住。“什么更重要，爷爷？”

“激情，”法官说道，“激情比公正更重要。”

杰斯特窘迫地愣住了，“激情？我父亲有激情吗？”

法官避开这个问题，“你们这一代的年轻人没有激情。他们自绝于自己祖先们的理想，而且否认他们继承下来的血统。有一次我在纽约看到一个黑人男子与一个白人女孩坐在同一个餐桌旁，我血液中的某种东西顿生厌恶之情。我的愤怒与公正没有特别的关系——可当我看到那两个人在一起笑，在同一个餐桌上吃饭，我的血液——我当天就离开了纽约，再也没有回到那个巴比伦式的奢华淫靡的城市，至死我也不会去了。”

“我根本就不会介意，”杰斯特说，“实际上过不了多久，我就要到纽约去了。”

“我刚才所说的话就是那个意思。你没有激情。”

这话极大地震动了杰斯特；他颤抖起来，脸也红了。“我不明白——”

“总有一天，你会有激情的。等那一天到来的时候，你那不成熟的所谓公正的观念就会被忘记。而你就成了一个男子汉和我的孙子——我就对你称心如意了。”

杰斯特抓住那把椅子，而法官拄着拐杖从餐桌上撑起身子，面向壁炉架上方的那幅画直立着站了一会儿。“等会儿，宝贝儿。”他搜肠刮肚，极力想找出话来，缩小过去这两个小时产生的巨大分歧。最后，他说道：“你要知道，杰斯特，我能看出你刚才说的那匹粉红色的骡子——就在果园和那间棚屋上方的天空中。”

这番承认改变不了什么，他们俩都知道这点。法官慢慢地走着，而杰斯特站在他附近，准备在必要时扶着他站稳。他的同情与懊悔交织在一起，而他痛恨同情与懊悔。在他祖父在书房的沙发上坐稳之后，他说道：“我很高兴您知道我的立场了。我很高兴告诉您了。”但他祖父眼中的泪水令他烦躁不安，于是，他又被迫补充说道：“不管怎么说，我都爱您——我真的爱您——阿爷。”可在他被拥抱的时候，那汗味和那夸张的情感令他恶心，而在他抽身出来之后，他又有一种挫败感。

他跑出房间，在楼梯上一步三个阶梯地跳着跑上了楼。在楼上过道的一头有一扇装有彩色玻璃的窗户，玻璃照得杰斯特那赤褐色的头发闪闪发光，但却在他上气不接下气的脸上投下了灰黄色的光。他关上了自己房间的门，一头扑到了床上。

没错，他是没有激情。他祖父的话给他带来的耻辱在他的体内搏动着，他觉得这老头子知道他还是个处男。他那健壮男孩的双手拉开了他裤子上的拉链，触摸自己的生殖器来寻求慰藉。他所熟悉的别的男孩都吹嘘风流韵事，甚至逛过一家由一个叫里芭的女子开设的妓院了。这地方令杰斯特着迷；从外部看，这是一间阳台上带有棚架和土豆蔓藤的普通木板房。正是这房子普普通通的外表深深地吸引着他，并令他感到心惊肉跳。他总是围绕着这个街区走，而他的心既受到激励又感到失落。有一次，在傍晚时分，他看到一个女子从那屋子里出来，于是，他就注视着她。她是个普通的女子，穿着蓝色的连衣裙，嘴唇上涂满了口红。他本来是应该很有激情的。可她漫不经心地瞥了他一眼，他内心那种隐秘的挫败感给他带来的羞耻令他将一只脚抬起靠在另一条腿上，沮丧地站在那里，直到那个女子转身离去。然后，他一口气跑了六个街区，进了自己的家，一头扑在他现在躺的这同一张床上。

是的，他是没有激情，但他曾经有过爱。有时候他的爱只持续一天，有时候是一个星期，一个月，有一次还是整整一年。那一年的爱是对特德·霍普金斯，他是全校最佳的全能运动员。杰斯特总是在走廊上寻觅特德的目光，而且，尽管他的脉搏怦怦跳，可那一年他们彼此只讲过两次话。

有一次是雨天他们一起走进门廊的时候，当时特德说：“天气真恶劣。”

杰斯特声音弱弱地应道：“恶劣。”

另一次谈话更长，而且不是那么随意，但却完全是羞辱性的。因为杰斯特爱上了特德，所以他就特别想送给他一件礼物，好让自己给他留下深刻的印象。在橄榄球赛季开始的时候，他在一家珠宝店看到了一只小小的金色橄榄球。他就把它买下了，但却花了他四天的时间才把它送给了特德。他们必须要是单独在一起的时候他才好把它送给他，经过几天的尾随，他们在特德那一片的衣帽间碰面了。杰斯特伸出颤抖的手把那只橄榄球拿出来，而特德则问道：“这是什么？”杰斯特不知怎么的，反正他知道自己已犯了一个错误。他匆匆忙忙地解释说：“我捡到的。”

“你为什么要把它送给我呢？”

杰斯特羞愧得不知所措，“只是因为它对我毫无用处，所以我想我要把它送给你。”

当特德的蓝眼睛嘲弄而又狐疑地看着他时，杰斯特脸红了，那张白皙的脸上泛着燥热而痛苦的红晕，雀斑的颜色也更深了。

“哦，谢谢啦。”特德说，于是，他把那只金色的橄榄球放进了自己的裤子口袋里。

特德是一个部队军官的儿子，他的父亲驻扎在一个离米兰十五英里的小镇上，所以一想到他即将调离，这种爱便被蒙上了一层阴影。他的感情尽管偷偷摸摸、秘而不宣，但却因分离的威胁以及距离感和冒险精神的氛围而变得越发强烈。

橄榄球这段小插曲之后，杰斯特就对特德避而不见了，后来，每想到橄榄球或者“天气真恶劣”这句话时，他无不有一种卑躬屈膝的羞耻感。

他也爱着帕福德小姐，她是教英语的，留着刘海，但不涂口红。杰斯特很厌恶口红，他无法理解，一个涂着又黏又脏口红的女人，怎么有人竟然能吻她。但由于几乎所有的女孩和妇女都涂口红，杰斯特爱恋的对象就非常有限了。

炎热、单调而虚渺，午后的时光在他的眼前流逝着。由于星期天的午后是最漫长而难熬的，杰斯特就去了机场，直到晚饭时间他才回来。晚饭后，他还是感到空虚、沮丧。他走进自己的房间，就像他午餐后所做的那样，一头扑到床上。

就在他躺在那里，流着汗，还没有平静下来的时候，他突然一个激灵提起了精神。他听到从远方传来钢琴弹奏的一首曲子，还有一个忧郁的声音在唱歌，虽然他不知道这是什么曲子，也不知道这是从哪里传来的。他用肘部支撑着抬起身子，听着歌曲并望着夜空。这是一首忧郁的布鲁斯歌曲，撩人而悲伤。音乐来自法官家花园住宅后面黑人居住区的那个胡同。小伙子在听着的时候，那爵士乐的哀伤情调变得愈来愈明显，而且一直没有削弱。

杰斯特起床，走下楼去。他的祖父在书房里，他溜进黑夜，没有引起注意。音乐来自那个胡同的第三个房子，在他一遍又一遍地敲门之后，音乐声停了下来，门打开了。

他没有准备好要说什么，所以，他站在门口说不出话来，只知道有什么无法抗拒的事情即将发生在他身上。他第一次面对这个长着一双蓝眼睛的黑人，直面他，他颤抖起来。音乐还在他的体内颤动，杰斯特在面对自己对面的那双蓝眼睛时感到胆怯。在那张黝黑而阴沉的脸上，那双眼睛显得既冷峻又炽热。它们让他想起某种因突如其来的羞耻而令其战栗的事情。他默默无言地怀疑起这无法抗拒的情绪。这是恐惧吗？这是爱吗？或者这就是——到底有了，这就是——激情吗？那爵士乐的哀伤情调消散了。

还是说不清道不明，杰斯特就这么走进房间，关上了门。

# 第三章

就在这同一个仲夏之夜，当时空气中还残留着金银花的芳香，J. T. 马隆出乎意料地造访老法官家。法官有早睡早起的习惯；晚上九点的时候，他要洗个澡，把水哗啦哗啦地弄得老响，凌晨四点的时候，这一程序还要再来一次。这倒不是因为他喜欢这样。他本来倒是希望像其他人一样，在睡神的怀抱里安睡到早晨六点甚至七点。可早起的习惯已深入他的骨髓，他无法改变。法官认为，像他这样肥胖而又容易出汗的人就需要一天洗两遍澡，而他身边的那些人也都适应了这一习惯。所以，在黄昏的这段时间里，老法官总是在溅着水，哼哼唱唱……他最喜欢的浴缸歌曲是《在那人迹罕至的松林小径上》和《我是来自佐治亚理工大学散漫的废人》。那天晚上，他没有由着平常的爱好唱歌，因为他与他孙子的谈话令他烦恼，他也没有像他本来可以做的那样在每只耳朵后面喷上花露水。他在洗澡前去过杰斯特的房间，那孩子不在那里，他也没有从院子里回应。门铃响起的时候，法官穿着一件白色的衬衫式条格麻纱长睡衣，手里拿着一件便袍。以为是他孙子，他就走下楼去，光着脚穿过大厅，便袍就那么随便地悬在手臂上。这两个朋友彼此相见的时候都很吃惊。法官费力地把袍子往身上套，与法官肥胖的身躯相比，他那双光着的脚显得太小，马隆极力避开目光，不去看他的脚。

“都晚上这个时候了，什么风把你给吹来啦?”法官说话的语气好像早过了午夜似的。

马隆说：“我刚好在外面散步，觉得我可以进来坐一会儿。”马隆看起来既害怕又绝望，所以他的话并没有骗到法官。

“正如你看到的，我刚洗完澡。到楼上来，我们可以在临睡前喝点酒。八点过后，在我自己的房间里我总是感到更舒适些。我窝到床上去，而你可以躺在那法式的长椅上……要不我们调换一下。什么让你烦心啦?你看上去就像遭到女鬼追踪似的，J. T.。”

“我还真有这种感觉，”马隆说道。那天晚上，他无法独自承受真相，他就把患白血病的事告诉马莎了。他惊慌失措地从自己家里逃出来，无论逃到哪里，只要能得到安慰或慰藉就行。他预先担心起来，他的婚姻生活早已冷漠而平淡，他生怕这场不幸之事会让他们重新亲热起来，但那个温和的夏日黄昏的实际情况比任何担心还要糟糕。马莎哭了，坚持要用古龙水给他洗脸，而且还谈到孩子的未来。事实上，他的妻子并没有怀疑那个医生检查报告书，而且表现得好像她相信她的丈夫已病入膏肓，实际上就是个垂死之人。这种悲伤和确信让马隆既恼怒又恐惧。随着时间的流逝，那场景变得越发糟糕。马莎谈论着他们在北卡罗来纳州布洛英罗克度的蜜月，孩子们的出生，以及他们的旅行和生活中意想不到的变故。在谈到关于孩子们的教育问题时，她甚至提到了她的可口可乐股票。保守的维多利亚仕女——几乎是性冷淡，马隆有时候似乎觉得。这种对性缺乏兴趣经常让他感到自己庸俗、无教养，几乎是粗野。那天晚上最令人恐怖的事是，最后马莎竟然意外地，非常出乎意料地提到了性。

马莎正拥抱着吓坏了的马隆，这时候她哭着说，“我能做些什么？”她用了一句已经好多年没有说过的话。过去这常常是表示要做爱的话。这句话最早是在埃伦还是个幼儿的时候说的，当时她看到那些大孩子在马隆家夏季的草坪上翻筋斗。在她父亲下班回家的时候，小埃伦总是叫道：“你要我给你翻个筋斗吗，爹地？”于是，夏季傍晚的那句话，潮湿的草坪和童年就成了他们年轻的时候做爱的暗号。现在，结婚已二十年的马莎用了这个暗号，她的假牙已小心翼翼地放到一杯水里去了。意识到他不仅快要死了，而且在他还没有意识到的情况下他身体的某些部位已经死了，马隆感到十分震惊。他非常迅速，一声不吭地冲进了黑夜中。

老法官在前面带路，他那光着的双脚在深蓝色地毯的衬托下粉红粉红的，而马隆就跟在后面。他们两人对彼此陪伴带来的安慰都感到高兴。“我对我妻子说了，”马隆说，“关于那个……白血病。”

他们走进了法官的卧室，里面摆着一张有四根帷柱的大床，上面吊着华盖，床上摆着几个羽毛枕。长窗帘色彩浓艳，显得陈腐过时，挨着窗户有一把躺椅，他对马隆示意了一下后就将注意力转向了威士忌酒，接着便斟酒。“J. T.，你有没有注意过，一个人一旦有一个缺陷，那么，那个缺点就成了他首先要归咎于另一个人的东西？比如说，一个人贪婪……那么，贪婪就是他指责别人身上有的东西，或者说吝啬……那是一个吝啬的人首先能够识别的缺点。”法官对自己的话题兴奋起来，他几乎嚷嚷着说出下面的话，“而这就是要贼去捉贼……贼捉贼。”

“我知道，”马隆答道，不过有点困惑，不知道怎样才能找到这个话题的要点，“我不明白……”

“我就要谈到那点，”法官煞有介事地说道，“几个月之前，你还跟我谈到海登医生和血液中那些小小奇怪的东西。”

“对。”马隆虽口上这么说，但还是感到困惑。

“哦，就在今天早晨，杰斯特和我正从药店回家的时候，我碰巧看到了海登医生，我从未那么震惊过。”

“怎么啦？”

法官说：“那老兄成病夫了。我还从未见过一个人身体衰得那么快的。”

马隆极力想领会这句话的真实含义。“您的意思是……？”

法官的语气沉着而坚定。“我的意思是说，如果海登医生患了一种罕见的血液病，那么，他极有可能诊断说你患了这种病，而不是他自己。”马隆掂量着这一奇异的推理，不知道有没有一根可以抓住的救命稻草。“J. T.，我毕竟积累了大量的医疗经验；我在约翰·霍普金斯医院住了将近三个月。”

马隆想起了医生的双手和胳膊。“海登的手臂还真的很细，而且长了很多毛。”

法官几乎是哼着说道：“别傻了，J. T.，多毛与这没有关系。”马隆感到很难为情，更愿意听法官的推理了。“医生没有告诉你，那是出于卑鄙或恶意，”法官接着说道，“不说自己染了恶疾，这正是合乎逻辑的人的行为方式。我今天一见到他，我就知道是怎么回事了。我了解绝症患者的眼神……他的眼睛斜视一侧，目光转到一边去，好像难为情似的。我在约翰·霍普金斯医院多次见过这种表情，在那里，我可是一个无需卧床，很健康的病人，我认识那家医院里的每一个人，”法官深信不疑地说道，“而你的眼神非常直，尽管你很瘦，应该吃动物的肝脏。吃点治肝丸，”他几乎是大喊大叫地说道，“有没有用于治疗血液病的那种叫作治肝丸[1]的东西？”

马隆看着法官，目光在困惑和希望之间闪烁不定。“我还不知道您在约翰·霍普金斯医院住过院，”他轻声说道，“我猜想您是因为政治生涯的原因才没有把这个消息四下传开吧。”

“十年前，我的体重是三百一十磅。”

“您一直体重保持得挺好。我从未把您看作一个胖子。”

“胖子？那当然不是。我只是既结实又魁伟……只是有一件事，我就是总会突然摔倒。这让米西小姐很担心，”他瞥了一眼挂在他对面墙上他妻子的肖像说道，“她甚至说到了医生……实际上对这个话题喋喋不休。在我成年之后，我从未去看过医生，本能地觉得医生要么就是伤你感情，要么，就是要你节食，都一样糟糕。我与塔特姆大夫是密友，他过去经常和我一道去钓鱼和打猎，不过，他与其他医生不一样……要不然的话，我就不理医生了，也希望他们不要来

---

① 治肝丸，原文为“liver shots”，译者没有查询到此类药，姑且作此译。疑为自以为是的法官误将“liver salts”听成了“liver shots”。“liver salts”是一种用来治疗肝脏或消化不良的药物，一般译成“治肝盐”。从上下文来看，法官自己也不能确信有没有这种叫“治肝丸”的药。

打扰我。除了会突然摔倒，我身体非常健康。塔特姆大夫去世的时候，我牙疼得很厉害……我想这是心理疾病，于是我去找大夫的兄弟，他是这个县给骡子治病的最好的医生。我喝了酒。”

“给骡子治病的医生！”他对法官推理的信任里回荡着一个病人的沮丧。老法官却似乎没有注意到。

“很自然，那一个星期要为大夫办葬礼，还有守夜和送葬的队伍等等，我的牙疼得像电铃般刺激着我……于是，波克，大夫的兄弟，干脆给我把牙拔了……用了奴佛卡因和抗生素，总之，这些都是他用于骡子的，因为它们的牙齿很壮，而且无论是谁要是戏弄它们的嘴巴，它们都很执拗，并且非常敏感。”

马隆疑惑地点着头，而且因为他的失望还在回响着，他便突然换了个话题。“那幅肖像把米西小姐画得活灵活现。”

“有时候，我是这么想的。”法官沾沾自喜地说道，因为他属于这样一种人，总觉得自己所拥有的任何东西都比别人所拥有的要高级得多……尽管那些东西都一模一样。他还若有所思地补充说道：

“有时候，在我难过或悲观的时候，我觉得萨拉在画左脚的时候犯了一个严重的错误……在我心情最糟糕的时刻，这只脚有时候就像一种奇怪的尾巴。”

“这我倒一点也看不出来，先生，”马隆安慰他说道，

“况且，重要的是面部，面部的表情。”

“尽管如此，”法官充满激情地说道，“我还是希望我太太的肖像是乔舒亚·雷诺兹爵士[1]或者是某一位大师画的。”

“哦，那是另外一回事。”马隆一边说着，一边看着由法官的姐姐画的那幅画得很糟糕的肖像。

“我已经学会不去勉强接受最便宜、自家做的产品……尤其是涉及艺术品的时候。可那个时候，我做梦也没有想到，米西小姐就要去世，离我而去了。”

眼泪让那双昏暗、衰老的眼睛亮了起来，于是，他不再出声，因为唠叨的老法官从来就无法谈论他妻子的死亡。马隆也沉默了，他在回忆着。法官的妻子死于癌症，在她长期生病期间，正是马隆给医生所开的处方配的药，而且他经常去看她……有时候，他从自家花园里采些花带去，或者带一瓶古龙香水，好像是要淡化他是在配送吗啡这一事实。法官经常会缓慢吃力地在宅子四周走动，神情郁郁寡欢，因为他尽可能多地陪伴他的妻子，马隆在想，这甚至都对他的政治生涯产生了不利影响。米西小姐罹患了乳腺癌，并已被切除。法官无限悲伤；他经常出没在市立医院的大厅里，缠着医生哭泣、询问，甚至连那些与这个病例无关的医生他也不放过。他在第一浸信会教堂组织了祷告，并且每个星期天都

① 乔舒亚·雷诺兹爵士（1723—1792），英国肖像画家，被称为 18 世纪欧洲主要画家之一。他是英国皇家艺术学院的创始人和第一任院长，1769 年被乔治三世封为爵士。

在她的信封里放一百美元。当他的妻子回到家里，表面上看起来痊愈了的时候，他就感到无限的欣喜和乐观；他还买了一辆劳斯莱斯汽车，并雇佣了一个“安全的黑人司机”供她日常兜风。在他妻子得知自己旧病复发的时候，她想对她丈夫隐瞒真相，免得他紧张，于是，有一段时间，他还继续着自己快乐而奢侈的生活。当他的妻子很明显正在日渐衰弱的时候，他不想知道，并试图欺骗她和他自己。他回避医生，不再询问，接受了一个受过正规训练的护士成为家庭成员这一事实。他教他妻子打扑克，于是，在她身体足够好的时候经常打。在他妻子很明显十分痛苦的时候，法官总是轻轻地踮着脚走到冰箱那里去吃东西，也不知道他吃的东西是什么味道，只是在想，他的妻子病情已非常严重，不过正在从大手术中康复。就这样，面对自己每日内心隐秘的悲痛，他稳定住自己的情绪，也不想让自己明白是怎么回事。

她去世的那天是十二月的一个大冷天，蓝色的天空万里无云，圣诞颂歌在寒冷的空中回响。法官头晕得厉害，又太疲倦，因此无法痛快地哭一场，他有很糟的打嗝症状，谢天谢地，这在宣读葬礼悼词时止住了。那个冬日的傍晚，在仪式结束、客人们都走了之后，他独自乘坐劳斯莱斯去了墓地（那个星期之后他就把汽车卖了）。在那里，当第一批寒星出现在空中时，他用手杖戳了戳坟墓上新砌的水泥，掂量一下泥工的手艺，然后，非常缓慢地回到那部由那个“安全的黑人司机”驾驶的汽车上，他精疲力竭地待在里面，睡着了。

法官最后看了一眼那幅肖像，然后将他那眼泪汪汪的眼睛转了过去。世上再也没有这么纯洁的女人了。

在哀悼一段时间之后，马隆和镇上的其他人都以为法官会适时再婚的；甚至连他自己，在嘎吱嘎吱地绕着巨大的宅子转，感到既寂寞又伤心的时候，都有一种莫名的期待感。星期天的时候，他十分精心地打扮好，上教堂去做礼拜，在那里，他故作庄重地坐在第二排的靠背长凳上，双眼却盯住唱诗班不放。他的妻子曾在唱诗班唱歌，而在她们唱歌时，他喜欢注视着女人们的喉咙和胸部。在第一浸信会教堂的唱诗班中有几个可爱的女子，特别是有一个法官经常注视的女高音。但镇上还有其他教派的唱诗班。带有一种离经叛道的感觉，法官去了那个长老会教堂，那里有一位金发歌手……他的妻子过去就是金发……她唱歌时的喉咙和乳房令他着迷，尽管在其他方面她并不完全合他的口味。于是，法官精心打扮一番，去镇上的各种教堂，坐在靠前排的椅子上，观看并评判着唱诗班，尽管他对音乐几无鉴赏力，而且总是唱歌跑调，嗓门很大。没有人质疑他更换教堂的事，但他一定是感到有点内疚，因为他经常会大声宣称：“我喜欢了解各种宗教和教义目前的情况。我太太和我一直都胸襟非常开阔。”

法官从未有意识地想过要再婚；实际上，他经常说到他的妻子，就仿佛她现在还活着。话虽这么说，但他还是有某种念想，这种念想让他有中空的感觉，所以他设法用食物或酒或观看唱诗班女子表演来填补。而且他还在朦胧不清的状态下，开始下意识地寻觅起他的亡妻。米西小姐是个纯洁的女人，于是他在无意识中只考虑那些纯洁的人。一个唱诗班的歌手，只有唱诗班的那些歌手才对他有吸引力。这些要求倒不是太难满足。但米西小姐还是个打扑克的高手，而未婚、纯洁的唱诗班歌手还要同时扑克牌打得精，这就有点稀少了。米西小姐去世大约两年后的一个晚上，法官邀请凯特·斯平纳小姐星期六共进晚餐。他同时还邀请了她年龄较长的姑姑作为监护人，并且恰似他妻子事先会筹划的那个样子安排了那顿晚餐。晚餐上的第一道菜是牡蛎。接着上了鸡肉，还有咖喱炖西红柿，把醋栗果和杏仁炖在一起，这是米西小姐最喜欢的待客菜肴之一。每一道菜都上葡萄酒，冰淇淋甜点之后是白兰地。法官为准备这些有好几天都坐立不安，一定要做到用最好的金银餐具。这顿晚餐本身就是一个极大的错误。首先，凯特小姐从来没有吃过牡蛎，在法官试图哄她吃的时候，她吓得要命，生怕不得已吃下一只。那喝起来不习惯的葡萄酒弄得凯特小姐咯咯地傻笑，这样子对法官来说似乎有点挑逗的意味，令他感到莫名的恼火。另一方面，那位老姑娘姑姑说，她平生从来滴酒不沾，她的侄女儿竟会喝酒，这令她感到吃惊。在这兴味索然的晚餐结束的时候，法官的希望虽然发生了动摇但还尚未破灭，于是，他拿出一副新牌，要与两位女士玩一把。他想起他妻子那修长的手指，戴着他送给她的钻石戒指。但实际情况却是，凯特小姐长这么大从来没有抓过一张牌，而那个老姑姑还来了这么一句，对她而言，打牌就是通向魔鬼游乐场的大门。这场聚会就这么早早地收场了，而法官把那瓶白兰地喝完之后才去上床睡觉。他把这一切归咎于斯平纳一家人是路德会教友，甭指望他们与到第一浸信会教堂做礼拜的人属于同一个层次。他就这样自我安慰，于是，他又恢复了自己天生的乐观情绪。

然而，对于教派和教义，他的心胸开阔得还没有那么离谱。米西小姐出生于美国新教圣公会教徒家庭，她是在他们结婚之后，才改信第一浸信会的。赫蒂·皮威小姐在新教圣公会唱诗班唱歌，唱歌的时候，她的喉咙在不停地波动震颤。圣诞节的时候，会众们每唱到哈利路亚这段赞美上帝的颂歌时都会站起来……年复一年，他都被这段给骗了，像个傻瓜一样坐在那里，直到他意识到每一个人都已经站了起来，他这才把声音唱得最响，压过整个教堂，试图以此弥补过失……可今年圣诞节，法官正伸着脖子看赫蒂·皮威小姐，哈利路亚这一节到了并已经过去了，他还没有注意到。做完礼拜之后，他拖着脚步，前去邀请她和她年迈的母亲下个星期的星期六共进晚餐。他再次为准备晚餐费心劳神了一番。赫蒂小姐是个来自良好家庭的矮胖的女子；她不再是年轻幼稚的女人，这点法官很清楚，但当时他也不年轻，已逼近七十岁了。这当然不是因为赫蒂小姐是个寡妇就是个涉及婚姻的问题。（法官在这种下意识地寻求爱情的过程中已经无意识地排除了寡妇，当然，还有离婚的女子，再婚对于一个女子来说是很不合适的，这在他看来是一条原则。）

这第二顿晚餐与同路德会教友吃的那顿饭大不相同。结果发现赫蒂小姐很喜欢牡蛎，并试图鼓足勇气把一只牡蛎整个都吞下去。那个年迈的母亲还讲了一个故事，说她为珀西，“我亲爱的伴侣”的商业伙伴做了一个牡蛎全宴……生牡蛎、烤牡蛎等等，这些老太太都一一详细叫出了名字，还说到结果却是，那个生意伙伴根本就不能吃牡蛎。老太太喝着她的葡萄酒，这样，故事就变得越来越长，越来越乏味烦人，于是，女儿就试图改变话题，却没什么效果。晚餐后，当法官把牌拿出来的时候，老太太却说，她视力太差，辨不清牌，她还是把她那波尔图葡萄酒喝完，就这么看看炉火，她就心满意足了。法官教赫蒂小姐玩 21 点牌戏，发现她是个天资很高的学生。但他太思念米西小姐那双修长的手和手上戴的钻石戒指了。再说，赫蒂小姐有点丰满，不太合他的口味，他禁不住拿他妻子那瘦小的乳房与她肌肉有点发达的体形做比较。他的妻子有一对非常纤弱，实际上干瘪的乳房，他永远也忘不了其中一个已经被切除了。

情人节这天，由于感情空虚而感到心烦意乱，他买了一盒五镑的心形糖果，这倒符合做这个生意的 J. T. 马隆的利益。在前往赫蒂家的路上，他又审慎地重新想了一遍，并慢慢地走回家了。他自己把糖果吃了。吃了两个月才吃完。然而，在诸如此类毫无结果的其他小事之后，法官全身心地扑在了他的孙子身上，一心一意只爱他。

法官溺爱自己的孙子，到了不合理的程度。镇上传着这样一个笑话，说有一次教堂在组织野餐的时候，法官仔细地把他小孙子饭里面的辣椒籽往外挑，因为这孩子不喜欢辣椒。孩子四岁的时候，在他祖父耐心的辅导下，他就能背诵主祷文和《诗篇》中的第二十三篇了，当时镇上的人聚在一起听这个神童的表演可是老人的乐事。由于专心于他的孙子，他那悲伤造成的空虚感逐渐消失了，随之而去的还有他对唱诗班姑娘们的迷恋。尽管年龄在增长，这一点法官实际上并不承认，但他还是每天早晨一大早就到他在法院的办公室里去上班——走在黎明的道路上，中午被人开车送回来吃一顿漫长的午饭，然后再被人开车接回去午后工作几个小时。他在法院的广场上和马隆的药房里大声地与人辩论。星期六的晚上，他在纽约咖啡馆的密室里举行的比赛中打扑克。

这么些年来，法官把这奉为自己的座右铭："健全的心智寓于健全的身体”[1]。他的“中风”也没有像人们想象的那样改变这一点。经过一段专爱唱反调的康复期之后，他又恢复了他的常态；虽然他只是上午到办公室去，而且也几乎不做什么了，只是打开他那越来越少的邮件，看看《米兰信使报》《花枝总账》，星期天的时候看看《亚特兰大法规报》，可这份报纸令他十分生气。法官是在浴室里摔倒的，在那里躺了好几个小时，杰斯特正值年少，睡觉睡得沉，最后，他终于听到了他祖父的喊叫声。这个“小发作”来得突然，所以法官一开始希望他也会同样迅速地得以康复。他不愿承认这就是一次真正的中风——只说是“一次轻微的麻痹症”“小发作”，等等。当他能够起床，并能四处走动的时候，他宣称他拄拐杖只是因为他喜欢它，并称这次“小发作”可能对他有好处，因为他的大脑由于沉思和“新默想”而变得更加敏锐了。

老人焦躁不安地等待着门栓的声音。“杰斯特这么晚了还在外面，”他带着抱怨的语气说道，“他通常是个非常体贴的孩子，晚上出去会让我知道他在哪里。我洗澡之前，听到从不远处传来了音乐的声音，我在想他是不是走到院子里去听音乐了。可音乐停了，我叫他时，周围一片寂静，现在都

① 原文为拉丁语：“Mens sana in corpore sano”。

过了就寝的时间了，可他还是没有回家。”

马隆将长长的上嘴唇抿在嘴巴上，他不喜欢杰斯特，因此，他只是淡淡地说道，“哎，男孩子总归是男孩子。”

“我经常为他担心，因为他是在一个悲伤的家里长大的。要是真有这么一个悲伤之家的话。有时候，我觉得这就是他喜爱悲哀音乐的原因，尽管他的母亲就是一个非常喜爱音乐的人，”法官说道，忘了他这么说已经跳过一代人了。“当然，我说的是他的祖母，”他纠正道，“杰斯特的母亲只是在那段暴力、悲伤和混乱的时期与我们在一起……情况很糟以致她从这个家庭匆匆而过几乎都没人注意到她，所以我现在都几乎记不得她长什么样了。淡色的头发，淡褐色的眼睛，一副好听的嗓子……尽管她的父亲是个臭名昭著的走私朗姆酒的人。不管我们对她是什么感觉，她对我们而言还是因祸得福，如果真有这回事的话。”

“问题是，她正好夹在约翰尼去世、杰斯特即将出生和米西小姐旧病复发这几件事之间。在这种情况下要不糊涂还真需要有最坚强的个性才行，而米拉贝尔并不坚强。”实际上，唯一记忆深刻的是一个星期天的晚餐，当时这个温顺的陌生人说“我爱烘烤冰淇淋”，而法官主动出面纠正她。“米拉贝尔，”他严厉地说道，“你爱我。你爱你记忆中的丈夫。你爱米西小姐。但你不爱烘烤冰淇淋，明白吗？”他充满喜爱地瞥了一眼那块他正在切的冰淇淋，指出，“你喜欢烘烤冰淇淋。明白二者的区别了吗，孩子？”她是明白了，但她的胃口已荡然无存。“明白了，先生。”她把叉子放下时说道。法官感到内疚，愤怒地说道：“吃啊，孩子。你现在这种状况必须要吃。”可想到她目前所处的这种状况反而令她哭起来，于是便离开了餐桌。米西小姐以责备的目光瞥了一眼她的丈夫，很快也跟着走了，丢下他一个人在那里愤怒地吃着。作为对她们的一种惩罚，那天下午大部分时间里他故意不在她们面前出现，把自己锁在书房里玩单人纸牌戏；门把手被弄得嘎嘎响，他一动不动，也拒绝回应，这时他感到非常满足。他甚至到了这样的地步，独自到墓地去，而不是像通常在星期天那样，陪同他的妻子和儿媳妇一起去看约翰尼的坟墓。到墓地去了一趟让他恢复了平常的好心情。他在那个四月的黄昏里兜了一圈之后，就到一直都开放的皮扎拉蒂水果店去了，买了几袋糖果、柑橘，甚至还买了一只椰子，这些他们全家在晚餐后都享用了。

“米拉贝尔，”他对马隆说道，“要是她被送到约翰·霍普金斯医院去分娩就好了。但克兰恩家的人一直都是在家里出生的，而且，谁会知道结果将是怎样呢。事后的认识总是要比事前的预见好。”他说完了，不再去想他那已在分娩中去世的儿媳妇了。

“米拉贝尔的事真是令人伤心，”马隆说道，也只是为了找话说，“在这一代人当中，妇女很少死于分娩了，所以要是她们这样死了，这就格外令人悲痛。她过去总是每个下午来药房买一根冰淇淋蛋卷。”

“她酷爱甜食，”法官带着一种奇特的满足感说道，因为他得益于这种情形，经常会说，“米拉贝尔一直酷爱草莓脆饼。”或者一些诸如此类的精美食品，把他自己渴望的东西转移到他儿媳妇身上。法官的妻子在世的时候巧妙而坚定地把他的体重控制在三百磅范围之内，尽管她从未用过卡路里或节食这些字眼。她悄悄地仔细研读热量列表，并据此安排膳食，法官毫不知情。

“镇上所有的儿科医生都找遍了，”法官说道，几乎是在为自己辩解，仿佛他因为没有关心他的家属正在遭到指责。“但那是某种没有预料到的罕见的并发症。到我临终的那一天，我都会为我们没有一开始就把她送到约翰·霍普金斯医院去而感到惋惜。他们是专门医治并发症和罕见疾病的。当初要不是约翰·霍普金斯医院，我现在就在坟墓中了。”

马隆在这种谈论别人的疾病中找到了安慰，于是小心谨慎地问道：“您当初的病复杂而罕见吗？”

“不是那么复杂而罕见，但却很奇怪，”法官带着无所谓的神情说道，“我的爱妻去世后，我太痛苦了，于是我便开始用我的牙齿自掘坟墓。”

马隆战栗起来，脑海里立刻活灵活现地浮现出他的朋友在墓地里咬噬砂砾泥土，痛苦地大声哭泣的形象。他自己的病已令他根本无法抵御这种突如其来、胡乱的形象了，无论它们是多么令人厌恶。疾病令马隆的主观意识如此敏感，以致他对那些最温和、客观的概念的方方面面都反应强烈。比方说，只要提到像可口可乐这种普通的东西就表明人们认为他没本事养家糊口，就让他联想到羞耻和丢脸，仅仅因为他的妻子拥有一些可口可乐股票，这是她用自己的钱购买的，并存放在米兰银行与信托公司的保险箱里。这些反应如洞穴般深邃幽暗，不由自主，是马隆几乎意识不到的，因为它们有无意识的那种反复无常的优势和缓慢的滞后期。

“有一次，我在你的药房里称了称，我的体重是三百一十磅。不过，那倒是没有让我感到特别紧张，我只是为这些突然摔倒而感到忧虑。但是，如果我不十分严肃地对待的话，总有一天会发生某种稀奇古怪的事情。终于，那稀奇古怪的事情发生了。”

“什么事啊？”马隆问道。

“那还是杰斯特七岁的时候发生的事情。”法官突然中止了他的这个话题，诉说起他这些年所受的苦。“哦，一个男人要抚养一个没有母亲的孩子，而且不仅仅是抚养还要培养呢，那个麻烦啊。哦，那克拉普婴儿食品，夜里突然耳朵痛，我把止痛剂泡在糖里，还把橄榄油滴进他的耳朵里给他止痛。当然，大多数活都是他的保姆，克利欧佩特拉做的，但我的孙子我有责任，这点毫无疑问。”他叹了口气，然后接着讲他的经历。“唔，在杰斯特还是个小男孩的时候，我就决定教他打高尔夫球，于是，在一个晴朗的星期六下午，我们出发前往米兰乡村俱乐部的高尔夫球场。我正在那里打球，给杰斯特演示各种握杆和站立的姿势。我们来到那个……树林边的那个小池塘……你知道的，J. T.。”

马隆从未打过高尔夫球，也不是乡村俱乐部的会员，但却出于某种自尊心理点了点头。

“不管怎么说，我正在那么不停地摆动着，这时候，我突然就摔倒了。而且我不偏不歪，正好栽进了池塘里。我淹在水里，身边什么人也没有，只有一个七岁的男孩和一个黑人小球童可以救我。他们是怎么把我给拖出来的，我现在都不知道了，全身湿透了，也糊里糊涂的，所以不太可能是自己爬上来的。那一定是件非常费力的事，因为我体重超过了三百磅，但那个黑人球童既机灵又聪明，我终于得救了。不过，那次突然摔倒引起了我十分严肃的思考，我考虑要去看医生了。因为我不喜欢，也不信任米兰的任何医生，我灵光一现，突然想起……约翰·霍普金斯医院。我知道他们治疗像我这种罕见、不同寻常的疾病。我把一块刻有拉丁文的纯金手表送给了那个救我的球童。”

“拉丁文？”

“Mens sana in corpore sano.”[①]法官沉着地说道，因为这是他所认识的唯一一句拉丁语。

“再贴切不过了。”马隆说道，尽管他也不懂拉丁语。

“我并不知道，我与那个黑人男孩有一种奇特、你也可以说是一种不幸的关系。”法官缓慢地说道；他合上双眼，就像是给这个话题拉上了一种幕布，令马隆的好奇心没有得到满足。“尽管如此，”他继续说道，“我打算雇他当贴身男仆。”这过时的术语给马隆留下了深刻的印象。

“在我掉进那个池塘之后，我才真正警觉起来，就主动去了约翰·霍普金斯医院，因为我知道他们研究罕见而古怪的疾病。我把小杰斯特也带去了，以便拓宽对他的教育，也算是对他帮那个球童救我的一种奖赏。”法官没有承认的是，没有他七岁的孙子的陪伴，他无法面对像住院看病这样可怕的经历。“这才有了我面对休姆大夫的那一天。”

不意间，诊疗室的情景浮现在马隆的眼前，同时还伴随着乙醚的味道、孩子的哭声、海登医生的裁纸刀和治疗台，这一切立刻令他脸色发白。

“休姆大夫在问我是否吃得过多的时候，我向他保证我吃的只是普通的量。然后他的问题就问得越来越细了。比如说，他问我一顿饭吃多少个小面包，于是我说：‘只是普通的

① 即前文被法官视为座右铭的那句话，意为：“健全的心智寓于健全的身体”。

量。’按照医生们通常的做法，他做了更深入的探寻，询问‘普通的量’是多少。我告诉他，‘就一打或两打吧’，这时我立马感觉到我遭遇了自己的滑铁卢，已经惨败。”

瞬息之间，马隆的眼前浮现出浸泡过的小面包、丢人现眼、拿破仑的样子。

“医生说，我有两种选择……要么继续就像我过去那样生活下去，这不会长久，要么就节食。我感到很震惊，我承认。可我对他说，这个问题太严肃了，是不能随便回答的。我让他给我十二个小时，让我想一想，然后再做最终决定。‘我们会发现节食并不太难，法官。’‘我们’这个词只用于而且仅仅用于你自己，而医生在用这个词的时候你是不是觉得很讨厌？他可以回家狼吞虎咽地吃五十个小面包和十根烘烤冰淇淋……而我呢，我却忍饥挨饿地在节食，我非常愤怒地这样思考着。”

“我讨厌医生们说‘我们’，”马隆表示赞同，感受着自己在海登医生诊所里那令人厌恶地涌上心头的情绪，以及那句宣判他命运的话，“我们这里遇到了一个白血病病例。”

“还有，”法官补充道，“医生们以为对我讲的是所谓的真相。我讨厌这样，真该死。想着节食的问题，我当时非常生气，气得我真有可能当场就中风了。”法官又赶忙更正说，“真有可能心脏病发作或‘小发作’。”

“是啊，这是不对。”马隆附和道。他曾要求了解真相，可在提出这种要求时，他实际上只是在寻求安慰。他怎么可能想到春困症这种普通的病症会是一种不治之症呢？他需要的是同情和安慰，但他得到的却是致命的打击。“这就是医生，天哪；洗着手，两眼望着窗外，摆弄着可怕的东西，而你却伸直四肢，直挺挺地躺在治疗台上，要么就是半裸着身子坐在椅子上。”因虚弱和愤怒，他最后语带悲叹地说道：“我很高兴我没有上完医学院。我就不会把它挂在心上，也不会问心有愧。”

“正如我答应我要做的，我考虑了整整十二个小时。一部分我说，去节食吧，而另一部分则说，见鬼去吧，你只活一回。我对自己引用了莎士比亚的那句话，‘是生存还是死亡’，并伤心地左思右想。然后，临近黄昏时分，一个护士端着一个盘子来到病房。盘子上有一块足有我的手两倍那么厚的牛排、大头菜、莴苣和西红柿沙拉。我看了看那个护士。她长着一对好看的乳房和一个秀美的脖子……那是就护士而言的。我对她讲了我的问题，并诚恳地问她那种规定的饮食是什么。她说：‘这就是规定的饮食啊，法官。’你听了她的话真的会非常惊诧。当我确信这不是在开玩笑之后，我转告休姆大夫我已经在节食了，并开始吃起来。我忘了提及烈性酒或一点甜酒了。我设法弄了点。”

“怎么弄到的？”马隆问道，他了解法官的一些小弱点。

“上帝行事妙呗。我在把杰斯特从学校接出来，陪我去医院的时候，大家都觉得这很奇怪。有时候我也这么想，但私下里我是担心我会死在北方那家医院里。我事先并不知道这一计划，但一个七岁的男孩刚好可以去最近的酒类专卖店，给他生病的爷爷买一瓶酒。”

“生活的诀窍就在于把痛苦的经历变成快乐的。一旦我的消化道收缩了，我在约翰·霍普金斯医院的日子就好过了，我在三个月的时间里体重减轻了四十磅。”

看到马隆那狭长的眼睛中充满着忧伤，法官突然觉得有点内疚，因为他谈了这么多关于他自己的健康问题。“你也许以为我的一切都是鲜花和美酒，J. T.，可实际上并不是，我要告诉你一个秘密，在这个世界上我从未对一个人透露过，一个严重、可怕的秘密。”

“哎呀，到底是什么……”

“节食后我身上的那些赘肉都消失了，这我很高兴，可那节食对我的身体造成了系统性影响，仅仅一年之后，在我一年一度去约翰·霍普金斯医院检查的时候，我被告知，我的血液中有糖，而那就意味着糖尿病。”马隆已经卖给他胰岛素多年了，所以并不吃惊，但他没有发表意见。“不是一种致命的病而只是一种饮食上的疾病。我把休姆大夫严厉地训斥了一顿，并威胁要起诉他，可他与我讲道理，而作为一名地地道道的法官，我意识到这在法庭上是站不住脚的。这就带来了一些问题。J. T.，你可知道，这虽然不是什么要命的病，但你必须要每天打一针。这倒没有什么传染性，可我觉得这在我身上留下了太多对我不利的健康标记，让公众都知道了这件事。无论有没有人承认，可我还处在自己政治生涯的顶峰呢。”

马隆说：“我不会告诉任何人的，虽然这并不是什么丢脸的事。”

“肥胖，那个‘小发作’，接着是最严重的，糖尿病……这对一个政治家来说就已无法承受了。尽管白宫有个跛子也干了十三年[①]。”

“我完全信任您在政治上的敏锐性，法官。”他虽然这么说，但那天晚上，他已经莫名其妙地对法官失去了信任……为什么会这样，他并不明白……不管怎么说，医疗上的信任是失去了。

“多年来，我一直忍受着让那些医院的护士来给我打针，而现在，偶然的机会使我想到了另一个解决办法。我已经找到了一个男孩，他会照料我，给我打这些针。他就是那个你在今年春天打听过的那个男孩。”

马隆突然想起来了，说道：“不会是那个长着蓝眼睛的

---

① 这里的“跛子”有可能指的是美国第三十二任总统罗斯福(1882—1945)。他于 1921 年 8 月患上了脊髓灰质炎症，留下了终身残疾。他是美国历史上唯一连任超过两届的总统，实际连任四届，病逝于第四届任期中，执政时间长达十三年(1933—1945)。

黑人吧。”

“正是。”法官说道。

“您对他了解多少呢?”马隆问道。

法官在想着他人生的不幸，以及那个男孩又是如何处于这不幸的中心的。但他只是对马隆说:“他就是在我落入池塘时救我性命的那个黑人球童。”

接着便传出两个朋友谈论那场不幸的笑声。他们有意识地将笑点集中在那个三百磅的老人被拖出高尔夫球场池塘时的样子，但那歇斯底里的笑声在昏暗的傍晚回荡着。对不幸发出的大笑要停下来可不容易，所以他们笑了很久，各自在为自己的不幸而笑。还是法官先打住了大笑。“说真的，我想找一个我能够信任的人，可还有谁比那个救我命的小球童更值得我的信任呢?胰岛素是一种非常微妙、神秘的东西，必须要由一个非常聪明而认真负责的人来掌管，针头要煮啦，诸如此类。”

马隆在想，那个男孩或许聪明，可有没有一个黑人男孩过于聪明这样的事情呢?他替法官担心，眼前浮现出那双冷漠、炽热的眼睛，并将它们与药杵、老鼠和死亡联系起来。“要是我，是不会雇佣那个黑人男孩的，但也许您最了解，法官。”

法官又想起自己担心的事情来。“杰斯特不跳舞，他不喝酒，就我所知，他甚至不和女孩交朋友。这个杰斯特到哪里去了呢？天越来越晚了。J. T.，你觉得我应该报警吗？”

报警的想法以及突然闹出这么大的动静令马隆不安起来。“哎呀，这还不太晚，不必担心，不过，我觉得我最好还是回家吧。”

“J. T.，打个的吧，我付钱，明天我还有更多关于约翰·霍普金斯医院的事要谈，因为，说真的，我觉得你应该去那里看看。”

马隆说：“谢谢，先生，可我不需要打的——新鲜空气对我有好处。不要担心杰斯特。他很快就会回家的。”

尽管马隆说步行会对他有好处，尽管那天晚上还算暖和，但他在走回家的时候还是感到既寒冷又虚弱。

他蹑手蹑脚地爬进了他与妻子共眠的那张床里。可当她那温暖的臀部碰到他的臀部时，他猛地缩了回来，因为现在他对他们过去那种充满活力的震颤感到厌恶——既然死亡就在眼前，虽一息尚存，但又如何能继续那样生活呢？

# 第四章

那个仲夏日之夜，杰斯特和舍曼初次相遇时几乎还不到九点，而且他们见面也只不过两个小时。但在青春的早期，两个小时可能是一段决定性的时间，它有可能会使整个一生偏离正确的方向，也可能会启迪人的一生，那天晚上，这样一种经历就发生在杰斯特·克兰恩的身上。在音乐和他们初次相见所激发的情绪稳定下来之后，杰斯特才开始留意起那个房间。房子的一角栽着绿色植物。他使自己镇定下来，这时他意识到那个陌生人已阻断了他的观察。那双蓝色的眼睛在促使他开口说话，但杰斯特依然保持沉默。他脸红了，脸上的雀斑颜色也加深了。“对不起，”他用颤抖的声音说道，“请问你是谁，你刚才唱的是首什么歌？”

这另一个小伙子，与杰斯特一般年纪，故意用吓人的语气说道：“如果你想知道那严肃而冷酷的真相的话，那么，我对你说，我不知道我是谁，也不认识我的任何一个祖先。”

“你的意思是说你是个孤儿，”杰斯特说道，“哎呀，我也是，”他热情洋溢地补充了一句，“你不觉得这是某种征兆吗？”

“不是。你知道你是谁。是你爷爷派你到这里来的吗？”

杰斯特摇了摇头。

杰斯特在一开始进来的时候，舍曼还以为是给他带来了什么消息，然后，随着时间的流逝，他估计是什么骗局。“那么，你闯进这里来是为了什么？”舍曼说道。

“我并不是闯进来的。我敲了门，并说了‘打扰一下’，然后我们就交谈起来了。”

舍曼狐疑的大脑在想着到底要对他耍什么花招，于是，他非常警觉。“我们并没有交谈起来。”

“你刚才还在说你是如何不知道你父母情况的。我的父母去世了。你的父母呢？”

长着蓝眼睛的黑人男孩说：“那严肃而冷酷的真相是，我对他们一无所知。我被丢在教堂的一个长凳子上，所以我就叫皮尤[①]，因为根据尼日利亚族人的习惯，这个姓有点黑人的特点而且是按照实际情况来确定的。我的名字是舍曼。”

---

① 英文原文为“pew”，原意指的是“教堂内的靠背长凳”，这里因为是人名，故音译为“皮尤”。

即便是远没有杰斯特那么敏感的人也能意识到，这另一个年轻人是在故意对他粗鲁无礼。他知道他应该回家了，但他似乎被镶嵌在那黑色面庞上的那双蓝色的眼睛给迷住了。然后，舍曼一句话也没说就开始边唱边弹奏起来。这是杰斯特在他自己的房间里听到过的那首歌，而且他觉得自己还从来没有这样被打动过。舍曼那粗壮的手指在乳白色键盘的衬托下显得非常黑，在唱歌的时候，他那健壮的脖子向后仰着。在奏唱了那首歌的第一节之后，他将自己的头和脖子朝沙发方向猝然一甩，示意杰斯特坐下。杰斯特坐了下来，听他奏唱。

那首歌曲奏唱完之后，舍曼调皮地做了个滑奏，然后，走向隔壁的小厨房，端来两杯已经倒好的饮料。他把其中一杯递给了杰斯特，杰斯特在接过杯子的时候问那是什么。

“卡尔弗特勋爵，保税威士忌，酒精浓度为百分之九十八。”舍曼虽然没有说出来，但他买这种威士忌是他因为那一年广告上说“显要人物”才喝这种酒的。他试图穿着也像广告上的那个人，一副不修边幅、漫不经心的样子。但在他的身上，这只是显得邋遢，这样，他就成了镇上衣着最惹人注目的人之一。他穿着两件哈撒韦品牌的衬衫，眼睛上戴着一个黑色的眼罩，但这反而使他显得可怜，而不是高贵，而且他总是撞在东西上。“最好的，最著名的，”舍曼说道，“我可不用劣质酒来招待自己的客人。”可他在厨房里倒酒的时候可吝啬了，生怕什么酒鬼将其一饮而尽；他也不会给已知的酒鬼上卡尔弗特勋爵这种酒。他今晚的客人根本不是酒鬼；事实上，他此前从未尝过威士忌。舍曼开始觉得这个客人并不是要替法官施什么神秘的阴谋诡计。

杰斯特拿出一包香烟，彬彬有礼地递了过去。“我烟瘾大，抽个不停，”他说道，“而且我几乎每天都喝酒。”

“我只喝卡尔弗特勋爵。”舍曼语气坚定地说道。

“我刚进来的时候，你为什么那么无礼而且样子又那么难看呢？”杰斯特问道。

“现如今你对分裂者可得要非常小心才是。”

“对什么？”杰斯特问道，感到有点茫然。

“那个意思是精神分裂症患者。”

“可那是不是身体上的一种疾病呢？”

“不是，是精神上的，”舍曼自命不凡地说道，“一个分裂者就是一个疯子。我以前还真的认识一位。”

“谁啊？”

“不是你会认识的人。他是个黄金尼日利亚人。”

“一个黄金什么？”

“那是个俱乐部，我过去是其成员。它一开始是一种抗议俱乐部，抗议种族歧视，而且抱有最高的目标。”

“什么最高的目标？”杰斯特问道。

“起初，我们以一个团体注册参加选举，假如你觉得在这个县那么干不需要胆量的话，那你就啥也不懂。每个成员都有一个小小的纸板棺材，里面有他的姓名和一个印好的牌子，‘一张投票的提示单’。可真的是这么干的。”舍曼强调道。

后来杰斯特才会明白那个小小短语的意思，不过，那还要等到他对舍曼以及他人生的真情和幻想了解更多才会明白。“你们在作为一个团体注册的时候，我要是也在场就好了。”杰斯特满怀渴望地说道。“作为一个团体”这个短语对他特别有吸引力，于是，勇士般的泪水突然涌上了他的眼睛。

舍曼的语气坦白而冷漠：“不，你不会的。你会是第一个落荒而逃的人。而且，你也还没到投票选举的年龄……第一个落荒而逃的人。”

“我讨厌你这么说，”杰斯特说道，“你怎么知道我就会那样呢？”

“小波比这样对我说过。”

虽然杰斯特很受伤，但他倒是很赞赏这种回答，心想他很快自己也会这样回答。“俱乐部很多成员都落荒而逃了吗？”

“哦，”舍曼迟疑地说，“在那种情况下，有纸板棺材塞在门下面……我们继续分析我们的选举，了解所有总统的姓名和生卒年份，熟记宪法等等，可我们的目标是选举，不是要当什么圣女贞德[1]，所以在那种情况下……”他的声音逐渐消失了。他并没有告诉杰斯特随着选举日期的临近而产生的那些相互之间的攻击和反攻，也没有告诉他自己是未成年人，无论如何也不可能投票。而那年秋天的一日，舍曼完完全全按照非常繁琐而具体的细节投票了……在想象中。在那个想象中，他还和着《约翰 · 布朗之躯》[2]的歌曲被处死，那歌曲总是令他哭泣，而那天他更是加倍地哭了，他成了自己民族的烈士。没有一个黄金尼日利亚人参加投票选举，而选举这一话题再也没有被人提起过。

“我们当时还有议会议事程序，在授权负责为穷人的孩子们捐款的圣诞储蓄中表现也很积极。就是那样，我们都知道了哈皮 · 亨德森是一个分裂者。”

“那人是谁啊？”杰斯特询问道。

“哈皮是负责圣诞捐款的主要积极成员，而他在圣诞节前夕行凶抢劫了一位老太太。他正是分裂者，不知道自己在干什么。”

“我经常在想，疯狂的人是否知道他们疯狂。”杰斯特轻声说道。

“哈皮不知道，任何黄金尼日利亚人也都不知道，否则

---

① 圣女贞德(1412—1431)，英法百年战争中的法国民族女英雄。1430 年 5 月 23 日被俘，1431 年 5 月 30 日，在她大约 19 岁时，被英国所掌控的宗教裁判所烧死在火刑柱上。

② 《约翰 · 布朗之躯》是美国关于废奴主义者约翰 · 布朗的进行曲。约翰 · 布朗(1800—1859)，美国白人，废奴主义者，约翰 · 布朗起义的发动者。

我们就不会投票决定让他加入俱乐部了。突发疯狂时行凶抢劫一个老太太。”

“我对疯狂的人感到最真诚的同情。”杰斯特说道。

“最深沉的同情，”舍曼纠正道，“这就是我们在花上所写的话……我的意思是花圈，当他在亚特兰大被处以电刑的时候，我们给他的家人送了花圈。”

“他被处以电刑啦？”杰斯特问道，震惊万分。

“当然了，圣诞节前夕行凶抢劫一个白人老太太。后来发现，哈皮之前在精神病院待了半辈子。根本没有动机。实际上，从背后袭击了那个老太太后，他并没有夺她的钱包。他只是突然勃然大怒，犯分裂症了……律师辩护时强调了精神病院和贫穷还有压力……国家聘请来给他辩护的律师，我的意思是……可无论怎么说，不管什么情况，哈皮还是坐电椅了。”

“坐电椅。”杰斯特惊恐地大叫道。

“一九五一年六月六号在亚特兰大被处以电刑。”

“我觉得这太可怕了，你竟然称一个朋友和会员‘坐了电椅’。”

“嗯，他是这样的，”舍曼淡淡地说道，“我们还是谈谈更开心的事情吧。你想不想我领你看看齐普·马林斯的房间？”

他自豪地指出那个拥挤、奇异、沉闷的房间里的每一件家什。“这个小地毯是纯威尔顿绒毯，那个两用长沙发是二手的，花了一百零八美元。如果必要的话，它上面可以睡四个人。”杰斯特看着那张折叠成三层大小的沙发，心想四个人怎么可能睡在里面呢。舍曼抚摸着一个铁制的鳄鱼，其张开的颚中含着一个电灯泡。“齐普的姑妈送的一个庆祝乔迁的礼物，虽然不太时髦，也不太诱人，但重要的是心中有你。”

“确确实实是这样。”杰斯特表示赞同，在他这个新结识的朋友身上哪怕有一点点人情味都会令他兴奋。

“正如你能看出的，那个茶几可是货真价实的古董。那个盆栽是齐普的一个生日礼物。”舍曼没有指出那盏边缘粗糙的红色台灯，两把显然已经坏掉的椅子和其他几件看起来很土气的家具。“我不想任何事出在这个房里。”（他用省略语说房子）“你还没有看这个房的其他地方呢……实在太好了。”舍曼语气很得意，“我晚上一个人在这里的时候，我几乎都不开门。”

“为什么呢？”

“害怕我可能被行凶抢劫，而行凶抢劫者会把齐普的家具拉走。”他补充说道，由于自豪，说话的声音几乎都变了，“你瞧，我是齐普的房客。”直到六个月前，他还说他与齐普一起搭伙，后来他听说了“房客”这个词，这令他着迷，于是他就经常用这个词。“我们还是接着看看这房别的东西吧，”舍曼端着一个主人的架势说道，“看看那个小厨房，”他欢天喜地地说道，“瞧那最时髦的生活设备吧。”他恭敬地为杰斯特打开了冰箱的门。“底层是新鲜蔬菜的……新鲜的芹菜、胡萝卜、生菜等等。”舍曼把底层的门打开，可里面只有一棵枯萎的生菜。“我把鱼子酱存放在这一层。”他无精打采地说道。舍曼用手示意这个神秘冰箱的其他部分。杰斯特只看到一盘冷冻的豇豆，流出来的汁液都凝成了胶状，但舍曼却说，“去年圣诞节的时候我们把香槟酒就冷藏在这一隔间。”杰斯特被弄糊涂了，因为他很少打开自己家储备充足的冰箱。

“在你爷爷家你一定吃鱼子酱，还喝许多香槟酒吧。”舍曼说道。

“不，我从来不吃鱼子酱，也不喝香槟酒。”

“从来不喝卡尔弗特勋爵保税威士忌酒，也不喝香槟酒，也不吃鱼子酱……就我来说，我可是狂饮暴食来着。”舍曼说道，他尝过一次鱼子酱，而且悄悄地纳闷，这东西为什么被看得如此高级。“再瞧瞧，”他热情洋溢地说，“一台正宗的电动搅拌机……插头在这里。”舍曼把搅拌机插上电源，于是，它就开始猛烈地搅拌起来。“鄙人送给齐普·马林斯的一个圣诞礼物。我赊账买的。我在镇上有最好的信用记录，所以我什么都可以买。”

站在狭窄、肮脏的小厨房里，杰斯特厌烦了，舍曼很快就意识到了这点，可他的自豪感却没有消退；于是，他们走进了卧室。舍曼指了指一只靠在墙上的旅行箱。“这是个箱子，”他画蛇添足地说道，“我们把自己贵重物品都存放在里面。”然后，他补充说道：“我不该告诉你这个。”

听了这最后一句话，杰斯特自然不舒服，但他什么也没说。

房间里有两张单人床，每个床上都铺着玫瑰色的床单。舍曼爱不释手地抚摸着床单，说道：“纯正的人造丝绸。”每张床的上方都有肖像，一个是年长的黑人妇女，另一个是年轻的黑人女孩。“齐普的母亲和妹妹。”舍曼还在抚摸那床单，在玫瑰色的衬托下那只黑人肤色的手令杰斯特莫名地产生了一种毛骨悚然的紧张感。但他不敢触摸那丝绸，而且他觉得如果他自己的手要是碰到那只张开的手，那他就会像一条电鳗一样有一种电击的感觉，所以他小心翼翼地将自己的双手撑在床头板上。

“齐普的妹妹是一个好看的姑娘。”杰斯特说道，因为他感到舍曼正期待他对他朋友的亲人发表一番评论。

“杰斯特 · 克兰恩，”舍曼说道，虽然他的声音并没有带什么感情色彩，但就这么简单地叫了他一声名字，杰斯特再次产生了那种毛骨悚然的紧张感，“无论何时，在任何情况下，如果你，”舍曼用一种猛烈攻击杰斯特的语气接着说，“无论何时，在任何情况下，如果你对辛德瑞拉 · 马林斯哪怕有一丝一毫下流好色的念头，我就把你的双脚吊起来，捆住你的双手，朝你的脸上点火，就这么站在那里看着你烤。”

这突然爆发出的狂怒令杰斯特紧紧抓住床头板。“我只不过说……”

“闭嘴，闭嘴，”舍曼喊叫起来。他用低沉严厉的语气补充说道，“你在看那幅画像的时候，我不喜欢你脸上那种表情。”

“什么表情？”杰斯特问道，一脸困惑。“你让我看那幅画像，我就看了。我还能做什么别的吗？难道要哭吗？”

“你要是再说风凉话，我就把你吊起来，用世上最慢的速度来烧烤，压住火焰，这样就会烤得久一些，一直就这么烤下去。”

“我不明白你为什么把话说得这么恐怖，尤其是对一个你刚刚结识的人这么说话。”

“在涉及辛德瑞拉·马林斯贞操问题的时候，我高兴怎么说就怎么说。”

“你爱上了辛德瑞拉·马林斯，我的意思是爱得很热烈，是吗？”

“再问个人问题，我就让人在亚特兰大把你处以电刑。”

“多荒谬啊，”杰斯特说道，“你怎么可以呢？这是个合法性的问题。”

两个小伙子都被那最后一个词语所震撼，但舍曼只是咕哝道：“我还是自己去搅拌果汁吧，让它慢慢地搅拌。”

“我觉得所有这些关于电刑和烤人的话题都很幼稚。”杰斯特停顿了一下，想给予他以锥心刺痛的一击。“实际上，我怀疑这是因为你词汇量有限的缘故。”

舍曼还真的被刺痛了。“词汇量有限，”他叫道，愤怒得有点发抖。然后他停顿了好长时间才挑衅地问道，“‘stygian’[①]这个词是什么意思呢？”

杰斯特想了一会之后，不得不承认，“我不知道。”

“……还有 epizootical 和 pathologinical，”舍曼还在往下讲，发疯似的编造着假词。

“pathologinical 是不是有关生病的什么东西啊……”

“不是，”舍曼说，“那只是我编造的。”[②]

“它是编造的，”杰斯特说道，十分惊讶，“你在考查另一个人的词汇量时竟然编造词语，这绝对不公平。”

“不管怎么说，”舍曼总结道，“你的词汇量非常有限而且认识的词都太陈旧。”

---

① 这是个比较生僻的词，有“冥河的，冥府的，冥国的”“黑暗的，阴暗的”和“阴间的，地狱般的”等多重意思。

② 英语中确实没有“epizootical”和“pathologinical”这两个词，但有与它们比较接近的词，它们分别是“epizootic”（动物流行病的）和“pathological”（病理学的），可见，舍曼也并非完全凭空造词，而杰斯特对后一个词的猜测还比较靠谱。

杰斯特被逼无奈，试图证明自己的词汇量；他徒劳地想编造一些既长又花哨的词，但有意义的词一个也没有想出来。

“拜托，”舍曼说，“咱俩还是换个话题吧。你想我把你的卡尔弗特弄甜一点吗？”

“把它弄甜一点？”

“是啊，傻瓜。”

杰斯特小口抿了一下他的威士忌，被它呛着了。“这有点儿苦，还辣……”

“我说把它弄甜一点时，你那笨脑子是不是认为我要在这个卡尔弗特威士忌里加糖啊？我越来越怀疑你是不是从火星上来的了。”

这又是一句杰斯特认为日后会用得着的话。

“真是一个夜间之夜[①]啊，”为了证明他的词汇量，杰斯特这样说道，“你肯定很幸运。”他又说道。

“你指的是齐普的房吗？”

“不是，我刚才只是在想……你也可以说是在反复思量……在想着，你知道你在将来的人生中会干些什么，这是何等的幸运啊。如果我有那样一副好嗓了，那我就再也不必去担心那种特别的麻烦事了。无论你自己知道不知道，你有

① 原文为“nocturnal evening”，这里语义重叠，两个词都表示夜晚，只是词性有别，前面为形容词，后面为名词。杰斯特只是为了炫耀自己的词汇量。

一副金嗓子，而我在这方面没有任何才能……不会唱歌也不会跳舞，而且我唯一能画的东西就是圣诞树。”

“还有别的东西呢。”舍曼说道，语气中不无优越感，因为杰斯特的表扬已经让他听起来很惬意了。

“……数学不是太好，所以核子物理就不在考虑之列了。”

“我想你可以做建筑工作。”

“我想是这样吧。”杰斯特垂头丧气地说道。接着，他突然高兴地补充说道：“不管怎么说，今年夏天我在上飞行课。可那只不过是一种宣传。我觉得每一个人都应该学习飞行。”

“我绝对不赞成你的看法。”舍曼说道，因为他恐高。

“设想你有个婴儿快要死了，比如说，就像你在报纸上看到的那些发绀婴儿[①]中的一个，那么，你就得在他临死前飞过去看他一下，或者假设你瘫痪的母亲病了，而你想在她临终前见她一面；而且飞行是件有趣的事，我把它看作是一种道义上的责任，每一个人都应该学会飞行。”

“我绝对不赞成你的说法。”舍曼说道，他非常讨厌谈他干不了的事情。

“好吧，”杰斯特接着说，“你今天晚上唱的那首是什

① 出生时有先天性心脏问题的婴儿身体呈青紫色。

么歌？”

“今天晚上我唱的只不过是普通的爵士乐，而今天下午早些时候我练习的可是真正地道的German lieder。”

“那是什么？”

“我就知道你会问这个问题。”舍曼的自尊心使他很乐意谈这个话题，“傻瓜，Lieder意思就是德语歌曲，而German就是德语了，就像英语里这个词的意思。”他开始轻柔地边弹边唱起来，而那首新奇的音乐在杰斯特的身体内颤动着，他颤抖起来。

“用德语唱，”舍曼自吹自擂，“他们对我说，我用德语唱一点口音都没有，”他撒起谎来。

“它在英语中是什么意思？”

“它是一首情歌。这个年轻人对他的姑娘唱着……大致是这么个意思：‘我心爱的人儿那双蓝色的眼睛，我从未见过这样的眼睛。’”

“你的眼睛就是蓝色的。这听起来就像是献给你自己的一首情歌；实际上，我在知道这首歌的歌词后，这让我感到毛骨悚然。”

“德国的抒情歌曲就是令人毛骨悚然的乐曲。这也是我专攻它的原因。”

“你还喜欢什么其他的音乐呢？就我而言，我钟爱音乐，我的意思是强烈地喜欢。去年冬天，我学了《冬风》这首练习曲[1]。”

“我敢打赌你没有学过，”舍曼说道，他不愿与别人分享他的音乐荣誉。

“你觉得我会坐在这里，跟你撒谎说学过《冬风》练习曲吗？”杰斯特说道，他可从来没有在任何情况下撒过谎。

“我怎么会知道呢？”舍曼回答说，他自己倒是这世界上最恶劣的撒谎人之一。

“我已好久没有练过了。”

当杰斯特走到钢琴边上的时候，舍曼紧紧地盯着，希望杰斯特不会弹。

《冬风》练习曲雷鸣般地响彻房间，声音响亮而猛烈。弹了前几个小节之后，就在杰斯特那猛烈弹奏的手指有些迟疑的时候，他停了下来。“你一旦偏离了《冬风》的音轨，就很难再回到这上面来。”

舍曼一直在妒忌地听着，当音乐停下来的时候，他松了一口气。杰斯特又迅速从头十分投入地弹起那首练习曲。

“停下。”舍曼大声喊道，但杰斯特还是接着弹，由于舍曼大声地抗议，音乐声被疯狂地打断了。

“嗨，弹得还不错，”在音乐狂乱、颤颤巍巍地结束的时候，舍曼说道，“不过，你没有弹出音色。”

---

① 《冬风》（*Winter Wind*）练习曲是19世纪波兰作曲家、钢琴家肖邦（1810—1849）著名的A小调钢琴协奏曲，是练习曲中技巧最艰深、篇幅最大的音乐会练习曲之一。

“我不是告诉你我会弹吗？”

“弹奏音乐有各种各样的方式。就我而言，我不喜欢你弹的。”

“我知道这只不过是一种主张的宣示，但我乐在其中。”

“那是你的权利。”

“与你弹德国抒情歌曲相比，我更喜欢你弹爵士乐的样子。”杰斯特说道。

“我还是个小伙子的时候，”舍曼说，“有一段时间我在这个乐队演奏。我们曾经轰动一时。领队是比克斯·贝德贝克[①]，他吹金色的小号。”

“比克斯·贝德贝克，嗨，那不可能吧。”

舍曼蹩脚地试图纠正自己的谎言。“不对，他的名字叫里克斯·海德霍恩。不管怎么说，我真的想在大都会歌剧院唱特里斯坦[②]，可那个角色不适合我。事实上，大都会歌剧院里的大多数角色对我这个种族的人来说都非常有限；实际上，我能不假思索地想起来的唯一角色就是奥赛罗，他是个黑人摩尔人[③]。我的确喜欢那个音乐，但在另一个方面来

---

① 比克斯·贝德贝克(1903—1931)，美国爵士乐短号吹奏者，钢琴家和作曲家。

② 特里斯坦原为《特里斯坦与伊索尔德》(*Tristan and Iseult*)中的男主人公，该故事受凯尔特传说的启发，于12世纪在盎格鲁诺曼语文学中流行起来。1859年德国作曲家理查德·瓦格纳(1813—1883)为此作曲，成为最有影响的音乐作品之一。

③ 指莎士比亚悲剧《奥赛罗》中的奥赛罗。

看，我理解不了他的感情。怎么会有人为一个白人女子那么妒忌，这我就不明白了。我会对苔丝狄蒙娜[①]感兴趣吗？……我……苔丝狄蒙娜……我？不，我不喜欢这样。”他开始唱起来了，“啊！如今，永别了，宁静的心灵。”

“不知道你的母亲是谁，这一定让你觉得很奇怪。”

“不，才不呢，”舍曼说道，他在整个童年时期一直试图找到自己的母亲。他总是挑那些性格温和，嗓音柔和的女子，一个接着一个地挑。这位是我的母亲吗？他总是带着无言的期待这样想着，可结果都很伤心。“一旦你习惯了，这根本就不会让你烦恼。”他这样说正是因为他从未习惯过。“我非常热爱史蒂文斯太太，可她坦白地告诉我，我不是她的儿子。”

“史蒂文斯太太是谁啊？”

“一位我在外面和她搭伙搭了五年的太太。胁迫我的正是史蒂文斯先生。”

“那是什么意思呀？”

“性侵，傻瓜。我十一岁的时候就被性侵了。”

杰斯特一时无语，最后他才说道：“我以前不知道还有人曾经性侵过一个男孩。”

“哦，他们干得出来，而我就遭殃了。”

---

① 莎士比亚悲剧《奥赛罗》中的女主人公。

杰斯特一直有应激性呕吐的毛病，这时他突然就开始呕吐起来。

舍曼叫起来了：“哦，齐普的威尔顿绒地毯，”接着他脱下自己的衬衫来擦地毯。“到厨房去把毛巾拿来，”他对还在呕吐的杰斯特说道，“否则就到屋子外面去。”

杰斯特还在吐着，踉踉跄跄地出去了。杰斯特坐在门廊里，直到他不再吐了，然后他回来帮助舍曼清理那些脏东西，虽然他自己呕吐的那种味道让他觉得又要吐了。“我刚才在想着，”他说，“既然你不知道你的母亲是谁，既然你有一副像你那样的好嗓子，你的母亲会不会是玛丽安·安德森？[①]”

因为舍曼极少得到恭维，所以他就像海绵一样把这些恭维话吸得干干净净，他平生第一次真正被打动了。在他寻找母亲的整个过程中，他还从来没有想到过玛丽安·安德森。

“托斯卡尼尼[②]说过，她有一副百年一遇的好嗓子。”

舍曼觉得这太好了，简直不可能是真的，就想单独考虑一下这个问题，事实上，他是想独守这个想法。舍曼突然改变了话题。“我在被史蒂文斯先生胁迫的时候”——杰斯特脸色发白，并吞咽了一下——“我不能告诉任何人。史蒂文

① 玛丽安·安德森(1897—1993)，美国黑人女低音歌唱大师，20世纪最著名的歌唱家之一。

② 托斯卡尼尼(1867—1957)，意大利指挥家，19世纪末和20世纪最受称赞的音乐家之一。

斯太太问我为什么总是打史蒂文斯先生。我不能告诉她。这是一件你不能对女士说的事情，所以，在那段时间我开始口吃。”

杰斯特说：“我不明白，谈这种事情，你怎么能受得了。”

“唉，事情发生了，而当时我只有十一岁。”

“干这种事情，多奇怪啊。”杰斯特说道，他还在擦那个铁制的鳄鱼。

“我明天去借一个真空吸尘器来，把这个小地毯用吸尘器清理一下。”舍曼说道，他依然在担心那些家具。他把一块毛巾扔向杰斯特：“如果你再感到有点像那种东西涌上来的话，请用这个……由于我一直结巴，而且总是打史蒂文斯先生，有一天，威尔逊牧师就找我谈话了。一开始，他还不肯相信我说的话，因为史蒂文斯先生是教堂的一个执事，而我又编造过那么多事情。”

“还有其他什么事情？”

“我总是对别人说关于我母亲的那些谎话。”有关玛丽安·安德森的想法又回到了他的脑海，于是，他就想让杰斯特回家，这样，他就可以细想这件事了。“你打算什么时候回家？”他问道。

杰斯特还在为舍曼感到难过，所以他不想领会他的暗示。“你有没有听过玛丽安·安德森唱《我主在十字架上受难时你在场吗》这首歌？”他问道。

“圣歌，那又是一件令我大怒的事情。”

“这让我想起来了，你太容易大怒了。”

“那又关你什么事呢？”

“我刚才只是在解释我是多么喜爱玛丽安·安德森唱的《我主在十字架上受难时你在场吗》这首歌。每次听到这首歌我几乎都会哭。”

“好啊，你哭好了。那是你的权利。”

“……事实上，大多数圣歌都会让我哭。”

“我嘛，我是不会浪费我的时间和精力的。不过，玛丽安·安德森唱一种令人毛骨悚然的德国抒情歌曲。”

“她在唱圣歌时我就会哭。”

“哭好了。”

“我不明白你的意思。”

圣歌总是让舍曼很生气。首先，这些圣歌令他哭泣，而且愚弄他，这是他恨得要命的一点；其次，他总是猛烈地抨击说这是黑人歌曲，可是，如果玛丽安·安德森是他的亲生母亲的话，他又怎么能说这样的话呢？

“什么让你想出了玛丽安·安德森呢？”既然这个杞人忧天的杰斯特不愿领会他的暗示，不愿回家好让他安安静静地做白日梦，那他干脆就打算谈谈她。

“因为你们的嗓音呀。两副百年一遇的金嗓子，那可是个了不起的巧合啊。”

“哦，那她为什么要抛弃我呢？我在什么地方读到过，她热爱她自己的老母亲。”他冷嘲热讽地补充说道，还是无法放弃他那不可思议的梦想。

“她也许爱上了，我的意思是说，充满激情地爱上了一个白人王子。”杰斯特说道，为这个故事所陶醉。

“杰斯特·克兰恩，”舍曼语气温和但很坚定，“决不要像这样说出‘白人’这个词。”

“为什么？”

“说高加索人，要不然的话，你就把我的种族称作为有色人，甚至黑人了，而那个专有名称是尼日利亚人或阿比西尼亚人。”

杰斯特只是点了点头，并吞咽了一下。

“……否则的话，你可能会伤人感情的，而你是这么一个心肠软的胆小鬼，我知道你是不会喜欢那样做的。”

“我讨厌你称我是个心肠软的胆小鬼。”杰斯特抗议道。

“嗨，你就是这样一个人啊。”

“你怎么知道我就是这样的人呢？”

“小波比这样对我说的呀。”杰斯特并没有因为他此前听到过这种话，他对这种话的赞赏就有所减弱。

“即使她迷恋上了这个高加索人，我还是不明白她为什么要把我扔在教堂的一个长凳子上，在所有的地方中偏偏是佐治亚米兰的神圣耶稣升天教堂。”

杰斯特根本无法理解舍曼整个童年一直坚持下来的那种急切、一无所获的寻找母亲的过程，他担心自己这么一个随意的示意有可能会被夸大成如此确信无疑的事情。杰斯特凭着良心说道：“也许她根本就不是玛丽安·安德森；如果是这样的话，她一定已经考虑过要把自己献给事业了。尽管如此，那么做也是一种差劲的事，而我从来就不认为玛丽安·安德森有丝毫的差劲。事实上，我崇拜她。我是说我充满激情地崇拜她。”

“你为什么总是用‘充满激情地’这个词？”

杰斯特整个晚上都醉醺醺的，而且还是第一次充满激情，这时却无法回答。青春初现的激情虽然很轻易被激起，却十分强烈。夜间听到的一首歌，一个说话声，瞥见一个陌生人都有可能瞬间迸发成一种激情。激情令你幻想，分散你对算术的注意力，而且在你最渴望机智诙谐的时候，却让你觉得自己像个傻瓜。青春初期，一见钟情，那种激情的典型特征，把你变成了一个呆若木鸡的人，结果你不知道是要坐起来还是躺下，而且你都不记得刚才你为了维持生命吃了些什么。刚刚开始了解到激情的杰斯特非常担心。他从来没有喝醉过，也从未想过要这样。一个在中学除了几何和化学得了少量的 B 之外其他课程都得了 A 的男孩，他只有睡在床上的时候才会幻想，而在早晨闹铃响过之后，他是不会让自己幻想的，尽管有时候他本来非常想这样。这样一个人当然会害怕一见钟情。杰斯特觉得，如果他触摸一下舍曼，那就会引发一个不可饶恕的大罪，但这个罪是什么，他并不知道。他只有小心翼翼地不去触碰他，用充满激情的呆滞的眼光注视着他。

突然间，舍曼开始猛敲中央 C 音，反复敲击。

“这是什么？”杰斯特问道，“光是敲击中央 C 音？”

“在最高音部有多少次振动？”

“你谈论的是哪一种振动？”

“你在敲击中央 C 音或任何其他的音键时振动出来的极小极小的音。”

“这个我不懂。”

“哦，我来告诉你。”

舍曼又敲起了中央 C 音，先是用右手的食指，然后用左手。“你在低音部听到了多少次振动？”

“没听到。”杰斯特说道。

“在最高音部有六十四次，在低音部也是六十四次。”舍曼说道，他对自己的无知浑然不知。

“这有什么关系吗？”

“我正要告诉你，从这里，在整个全音阶，我听到了每一个最微小的振动，”舍曼敲了一下低音部最低的音，“到这里。”最高音部最高的音被敲响了。

“你为什么要告诉我这一切呢？你是一个钢琴调音师吗？”

“事实上，我过去就是，你这个自作聪明的家伙。可我不是在谈论钢琴。”

“哦，那你到底在谈论什么呢？”

“谈我的种族，以及我是如何记录发生在我的种族中的那些人身上的每一次振动。我称之为黑名册。”

“黑名册？……我懂了，你是把钢琴作为一种象征在谈论。”杰斯特说道，很高兴自己用了一个有学问的词。

“象征，”舍曼重复了一遍，他读过这个词，但还从来没有用过它，“是的，伙计，没错……在我十四岁的时候，我们一群人对杰迈玛阿姨广告非常恼火，于是，突然决定把它们都撕下来。我们又撕又凿，想清除掉那些广告。结果……警察中途把我们抓住了，一伙四个人全被送进了监狱，以破坏公物罪被判了两年监禁。我没有被逮住，因为我只是个望风的，可所发生的一切都记在我的黑名册里。一个家伙死于过度劳累，另一个放回来成了一具行尸走肉。你有没有听说过那些尼日利亚人和亚特兰大的那个采石场？他们用锤子把自己的腿砸断，这样他们就不会被活活地累死。他们当中有一个就是在清除杰迈玛阿姨广告时被捕的那个。”

“我在报纸上看到过，这令我恶心，可是不是确有其事，他是你黄金尼日利亚人朋友中的一个吗？”

“我没有说他是一个黄金尼日利亚人，我只是说他是我认识的一个人，而那就是我说的振动的意思。我的种族每受到一次不公正的待遇我都会振动。振动……振动……还是振动，明白吗？”

“我也会的，如果我是你们种族的人的话。”

“不，你不会……心肠软、懦夫、胆小鬼。”

“我讨厌你那样说我。”

“好吧，讨厌……讨厌……讨厌。你什么时候回家呢？”

“你不需要我？”

“不。最后再说一遍，不……不……不。”他以怨恨的语气低声补充说道，“你这个脑满肠肥的、白皙的、红头发的小伙子。脑满肠肥①。”舍曼说道，用了一个词汇量方面博学的男孩辱骂他的词。

杰斯特下意识地用手顺着胸腔摸下去。“我一点也不胖啊。”

“我没有说胖……我是说脑满肠肥。这都怨你认识的词

① 这里的原文为“fatuous”，意思是“愚笨的，昏庸的”。杰斯特可能不认识这个词，把它与“fat”或“fattish”等表示“肥胖”的词联系起来，故摸了摸自己的肚子，说自己不肥胖。为衔接上下文，这里将“fatuous”意译为“脑满肠肥”，以兼顾肥胖和愚蠢双重含义，同时“脑满肠肥”比“愚蠢”之类的词略显复杂，也符合那个所谓“词汇量方面博学的男孩”的用词特点。

都太陈旧，而且词汇量非常有限，那个词的意思是愚蠢……愚蠢……愚蠢。”

杰斯特从门口退出去的时候，他举起手，仿佛是在避开攻击。“哎呀，简直是棍棒与石头啊。”他一边跑开一边尖叫道。

他一路跑向里芭妓院，等他跑到门口的时候，他愤怒而坚定地敲起门来。

房子里面并不像他原来期待的那样。这就是一个普通的房子，一个妓女问他，“你多大了，孩子？”杰斯特从未撒过谎，而他却不顾一切地说道：“二十一岁了。”

“你想喝点什么？”

“非常感谢，可我不喝，什么也不喝，我今晚戒酒。”一切是那么地舒适自在，在那个妓女引他上楼的时候他没有颤抖，在他与一个头发橙色、牙里镶着金子的女子一起躺在床上时，他也没有颤抖。他闭上双眼，在他脑海里呈现出一张黑色的面孔和两只闪烁着的蓝眼睛时，他就能成为一个男人了。

与此同时，舍曼·皮尤正在用那冰冷黯淡的黑墨水写一封信；信的开头写道：“亲爱的安德森夫人。”

# 第五章

虽然法官那天晚上直到远远超过了他的就寝时间才睡的觉，而且一夜都焦躁不安，但他还是像往常一样早晨四点就醒了。他在浴缸里把水溅得很响，结果吵醒了他那也是一夜焦躁不安的孙子，之后，他擦干身子，缓慢地穿着衣服，由于他的病症，他主要用的是右手……他无法系好鞋带，于是他就让它们那么吧嗒吧嗒地扑动着……洗澡、穿衣、自己照顾着自己，就这样他蹑手蹑脚地下楼向厨房走去。这天看来是个好天气；黎明天空那黯淡的光线随着日出逐渐变成了玫瑰色和金黄色。尽管厨房里光线还很黯淡，但法官并没有开灯，因为他喜欢在这个时候看看天空。他一边不成调地哼着一首小曲，一边放上咖啡壶，并开始准备他的早餐。他在冰箱里挑了两只颜色最深的鸡蛋，因为他自以为褐色的鸡蛋比白色的鸡蛋更有营养。经过几个月的练习，期间有许多次失误弄得黏糊糊的，他终于学会了打鸡蛋，把它小心翼翼地滑进炖蛋锅里。在煮鸡蛋的时候，他在面包上抹上少许黄油，然后把它放进烤炉里，因为他不喜欢用烤面包机来烤面包。最后，他在早餐的桌子上铺上一块黄色的布，放上蓝色的盐瓶和胡椒粉瓶子。尽管只有法官一个人进餐，但是他可不想这顿饭吃得闷闷不乐。早餐做好之后，他一样一样地把它挪到桌子上，只能用那只好使的手。与此同时，咖啡在咖啡壶里滤煮得欢快地沸腾着。作为最后的点缀，他从冰箱里拿出蛋黄酱，在每只水煮鸡蛋上小心地放上一团。那个蛋黄酱是由矿物油制成的，谢天谢地，卡路里含量不高。法官找到了一本很精彩的书，《无忧节食》，这本书他经常看。唯一麻烦的是，矿物油会让人有轻度腹泻，所以，你应该小心，不要吃得太多，以避免突然拉肚子，他知道，拉肚子对一个法官来说是很不雅的……要是这发生在法院上班的时候，情况尤其如此，之前已出现过两次了。法官十分在意自己的尊严，所以他在给美味可口、低热的蛋黄酱定量时会很小心。

那块小的黄色的桌布以及他使用和珍视的其他同样大小的桌布，他都让人小心地手洗，这些都是过去他妻子早餐托盘上用的，那时候，他每天早晨都把这些盘子端到她面前。那套知更鸟蛋般蓝色的盐和胡椒瓶子也是她的，还有法官现在早餐用的那个银制的咖啡壶。从前，在他渐渐地习惯早起的时候，他总是自己做早餐，然后细心周到地为他的妻子准备好托盘，通常会停下来出去到花园里去，采摘一些花束把那个盘子装点一下。接着，他会端着她的早餐小心翼翼地走上楼去，如果他的妻子还在睡觉，他会把她吻醒，因为在他离家到办公室上班之前要是听不到她柔和的声音，看不到她充满鼓励的微笑，他是不愿开始一天工作的。（除了她生病的时候他不叫醒她；但直到他看到她了他才会开始自己的一天，这就意味着，有时候到最后，他直到午后才到达办公室。）

不过，虽然被妻子的物件包围着，法官的忧伤随着岁月的流逝也在减弱，他很少有意识地去想米西小姐，尤其是在吃早饭的时候。他只是用她的东西，有时候会盯着那套蓝色的盐和胡椒瓶子看，眼含悲伤地发愣。

忧虑总是令法官的食欲大增，他今天早晨尤其感到饿。前一天晚上，他的孙子在快一点的时候才进门，他一到家就径直去睡觉，法官随后跟着，当时，那孩子说话的声音冷淡、愤怒，几乎是在大喊大叫："别烦我，看在上帝的分上，别烦我。为什么就不能让我安安静静地待着？"这怒气爆发的声音那么大，而且来得如此突然，以至于法官光着他那粉红色的脚，穿着条格麻纱的长睡袍，轻轻地，几乎是低声下气地走开了。甚至在听到杰斯特深夜啜泣的声音时，他因为太胆怯也没敢进房间去看看他。

于是，由于这些正当而充分的理由，法官今天早晨狼吞虎咽。他先把那些鸡蛋白吃了……他这顿早餐最不好吃的部分……然后他仔细地把那些撒了胡椒粉并抹了蛋黄酱的蛋黄捣碎，小心地涂在他的烤面包上。他有滋有味地仔细吃起来，他那只残废的手细心周到地弯曲着，盘在那份定量食物的周围，仿佛是要护着它，以防某种可能的来犯者。吃完鸡蛋和烤面包之后，他现在转向咖啡，他已经把咖啡轻轻倒进了他妻子用的银制咖啡壶里。他给咖啡掺了糖精，在上面吹一吹，好使它凉下来，然后慢慢地、非常缓慢地啜饮起来。喝完第一杯，他便开始准备早晨的第一根雪茄。此时已快七点了，天空泛起淡淡的嫩蓝色，晴朗美好的一天即将到来。法官饶有兴味地一会儿心思放在咖啡上，一会儿又转移到他的雪茄上。在他那次“小发作”之后，塔特姆大夫让他戒掉雪茄和威士忌，法官一开始烦得要死。他悄悄地溜到厕所里抽烟，在食品储藏室里喝酒。他与大夫争论，后来就发生了大夫死亡这件具有讽刺意味的事情……大夫是一个坚定的滴酒不沾的人，从未抽过烟，只是偶尔咀嚼一下烟草来享受一下。虽然法官在给大夫守灵的时候痛不欲生，是个悲痛欲绝的守丧之人，可在死亡的打击过去之后，法官感到有一种神秘的安慰，这种安慰如此神秘以至于他几乎没有察觉到发生了什么，也从来不承认有这么回事。但在大夫去世后的那一个月里，他当众抽烟，并像从前一样公开喝酒，不过，他谨慎地把雪茄减少到每天抽七根，喝一品脱波旁威士忌酒。

早餐吃完了，可老法官还是觉得饿。他捧起摆在厨房置物架上的《无忧节食》，开始专心地、如饥似渴地看起来。得知那种大的凤尾鱼只有二十卡路里，一根芦笋才五卡路里，而一个中等大小的苹果是一百卡路里，这几乎使他受到了鼓舞。可虽说了解到这些几乎令他感到鼓舞，但他还是没有完全得到安慰，因为他想要的是更多的烤面包，充满黄油，上面涂满了维里利做的那种自制的黑莓果酱。在他的脑海里，他能看到那淡褐色的烤面包，嘴里能品尝到那种甜甜的、多粒的黑莓。尽管他根本没有打算真的要用自己的牙齿为自己掘坟墓，但刺激了他食欲的那种忧虑同时也削弱了他的意志；他偷偷摸摸地，蹒跚着向面包箱走去，这时候，肚子里一个低沉的咆哮声令他停住了脚步，就在他的手还朝面包箱伸着的时候，他却开始走向那个在他那次“小发作”之后为他装修的卫生间。他中途又转身去拿那本《无忧节食》，以防有什么需要等待的。

在他匆匆忙忙地脱下自己的裤子之后，他用自己那只健康的手稳住身子，小心翼翼地坐上便桶；这时候他才安下心来，他那肥大的臀部才放松了，于是他稳稳地坐定。等的时间并不长；时间只够他看了下柠檬馅饼皮的做法(用苏克莱[①]做只有九十六卡路里)，他满意地在想，他要让维里利做一盘做当天午餐。当他的肠道悄无声息地打开的时候，他也很满

① 一种人工合成的甜味料，即糖精。

意，想到“健全的心智寓于健全的身体”，他微微一笑。卫生间的气味散发开来的时候，他并没有因此而感到讨厌；相反，由于他为属于他自己的任何东西而感到高兴，甚至自己的排泄物也不例外，所以这种臭味还令他相当欣慰。于是，他坐在那里，一边放松，一边陷入沉思，对自己感到满意。当他听到厨房里的一阵响声时，他赶忙擦擦身子，收拾了一下自己，然后离开了卫生间。

他的心情突然间像一个男孩一样轻薄而反复无常，他还以为是杰斯特呢。他还在艰难地系着裤带，可当他到达厨房的时候，根本没有人在那里。他只能听到维里利在宅子前面那一块在做星期一的大扫除。感到有点上当了（他本来是可以在卫生间多待一会儿的），他看了看天空，此时已完全是上午的那种强烈的光了，天上湛蓝一片，没有一丝云彩，从敞开的窗户里他闻到了夏日花朵那新鲜、淡淡的香味。例行要吃的早餐和上厕所都结束了，老法官对此感到遗憾，因为现在除了等候《米兰信使报》就无事可做了。

因为老年时候的等待就像儿时的等待一样冗长乏味，他找来他厨房里用的眼镜（除了在法院里他有一副眼镜以外，他在书房、卧室里都有眼镜），开始阅读起《妇女家庭杂志》①。实际上，也不是阅读，而只是看看图片。比如，有一

① 一家由美国梅瑞狄斯公司于 1883 年创刊的杂志，20 世纪在美国成了主要的妇女杂志之一。

幅巧克力蛋糕的绝佳图片，下一页还有一幅令人垂涎欲滴的用炼乳做的椰子馅饼的图片。法官依依不舍地仔细察看着一幅幅图片。后来，好像是为他的贪婪而感到羞愧，他提醒自己，除了这些图片，这本《妇女家庭杂志》还是一本非常出众的杂志。(远远优于那本糟透了的《星期六晚邮报》，那本杂志的那些饭桶编辑根本就没有看过他曾经给他们投稿的那篇报道。)上面有他喜爱的关于怀孕和分娩的严肃文章，也有关于育儿的切合实际的小品文，法官知道它们切合实际是因为他有切身体会。还有关于结婚和离婚的文章，如果他的心思不是被要当一个伟大的政治家的宏伟规划所占据的话，这些文章本来很可能会使身为一名法官的他受益匪浅的。最后，在那本《妇女家庭杂志》中还有为数不多额外加上的几句话，这些话齐头排列、插在故事中——爱默生[①]、林语堂[②]和世界上那些伟大的圣贤们的语录。几个月前，他在这些署名行中还读到过这句话："那些死者还行走在我的心中怎么可能是真的死了呢？"这来自一个古老的印第安传奇，法官无法忘记这句话。在他的想象中，他看到了一个光着脚、皮肤呈古铜色的印第安人默默地行走在森林中，听到一只独木

① 爱默生(1803—1882)，美国散文家、演讲家、哲学家和诗人，19世纪中叶美国超验主义运动的领袖人物。

② 林语堂(1895—1976)，20世纪著名的中国作家，长期居住在美国，其著作包括《吾国与吾民》(*My Country and My People*, 1936)和《生活的艺术》(*The Importance of Living*, 1937)等。

舟那悄然划过的声音。他从未为他妻子的去世哭过，甚至再也不会为节食而哭泣。当他的神经系统和泪腺弄得他要哭的时候，他就想到他的哥哥博，而博就像一根避雷针，能够使他的泪水接触地面并安全地进行传导。博比他大两岁，十八岁的时候就去世了。福克斯·克兰恩小时候崇拜他的哥哥，是的，甚至可以说崇拜他踏过的地面。博会表演，能背诵，是米兰表演者俱乐部的主席。博本可以做成任何事情。然而，有一天晚上他回家，喉咙痛。第二天早晨他就精神错乱了。这是喉咙感染，博喃喃自语："我要死了，埃及，就要死亡，生命那深红色的潮汐在快速退潮。"[①]然后，他开始唱起来："我想要，我想要，我想要做启明星；我想要，我想要，我想要做启明星。嘘，苍蝇，别烦我；嘘，苍蝇，别烦我。"[②]最后，博开始大笑，尽管这不是笑。小福克斯颤抖得非常厉害，以至于他的母亲把他送到里屋去了。这是一间空荡荡的、凄凉的房间，病房式的娱乐室，在这里的孩子们都患了麻疹、腮腺炎和其他儿童疾病，痊愈后，他们可以在这里自由地打闹。法官想起了一匹被遗忘了的旧摇摆木马，一个十六岁的男孩双臂搂着那匹木马就哭起来了——即便现在是一个八十五岁的老人了，他什么时候想哭就可以哭，只要

① 这里出自美国诗人威廉·海恩斯·莱特尔（1826—1863）的最著名的诗歌《安东尼与克里奥佩特拉》（*Antony and Cleopatra*，1858）的前两行诗。莱特尔是美国俄亥俄的政治家，著名诗人，美墨战争（1846—1848）和美国南北战争（1861—1865）期间的军官。

② 出自无名氏之手的一首儿歌《嘘，苍蝇》（*Shoo*，*Fly*）。

想到那早年的伤心事。那印第安人默默地行走在森林中，那只独木舟悄然划过的声音。“那些死者还行走在我的心中怎么可能是真的死了呢？”

杰斯特咔哒咔哒地走下楼梯。他打开冰箱，给自己倒了些橘子汁。与此同时，维里利也来到厨房，开始准备杰斯特的早餐。

“我今天早晨要三只鸡蛋，”杰斯特说道，“您好，爷爷。”

“今天还好吧，孩子？”

“当然啦。”

法官没有提及晚上的哭泣，杰斯特也没有提及。法官甚至忍着没有问杰斯特前一天晚上到哪里去了。可在杰斯特的早餐被端上来的时候，他的意志力崩溃了，他拿了一块金黄色的烤面包，加了更多的黄油，并在上面涂了黑莓果酱。这被禁止额外吃的烤面包进一步削弱了他的意志，结果他问道：“昨天夜里你到哪里去了？”话一出口，他就清楚地意识到，他本不该问这个问题。

“无论您有没有认识到，我现在是一个成年男人了，”杰斯特用一种有点尖利的声音说道，“而且有这么一种叫做性的东西。”法官对这种话题过分拘谨，在维里利给他倒咖啡的时候，他松了口气。他默默地喝着咖啡，不知道说些什么。

"爷爷，您有没有读过《金赛性学报告》[1]这本书？"

老法官带着淫荡的快感读过那本书，一开始就把那本书的护封换上了《罗马帝国衰亡史》[2]的护封。"那本书简直就是无聊和下流。"

"那是本科学考察的书。"

"科学，没这回事。我观察人的罪恶和本性都快九十年了，而我可从来没有见过任何像那样的东西。"

"或许您应该戴上眼镜呢。"

"你怎么敢跟我顶嘴，约翰·杰斯特·克兰恩。"

"将近九十岁了，"法官重述了一遍，因为他现在有点倚老卖老了，"我作为一个地方法官观察过人的罪恶，作为一个有天生好奇心的男人观察过人性。"

"一个大胆而无价的科学考察。"杰斯特引用一句书评上的话说道。

"色情污秽的书。"

"一本对男人性行为进行科学考察的书。"

"是关于一个阳痿的老色鬼的书。"老法官说道，在他对那本套着《罗马帝国衰亡史》护封的书感到惊讶的时候，他已

---

① 《金赛性学报告》(*Kinsey Report*)指的是由金赛(Alfred C. Kinsey)、波默罗伊(Walter B. Pomeroy)和马丁(Clyde E. Martin)合著的《男人的性行为》(*Sexual Behavior in the Human Male*, 1948)，此后还出版了《女人的性行为》(*Sexual Behavior in the Human Female*, 1953)。

② 《罗马帝国衰亡史》(*The Decline and Fall of the Roman Empire*)，英国历史学家爱德华·吉本(1737—1794)于1776至1788年间撰写的六卷本史书。

经津津有味地看过了，而那本《罗马帝国衰亡史》他可从来没有看过，而是把它保存在他律师事务所的藏书室里用来炫耀。

“它证明，我这个年龄的男孩都有性事，甚至年龄更小的男孩都有，但在我这个年龄，它是必不可少的事情——我的意思是说，如果他们有激情的话。”杰斯特已经在公共图书馆里看过这本书，而且它让他很震惊。他把那个报告又读了一遍，感到非常担心。他害怕，非常害怕他不正常，那种害怕像瓶塞钻一样钻着他的心。无论他围着里芭妓院绕多少圈，他从未感到过正常的性冲动，他为自己担心得心都在颤抖，因为他特别渴望与别人完全一样。他读到过“眼如宝石的妓女”这几个字，这听起来很优美，刺激着他的感官；可那个春天的下午他所看到的那个从里芭妓院出来的女人并不是“眼如宝石的”，而只是目光呆滞且眼袋下垂，由于渴望自己能够贪色且是个正常的男人，他能看到的也只是黏糊糊的口红和茫然的笑容。而昨夜他与之睡觉的那个橙色头发的女子一点也不是“眼如宝石的”。私下里，杰斯特认为性就是个骗人的玩意儿，可今天早晨，既然他已经成了一个男人，他就觉得特自信，再也不受他人控制了。

“那顶好了，”法官说道，“可在我年轻的时候，我们去教堂做礼拜，并参加浸礼会青年联合会[①]的会议，度过的正

① 浸礼会青年联合会，原文为“B. Y. P. U.”，即 Baptist Young People’s Union。

是我们想要的那种好时光。我们去求爱、跳舞。信不信由你，孩子，那时候，我可是花枝市舞跳得最好的人之一，像垂柳般的柔软，简直就是优雅的化身。那时候华尔兹舞很流行。我们跳的舞曲有《维也纳森林的故事》《风流寡妇》《霍夫曼的故事》……”又老又胖的法官突然停下来，按照华尔兹的节拍挥着手，用他想象中以为是曲调的单调的声音唱起来了……

“美好的夜晚，啊，美——好——的夜晚。”

“您一点都不内向。”在他祖父放下他那挥舞着的双手，停下他那嘶哑的歌唱时，杰斯特说道。

法官觉得这是一种批评，说：“孩子，每一个人都有权唱歌。任何一个凡夫俗子都有权唱歌。”

“美好的夜晚，啊，美——好——的夜晚。”

他所能想起的也就这段美丽的曲调。“我跳得像一根垂柳，唱得像个天使。”

“可能吧。”

“这根本不是可能的事情。在我年轻的时候，我就像你和你的父亲一样轻盈灵活而且光彩照人，只是后来一圈一圈地胖起来才开始把我给束缚住了，但我那时还是跳舞、唱歌，过着想要的快乐生活。我从来没有没精打采地闲荡，偷偷地读淫秽的书籍。”

“我就是这个意思。您天生就不是一个内向的人。”杰斯特又说，“不管怎么说，我可没有偷偷地读那本《金赛性学报告》。”

“我当时把那本书在公共图书馆给禁了。”

“为什么？”

“因为我不仅仅是米兰的第一市民，而且还是最负责任的一个。我要负起责任，不让天真的眼眸受到冒犯，也不让宁静的心灵受到这种书的干扰。”

“我听您说得越多就越怀疑您是不是来自火星。”

“火星？”老法官给弄糊涂了，而杰斯特也就由它去了。

“如果您要是内向一点的话，您就更能理解我了。”

“你为什么对这个词这么着迷？”

杰斯特读到过这个词，可从来没有说过它，前一天晚上他没有用这个词，他感到深深的遗憾。

“美好的夜晚，啊，美——好——的夜晚。”

他的祖父并不内向，因此，他从没有想过他自己是不是正常。他是正常还是古怪，这可从来没有进入过他那唱歌和跳舞的大脑。

杰斯特发过誓，如果结果证明他就像《金赛性学报告》那本书里的男人一样是同性恋，那么，他会自杀的。不，他的祖父绝对不是一个内向之人，而且杰斯特真心希望他前一天晚上用过这个词。外向，那是反义词……而他是个内向的人。那么，舍曼呢？唔，这两个词他都会用。

“本来我自己也能写那本书的。”

“您？”

“当然了。事实上，杰斯特，如果我用心的话，我本来是能够成为一个伟大的、了不起的作家的。”

“您？”

“不要坐在那里，像一个白痴一样光说，‘您？您？’孩子。要成为一名大作家，你必须要具备的就是勤奋、想象力和语言天赋。”

“您的确有想象力，爷爷。”

法官在想着他本来很容易就能够写出来的《飘》。要是他写的话，他是不会让邦尼死的，而且他会对雷特·巴特勒[①]换一种写法；他是可以写成一本更好的书的。他用左脚

---

① 这里的“邦尼”和“雷特·巴特勒”均为小说《飘》中的人物。

都可以写出《琥珀》[1]……一本好得多的书，更加高雅。《名利场》[2]他也是可以写的；嗨，他毫不费力就识破了那个贝基[3]。他可以写托尔斯泰的小说，因为虽然他没有真正读过那些书，但他在电影里看过啊。那么，莎士比亚呢？他在法学院读过莎士比亚的作品，甚至在亚特兰大看过《哈姆雷特》的演出。一个英国演员阵容，说话都带有英国人的口音，那是自然。那是他们结婚的第一年，米西小姐当时还戴着珍珠项链和她第一次戴上的结婚戒指。在亚特兰大莎士比亚戏剧节的三场演出之后，米西小姐欣喜异常，印象特好，以致她无意中操起了英国腔调，直至他们回到米兰家中一个月之后还是这样。但他能够写出"是生存还是死亡"这样的话吗？在他考虑这个问题的时候，他有时候觉得自己是可以这样的，而有时候又觉得不行；因为毕竟，即便是一个天才也不可能万事皆通，莎士比亚就从未当过国会议员。

"关于莎士比亚的作者身份问题学术上一直就有争议。有人争论说，一个没有受过教育的巡回演出的演员是绝不可能写出那样的诗歌的。有人说写那些剧本的是本·琼生。我很清楚我就能写出'你就只用你的眼睛来给我干杯，我就用

---

① 《琥珀》(*Forever Amber*，1948)，美国作家凯瑟琳·温莎(1919—2003)的处女作，也是她最为著名的言情小说。因其性描写，在当时被认为是猥亵的，但就在它因此招致一些权威人士的批评之际，它不胫而走，成为畅销书。

② 英国19世纪著名作家萨克雷(1811—1863)于1847—1848年期间发表的小说代表作。

③ 《名利场》中的女主人公贝基·夏普，又叫丽贝卡·夏普。

我的眼睛来干杯’[①]。我确信我也是能写出来的。”

“哦，您可以创造奇迹，连烂黄瓜也能吃。”杰斯特咕哝道。

“你说什么？”

“没说什么。”

“……如果本·琼生写了‘你就只用你的眼睛来给我干杯’，也写了莎士比亚的剧本，那么……”一番巨大的跳跃性想象之后，法官思忖道。

“您的意思是，您在把您自己与莎士比亚作比较啊？”

“哦，也许不是与诗人他这个人相比，但毕竟本·琼生也是个凡人嘛。”永生，那才是法官所关心的。他竟然会死，这对他来说是不可思议的。他会活到一百岁的，如果他坚持节食，并控制好自己的话……他为那额外吃的烤面包深感遗憾。他不想把自己的寿命仅仅局限在一百岁，报纸上说了，一个南方的印第安人活了一百五十岁……而一百五十岁就够了吗？不，他想要的是永生。像莎士比亚那样永生，万一“迫不得已”，哪怕像本·琼生也行。无论如何，他绝不想让福克斯·克兰恩灰飞烟灭。

---

① 这两行诗出自与莎士比亚同时代的剧作家、诗人和评论家本·琼生(1572—1637)的诗歌《致西莉亚》(“To Celia”，1616)的头两行，但有一词之差。原文是“你就只用你的眼睛来给我干杯，我就用我的眼睛来相酬”(Drink to me only with thine eyes,/And I will pledge with mine)。

“我一直都知道您是全世界最自高自大的人，可我做梦也想不到，您竟然能把您自己与莎士比亚或本·琼生相比。”

“我不是在拿自己与诗人他这个人相比；实际上，适当的谦逊我还是有的。不管怎样，我可从来没有打算去当一个作家，而且你不可能是万能的。”

杰斯特前一天晚上受到了极大的伤害，现在对他的祖父也不留什么情面了，故意无视他已上了年纪。“是的，我越是听您说话，就越是怀疑您是来自火星的。”杰斯特从餐桌旁站起身来，他的早餐几乎没有碰。

法官跟在他的孙子身后。“火星，”他重复了一句，“你的意思是，你认为我要离开到另一个星球去？”他突然提高了嗓门，几乎尖叫起来。“那好，让我来告诉你，约翰·杰斯特·克兰恩，我是不会离开到另一个星球去的，我就在这里，待在我居住并想待的这个地球上。我扎根在这个地球的最中心。也许我不会永生，但你就等着瞧吧，我的名字会与乔治·华盛顿或者亚伯拉罕·林肯是同义词……比林肯的名字更受人爱戴，因为我是那个将要纠正这个国家错误的人。”

“哦，南部邦联的钱……我现在要走了。”

“等一等，孩子，那个黑人男孩今天要来，我原来以为你会和我一道来审核一下他的。”

“我知道这件事。”杰斯特说道。他不想舍曼到了的时候他在场。

“他是个负责任的男孩，我对他很了解，他会帮我节食，给我打针，给我收邮件，并且当我的总文书。他会给我带来安慰的。”

“如果舍曼·皮尤给您带来了安慰，就请告诉我。”

“他会给我读……一个受过教育的男孩……不朽的诗歌。”他的嗓音突然间成了尖叫声。“决不是下流的拙劣之作，不是像我在公共图书馆里禁止的那种书。我禁止那本书是因为作为一个负责的人，我决心要让这个镇和这个州的局面秩序井然，这个国家也一样，而且如果我能做到的话，这个世界也要这样。”

杰斯特砰的一声关上门，走出了屋子。

虽然那天早晨他没有定闹铃，本来完全可以在起床前做一场长长的白日梦，可活力和生命之泉在激烈地涌动。金色的夏天与他如影相随，他依然无拘无束。当杰斯特砰地摔门而出的时候，他并没有全速行进，而是极其平常，从容不迫地走着，因为毕竟这还在暑假期间，也没有什么火要救的。他可以停下来看看这个世界，他可以想象，他可以利用暑假的自由看看排列在车行道两旁的那些马鞭草边际绿化带。他甚至弯下腰来仔细观赏一朵鲜艳的花朵，心中充满着欢乐。杰斯特那天早晨穿的是他最好的衣服，身着白帆布套装，甚至还披着一件外套。他只是希望他的胡须赶紧长，这样他就可以剃须了。可是，如果他永远也不长胡须，那么，人们会怎么看他呢？一时间，暑假的快乐变得阴郁了，直到他想起别的事情来。

他之所以穿得那么耀眼夺目是因为他知道舍曼要来，而他摔门而出是因为他不想就那样与舍曼见面。昨天晚上，他的谈吐一点也不风趣，也没有显出才华来；实际上，他当时只是吊儿郎当的，而现在只有等到他变得诙谐而才华横溢的时候他才肯见到舍曼。至于今天早晨杰斯特怎么做才会达到这个目标，他并不知道，但他打算谈论内向的人和外向的人……这么做又会对他产生什么影响，他也不知道。尽管在关于飞行的看法上，舍曼与他的观点完全不一致，而且杰斯特的飞行也没有给他留下深刻的印象，但他无意识间还是朝着J. T. 马隆的药房走去，站在拐角处等着开往机场的公共汽车。满心欢喜、信心满满、自由自在，他举起双臂，挥动了一会儿。

J. T. 马隆透过药房的窗户看到了这个手势，在纳闷这孩子到底是不是有点疯癫了。

杰斯特一直想变得诙谐而有才华，他觉得独自一人待在飞机里会在这方面对他有帮助。他单飞这已经是第六次了。他的大部分心思都集中在仪表上。在和风吹拂的碧蓝的空中，他的精神振作起来，可在谈话中能否做到风趣且才华横溢……他并不知道。当然，这在很大程度上取决于舍曼自己说些什么，所以，他就必须根据谈话随机而动，而他只是非常希望自己会变得风趣而有才华。

杰斯特驾驶的是一架敞开的“飞蛾”飞机[1]，风将他的红发贴着头皮向后撕扯。他故意没有戴上头盔，因为他喜欢那种风吹日晒的感觉。在他回到家里与舍曼在那里见面的时候，他会戴上头盔的。到时候，他会大大咧咧，而且忙忙碌碌，是一个佩戴头盔的飞行员。在和风吹拂的钴蓝色天空和阳光中飞行半个小时之后，他开始考虑着落了。小心翼翼地冲天而起，盘旋着要找准适当的距离，他的思绪中甚至都没有舍曼的位置，因为他要为他自己的生命负责，为训练机“飞蛾”负责。着陆有点颠簸，可在他戴上头盔，小心而优雅地跳出来的时候，他希望有人能看到他。

从机场返程坐公共汽车总是让他有一种挤压的感觉，而那辆老旧的公共汽车本身行驶得也沉着而缓慢，与在空中相比这就太狭小了；而且他越是飞行就越发坚信，每一个成人都有飞行的道德义务，不论舍曼·皮尤对这个问题是什么样的信念。

在地处镇中心的J. T. 马隆药房的那个拐角处，他下了

① “飞蛾”(Moth)飞机是一种由杰弗里·德哈维兰设计的双翼双座飞机。为了便于在狭小的空间存储，这种飞机的双翼可以向后靠机身折叠，德哈维兰称之为“像飞蛾一样”，故此绰号为“飞蛾”。

公共汽车。他看了看这个镇子。在下一个街区就是韦德韦尔纺织厂。来自染缸的热气在闷热的空气中呈波浪形从地下室开着的窗户中冒出来。就是为了舒展一下自己的双腿，他绕着这个镇子的商业区闲逛起来。行人紧靠在遮阳篷边上，现在已经是临近中午时分了，这时候他们投射在闪闪发光的人行道上的影子不够清晰而且很矮小。在他走路穿过镇子的时候，他那件穿起来不习惯的外套让他感到很热，他朝自己认识的人挥挥手，第一国家银行的汉密尔顿·布里德洛夫向他举帽致意——很可能是因为那件外套吧，这时候他由于诧异和自豪而脸红了起来。杰斯特又绕回到马隆的药房，想着来杯带有碎冰块的凉爽的樱桃可乐。在拐角处，靠近他之前等公共汽车的地方，一个叫瓦贡的镇上的怪人坐在遮阳篷的荫凉处，帽子就放在紧挨着他的人行道上。瓦贡是一个浅肤色的黑人，在一次锯木厂的事故中失去了双腿，每天都由格罗恩·博伊带着，坐在四轮车里被送到挂有帆布篷的商店前面乞讨。然后，等商店都关门了，格罗恩·博伊又会用四轮车把他推回家。当杰斯特把一枚五分的硬币投进帽子的时候，他注意到那里已有好几枚硬币了，甚至还有一枚五十分的硬币。那五十分的硬币是一枚瓦贡一直用的诱饵币，希望有更进一步的慷慨行为。

“您今天怎么样啊，大叔？”

“还可以吧。”

格罗恩·博伊经常在正餐开始的时候过来，此时站在那里就这么看着。瓦贡今天吃的是炸鸡，而不是他通常吃的肋肉三明治。他慢吞吞地吃着鸡肉，摆出黑人吃鸡肉时的那种娴熟优雅的姿态。

格罗恩·博伊问道："您为什么不给俺一块鸡肉啊？"尽管他已经吃过午餐了。

"去你的，黑鬼。"

"要不就给点小面包和糖蜜？"

"我啥也不会给你。"

"要不就给五分钱买个蛋卷冰淇淋呗？"

"去你的，黑鬼。别像个虫子似的在我面前晃来晃去的。"

情况还会这样延续下去，杰斯特知道。那粗壮、笨笨的黑人男孩向一个乞丐乞讨。摘下的巴拿马草帽、法院广场上那白人和黑人分开的自动饮水器、骡子用的水槽和拴马桩、平纹细布和白亚麻布以及破烂的工装裤。米兰。米兰。米兰。

当杰斯特转身走进那昏暗、散发着风扇味道的药房时，他迎面看到了只穿着衬衣，站在饮料柜台后面的马隆先生。

"先生，能给我来一杯可口可乐吗？"

尽管这个男孩很漂亮而且过于礼貌，但马隆还是想起了他在等着去机场的班车时挥舞双臂那种疯疯癫癫的样子。

在马隆先生勾兑可口可乐的时候，杰斯特信步走向那个磅秤，并站上去了。

“那秤坏了。”马隆先生说道。

“对不起。”杰斯特说道。

马隆看着杰斯特，感到纳闷。他为什么要这么说，难道这么说不是一件怪可笑的事吗，因为药房的磅秤坏了而道歉。一定是疯癫了。

米兰。有些人满足于生生死死都在米兰，只是短暂去走访一下住在花枝市、羊岩市或附近其他更小的城镇里的亲戚或诸如此类的人。有些人满足于过着他们平凡的一生，然后死了就被埋在米兰。杰斯特·克兰恩可不是他们这样的人。也许是少数的一个，但绝对不是他们中的一个。杰斯特在等着可乐的时候恼得在药房里昂首阔步地走来走去，马隆注视着他。

结满霜珠的可乐放在柜台上，马隆说道：“给你。”

“谢谢，先生。”马隆向配药间走去的时候，杰斯特啜饮着他那冰凉的可乐，还在为米兰忧思。现在是酷热的季节，大家都穿着衬衫，除非是那些彻头彻尾顽固的人，他们到板球茶室或纽约咖啡馆去吃午餐时才会穿上外套。杰斯特手里还拿着可口可乐，就这样无所事事地走向敞开的门廊。

接下来的几分钟将会永远刻在他的脑海中。那是万花筒般、梦魇似的几分钟，太快而且太暴力，这在当时根本无法完全理解。后来，杰斯特知道他对那次凶杀负有责任，而知道这一事实带来了更进一步的责任。那是冲动和天真受到玷污的几分钟，是一切都无法挽回的几分钟，几个月之后，这将会使他避免另一场凶杀——实际上，拯救的正是他的灵魂。

其间，杰斯特手里拿着可口可乐，正看着火焰般蓝色的天空和正午那强烈的太阳。正午的哨声从韦德韦尔纺织厂吹响了。工厂里的工人零星地走出来吃午饭。“人类情感的渣滓。”他的祖父这样叫他们，虽然他拥有大把涨势令人十分满意的韦德韦尔纺织厂的股票。工资已经涨了，所以，职工们不是带着午餐盒，而是有钱到便餐厅去吃饭了。小时候，杰斯特害怕而且厌恶“工厂的标签”，对在纺织小镇看到的肮脏和穷苦感到胆寒。即便是现在，他也不喜欢那些穿着蓝色劳动布衣服、嚼着烟草的纺织工人。

其时，瓦贡只剩下两块炸鸡……鸡脖子和鸡背。就在他由于爱不释手而犹豫着该如何下口的时候，他开始吃起鸡脖子，这就像有四五根弦的班卓琴一样筋骨很多，也同样妙不可言。

“就一小口。”格罗恩·博伊乞求道。他眼巴巴地看着鸡背，他那笨拙的黑手向它伸出了一点。瓦贡快速咽下嘴里的东西，朝鸡背上吐了口吐沫以确保这是自己的。吐在褐色脆皮鸡块上的那带痰的吐沫激怒了格罗恩。就在杰斯特注视着他的时候，他看到那双贪婪的黑眼睛紧盯着用来乞讨的帽子里的零钱。突然有一种预感令他大叫起来："不要，不要。"但他这种受到抑制的警告被镇上敲十二点的叮叮当当的钟声淹没了。耀眼的光和刺耳的钟声以及静态的正午产生的共鸣造成了杂乱的感觉；接着，事情发生得那么快，那么猛烈，杰斯特都没能回过神来。格罗恩·博伊扑向乞讨帽子里的那些硬币，抓着就跑。

"逮住他。逮住他。"瓦贡一边尖叫着，一边把自己撑起来，立在有皮"鞋"保护着的那双锯短了的双腿上，在无可奈何的狂怒中从一只腿跳到另一只腿上。同时杰斯特已在追格罗恩。而那些从纺织厂出来的职工看到一个穿着白外套的白人在追赶一个黑鬼，也加入了追赶。在第十二街和布罗德街值班的警察发现了骚动，赶忙来到现场。当杰斯特抓住格罗恩·博伊的领子，奋力要从格罗恩拳头里夺回那些钱的时候，有六七个人加入了冲突，尽管他们谁也不知道这到底是怎么回事。

"逮住那个黑鬼。逮住那个黑鬼杂种。"

那个警察用他的警棍把混乱的人群分开，最后在格罗恩·博伊惊恐地挣扎时，砰地敲击他的头。几乎没有人听到这猛地一击的声音，但格罗恩·博伊立即变得软弱无力并摔倒了。人群让开道，观看着。在那黑头皮上只有一道细细的血迹，但格罗恩·博伊已经死了。这个贪吃、活蹦乱跳、智力不全的男孩从来就没有自己应有的判断力，现在就这么躺在了米兰的人行道上……永远不动了。

杰斯特扑在那个黑人男孩的身上。“格罗恩？”他恳求地叫道。

“他死了。”人群中有人说道。

“死了？”

“是的，”几分钟后，那个警察说道，“你们都给我散开。”他在尽自己的本分，走向药房附近的公用电话亭，叫了辆救护车，虽然他已经看到了那死亡的表情。当他回到现场的时候，人群已经闲逛着回到了靠近遮阳篷的地方，只有杰斯特还留在那尸体的附近。

“他真的死了吗？”杰斯特问道，他摸了摸那张还有余温的脸。

“不要碰他。”警察说道。

警察询问杰斯特事发的经过，并掏出自己的笔记本和纸。杰斯特开始昏头昏脑地讲述起来。他感觉自己的头就像一只充满气的气球一样，轻飘飘的。

救护车在死气沉沉的午后发出尖利的叫声。一个穿着白大褂的实习医生跳下车，把他的听诊器放在格罗恩·博伊的胸口。

“死了吗？”警察问道。

“确已僵死了。”实习医生说道。

“你肯定吗？”杰斯特问道。

实习医生看了看杰斯特，注意到他那已经被碰掉了的巴拿马草帽。“这是你的帽子吗？”杰斯特接过那顶帽子，它现在已经满是灰尘。

穿白大褂的实习医生们把尸体抬向救护车。这一切这么无情，这么突然，就像做梦一样，杰斯特慢慢地转身走向药房，一只手捂着脑袋。那个警察跟在他的身后。

瓦贡还在吃着他那吐了吐沫的鸡背，说道，“出什么事了？”

“不知道。”警察说道。

杰斯特感到头昏眼花。他有没有可能会昏倒？“我感到身体不舒服。”

警察很高兴这下有事可做了，把他带到药房里的一把椅子边上，说：“在这里坐下，然后把头放在你的两腿之间。”杰斯特照着做了，等血液涌回到他的头上之后，他坐直了，虽然他脸色很苍白。

“这全是我的错。要是我不追他，而那些人不是一拥而上围住我们的话，”他转向那个警察，“可你为什么要把他打得那么狠？”

“你在用警棍驱散人群的时候，你不知道你打得有多重。我并不比你更喜欢暴力。也许我根本就不该投身警界。”

当时，马隆已经给老法官打过电话了，要他过来接他的孙子，而杰斯特正惊魂未定地在哭泣。

当舍曼·皮尤开车来接他回家的时候，杰斯特此时已不再想着要如何给舍曼留下什么印象了，他被领到小汽车上，而那个警察则试图解释事情的原委。听了之后，舍曼只是解释说："哦，格罗恩·博伊一直就是个低能儿，就我而言，如果我只是个低能儿，要是这事情发生在我身上，我会高兴的。我设身处地地替别人着想。"

"我真的希望你给我闭嘴。"杰斯特说道。

他们到达的时候，法官的家里传来阵阵哭声，一片混乱。维里利在为她的侄儿啜泣，而法官则笨拙地轻轻拍着她。她被送回家，到她家里人那里去为正午突发的死亡哀悼。

在消息传来之前，法官这一上午过得都挺开心，而且颇有收获。他一直在开心地工作；那天一点也没有那种无所事事的沉闷感，没有觉得时间没完没了，让人难以忍受，老年像幼儿期一样，难挨的就是时间。结果越来越明显，舍曼·皮尤达到了他的最高期望值。他不仅是个聪明的黑人男孩，一点就通，知道什么是胰岛素以及如何打针，并发誓保密，而且他还有想象力，谈到了节食和卡路里的替代品，如此等等。在法官让他明白糖尿病不传染这个道理之后，舍曼就说："糖尿病的各种情况我都知道。我哥哥就患有这种病。

我们得给他在一个微型的天平上称食物。每一小口食物都称。”

法官突然回想起舍曼是个弃儿，对他提供的信息迟疑了片刻，但什么也没说。

“我也完全了解卡路里的情况，先生，因为我是齐普·马林斯的房客，而他的妹妹过去节食。我替她把松软的土豆泥与脱脂奶混在一起搅拌，做成苏克莱果冻。没错，先生，我对节食的情况都懂。”

“你觉得自己愿意当我的一个优秀的文书吗？”

“一个优秀的什么，法官？”

“一个文书就是一种秘书。”

“哦，一个超优秀的秘书。”舍曼说，其说话的声音柔和而迷人。“那我会非常喜欢的。”

“嗯哼，”法官清了清嗓子，以掩饰他的喜悦，“我有大量的信件，有严肃的、深奥的信件还有少量无关紧要的书信。”

“我非常喜欢写信，而且还写得一手好字。”

“笔法是很有指示性的。”法官又说道，“书写艺术。”

“那些信在哪里呢，先生？”

“在法院我办公室的铁公文柜里。”

“您要我去把它们拿过来吗？”

“不需要。”法官赶忙说道，因为每一封信他都已经回过了；事实上，他早晨到他办公室去，这就是他主要忙的事情——回信以及细读《花枝总账》和《米兰信使报》。上个星期，有一天连一封重要的信件都没有收到——只有一份无忧露营设备的广告，这有可能是给杰斯特的。没有重要的信件，感到上当了，法官就给那份广告回了封信，就睡袋和煎锅的质量提出了尖刻的问题。老年的这种静态沉闷状况常常令他很烦恼。但今天不是；今天早晨与舍曼在一起他神气活现的，他的脑子里简直充满着规划。

“昨天夜里我写了一封信，一直写到凌晨。”舍曼说道。

“情书吗？”

“不是。”舍曼回味着那封在上班的途中已经寄出的信。起初，那个地址让他冥思苦想了一番，然后，他致函给：“玛丽安·安德森夫人，林肯纪念堂的台阶。”如果她恰好不在那里，有人会转寄这封信的。母亲……母亲……他在想着，您这么有名是不可能找不到的。

“我的爱妻总是说，我写的情书是世界上最珍贵的。”

“我是不会浪费时间来写情书的。我昨天夜里写的那封长信是一封寻亲信。”

“书信写作本身就是一门艺术。”

“您今天希望我写的是哪种信？”舍曼又羞怯地补充了一句，“不会是一封情书吧，我想。”

“当然不是了，傻瓜。这是一封关于我孙子的信。一封求人帮忙的信，你可以这么说。”

“求人帮忙？”

“我打算请一个老朋友和国会的同事把我的孩子推荐到西点军校去。”

“我明白了。”

“我必须要事先仔细地打个腹稿。这种信最微妙，需要谨慎处理——求人帮忙的信。”法官闭上双眼，把拇指和食指搭在眼皮上，陷入了沉思。这几乎是一个痛苦的姿态，但那天早晨法官一点也不痛苦；恰恰相反，这么多年以来，一直很无聊，有没完没了单调乏味的时间要打发，陡然间有重要的信件需要撰写，而且还有一位真正的文书任其调遣，这种快乐令法官又像一个男孩那般愉快而自信起来。他坐在那里皱着眉头，好久都一动不动，这让舍曼担心起来。

“头疼吗？”

法官猛地一扭，挺直了身子。“哎呀，没有，我只是在构思信的结构而已。想着我要给谁写信以及这个人现在和过去的各种生活状况。我只是在想我要给他写信的那个人。”

“他是谁呢？”

“佐治亚州的参议员托马斯。写给他的地址是：哥伦比亚特区，华盛顿。”

舍曼把钢笔在墨水瓶里蘸了三遍，非常仔细地把纸弄平整，想到要给一个参议员写信激动起来了。

“亲爱的朋友和同事，蒂普·托马斯。”

舍曼又把钢笔在墨水瓶里蘸了一下，开始用花体字写起来。“还有呢，先生？”

“静一静，我在想……现在接着写。”

舍曼正在写这句话，这时法官叫停了他。“你不要写这句话。重新开始。我说‘接着写’以及诸如此类的话，不要把它们真的写下来。”

“我就是在做听写啊。”

“可是，天哪，用用常识吧。”

“我在用常识啊，可是你口述的话，那我当然要写下来了。”

“我们还是从头开始吧。称呼这样写：亲爱的朋友和同事，蒂普·托马斯。明白了吗？”

“我不应该把‘明白了吗’写下来，对吧？”

“当然不应该了。”

法官在犯嘀咕，他的这个文书是不是像他当初想的那么聪明，而舍曼暗自在怀疑这个老头儿是不是疯了。于是，两个人彼此怀疑对方智力有缺陷。这工作一开始进展并不顺利。

“在信里不要把这个写下来。我只是当面跟你直说的。”

“好的，当面直说。”

“一个真正的文书的技能是在信里或文件中把一切都写下来，但不是要去记录个人的思考，或者，换一句话来说，不是要记录我脑子中想的，与这封信或多或少无关的那些东西。孩子，我的问题是，我脑子动得太快，那么多随机的想法一起涌上我的心头，这些与任何特定的思路都不相关。”

“我懂了，先生。”舍曼说道，他在想，这份工作并不像他原先所想象的那样。

“懂我的人并不多。”法官坦白地说道。

“您的意思是，您要我读懂您内心的想法，信中什么要写，什么不要写。”

“不是读懂我内心的想法，”法官生气地说，“而是要从我的语调上推测哪个是我本人的沉思默想，哪个不是。”

“测心术我可最拿手了。”

“你是说你有直觉能力？哎呀，我也有。”

舍曼不知道那个词是什么意思，但他在想，如果他继续与老法官待在一起，那么，他就会毫不费力地学会大量词汇。

“回到那封信上吧，”法官严肃地说道，“在称呼后面写道：‘我最近注意到……’”法官突然停下来，然后放低声音接着说，舍曼在读解法官的想法，没有写下。“最近有多近，孩子？一年——两年——三年？我猜想那是十年前的事了。”

“要是那样的话，我就不会说最近了。”

“你完全正确，”法官用坚定的语气断定，“那就换一种完全不同的方式来从头写这封信吧。”

书房里那个镀金的钟响了十二响。“正午了。”

“对。”舍曼说道，笔拿在手里等着。

“正午时分我要中断我的工作去享用一天中第一份香甜热酒。这是一个老人的特权。”

“您要我去给您准备吗？”

“那太好了，孩子。你要不要来点兑水的波旁威士忌酒呢？”

“兑水的波旁威士忌酒？”

“我不是一个喝闷酒的人。我不喜欢一个人喝酒。”实际上，过去他常常召集园丁，维里利，或其他什么人跟他喝酒。由于维里利不喝酒，而那个园丁又去世了，法官有很多次不得不一个人喝酒，但他不喜欢这样。“喝点香甜热酒来陪陪我。”

这个工作还有这份快乐，这是舍曼没有想到的。他说：“我很乐意，先生。您喜欢多大比重的酒呢？”

“一半兑一半，不要把它冲淡了。”

舍曼匆忙到厨房去调酒。他已经在为午餐担心。如果他们一起喝酒，并成了朋友的话，那么，他就会讨厌被打发到厨房去跟那个厨子一起用餐了。他知道会这样的，但他还是讨厌这样。他在心里预先想了一遍他该怎么说。“我从来就不吃午餐。”或者“我吃了一顿非常丰盛的早餐，我现在不饿。”他一半兑一半调好酒，调了两份，然后回到书房。

法官小口喝了一口他的酒，咂了咂嘴唇之后，他说道：“下面我以宗座名义。”

“什么？”舍曼说。

“这是教皇在坦率地说话时所说的。我的意思是说，我们在喝酒时，我下面要对你说的话都不是信里要写的。我的朋友蒂普·托马斯给自己找了一个帮手[①]……或者叫伴侣。我这么说的意思是，他给自己娶了第二任妻子。一般来说，我不赞成再婚，可我在考虑此事时，我只是想：‘自己活也让别人活。’你明白吗，孩子？”

“不明白，先生。不完全明白，先生。”

“我在想，我是不是应该忽略他的再婚，而谈论他的第一任妻子。赞美他的第一任妻子，而不提第二任。”

“为什么要提她们中的一个呢？”

法官将头往后仰了仰。“写信的技巧就是这样的；你先亲切地谈一谈健康和妻子以及诸如此类的话题，接着，在这

---

① 此处原文“helpmeet”有“帮手”和“配偶”的意思。典出《圣经·旧约·创世记》第2章第18节：“耶和华神说，那人独居不好，我要为他造一个配偶帮助他。”又见第20节：“那人便给一切牲畜和空中飞鸟，野地走兽都起了名。只是那人没有遇见配偶帮助他。”

些都谈过之后，你再切入正题，谈你这封信真正要谈的事情。”

法官满心欢喜地喝着酒。就在他喝着酒的时候，正发生着一件小小的奇事。

电话铃响起的时候，法官无法一下子明白怎么回事。J.T. 马隆对他说着话，可他所说的那些事好像完全不着边际。“格罗恩 · 博伊在街头斗殴中丧生了……那杰斯特参与斗殴了吗？”他重复着，“我要派人去药房把杰斯特接回来。”他转向舍曼。“舍曼，你开车去马隆先生的药房，去接我孙子，可以吗？”舍曼长这么大还从未开过小汽车，愉快地答应了。别人开车他观察过，于是就想他知道车是怎么开的。法官放下酒，朝厨房走去。“维里利，”他开口就说，“我有重要的消息要告诉你。”

看了一眼法官的脸之后，维里利说道：“有人死了？”见法官没有回答，她说，“是布拉姐姐吗？”

当法官告诉她是格罗恩 · 博伊时，她猛地用自己的围裙捂着头，大声哭起来。“这么多年，他从未有过他这个年龄的那份心智。”她这么说，好像对于这件令她震惊的不可理喻的事情，这是最切中要害、最能说明问题的事实。

法官像熊一样轻轻拍了拍她，试图安慰她。他走进书房，把他的酒以及舍曼剩下来没有喝完的酒喝了，然后走向前面的门廊去等杰斯特。

这时候，他才弄明白了刚刚发生的这件小小奇事。十五年来，他每天早晨都非常枯燥乏味地等待着《米兰信使报》的投递，在厨房或者在书房里等待，在听到报纸扑通一声轻轻落下的声音时，他的心会猛地跳起来。可是今天，经过这么多年之后，他的时间都被占用了，他竟然没有想起这份报纸。老法官开开心心地沿着台阶蹒跚而行，去捡起那份《米兰信使报》。

# 第六章

无数日常发生的奇事使得生活有了生气，但大多数并未引起人们的注意，既然马隆在这个悲苦的时节注意到了一件小小的奇事，他难免感到惊讶。那个夏天，他每天早晨醒来都有一种莫名的恐惧。那个即将降临到他头上的可怕之事是什么呢？它是怎么回事？何时到来？出在何方？当意识最终成形之时，它又是那么残酷无情，结果他再也无法静静地躺着了；他不得不起床，在大厅和厨房里徘徊，毫无目的地走来走去，就是徘徊，等待。等待什么呢？在与法官交谈过后，他已经把冰箱的冷冻室里塞满了小牛肝和成年牛肝了。于是，一个个早晨，在电灯与黎明还在争光的时候，他就用油煎好了一块令人生厌的肝脏。他一直讨厌肝脏，即便是星期天孩子们争着吃的鸡肝他也不喜欢。肝脏做好后，整个屋子都充满着臭气，就好像放了一颗臭气弹，马隆强忍咽下，一口一口地咽着，令其作呕。恰恰是如此令其恶心反倒令他得到了些许安慰。他甚至把一片片像软骨一样的东西都咽下去了，这些东西别人都是从嘴里剔除，放在盘子边上的。蓖麻油也有一种令人作呕的味道，但它却很有效。海登医生的问题是，他从未提出任何治疗办法，无论是令人作呕的还是其他方法，来医治那种……白血病。给人讲出一种不治之症的名称却又一点疗法也不推荐……马隆整个人都被激怒了。当药剂师当了将近二十年，他听说过无数种疾病，并开药治疗这些疾病：便秘、肾脏病、眼里落了灰尘，等等。如果他真的觉得那病症他治不了，他会告诉顾客去咨询医生，但这种情况不常见……马隆觉得他与米兰的任何一个真正的医学博士一样优秀，而且他给无数种疾病开过药。马隆自己就是一个很听话的病人，给自己配了令人作呕的治肝盐，必要时用上斯隆搽剂[①]，他会把令人作呕的肝脏一口一口地生生吃下。然后，他总是在灯火通明的厨房里等待着。等什么呢？又等到何时呢？

夏天快要结束的一天早晨，马隆就要醒来但又强制自己不要醒来。他极力争取那种舒适、甜美的睡眠状态，但他再也无法体验到它了。那些尖叫的鸟儿已经醒来，并对他叫着，把他那舒适、甜美的睡眠击得粉碎。那天早晨，他感到很疲倦。意识中的恐惧冲刷着他那疲惫的身躯和萎靡不振的

① 缓解肌肉或关节疼痛的药物。

精神。他打算强迫自己进入睡眠状态。设法数羊——黑羊、白羊、红羊都蹦蹦跳跳的，而且都长着圆滚滚的尾巴。想着一片空白，啊，舒适甜美的睡眠。他不愿起床，打开电灯，在大厅和厨房里走来走去，徘徊、等待又担惊受怕。他再也不愿天一亮就油煎那令人恶心的肝脏，让整个屋子都充满着臭气，像放了颗臭气弹一样了。永远也不那样。永远不再那样了。马隆拧开床头灯，打开抽屉。那里有他为自己开的图伊诺尔胶囊[①]。他知道，一共有四十粒。他那颤抖的手指悄悄地在那些红色和绿色的胶囊中摸索着。共有四十粒，他知道。他再也不必天一亮就起床，惊恐地在屋子里徘徊了。再也不必仅仅因为要到药房去而去那里了，他过去总是去药房是因为那是他的生活，他要赡养妻子和家庭。即使J. T. 马隆不是唯一的赡养人，因为他的妻子用她自己的钱购买了可口可乐的那些股票，还因为她从她的母亲那里继承了三套住宅——尊敬的老格林洛夫太太十五年前就去世了——即使因为他妻子的各种财力，他不是完全、仅有的养家人，药房也是家庭的主要依靠，而他也是一个称职的养家人，不论别人会怎么想。在米兰，药房是第一个开门而且是最后一个关门。坚守信用，倾听病人的意见，开药，调制可乐和圣代冰淇淋，配药……不再干了，不再干了！他为什么要干这么

① 药物商标名，是一种镇静剂或催眠药。

久？像一头沉闷缓慢的老骡子，围绕着一台高粱磨一圈又一圈地转着。而且每天晚上回家。还得与他已经很久不再爱的妻子同床共枕。为什么？因为除了药房就没有合适的地方可待？因为除了在床上躺在他妻子身边之外就没有别的合适的地方睡觉？在药房上班，与他妻子同床共枕，再也不干了！在他用手指触摸着那宝石般明亮的图伊诺尔胶囊的时候，他那单调的生活就展现在他的面前。

马隆把一粒胶囊放在自己嘴里，喝了半杯水。要吞下这四十粒胶囊那他得喝多少水？

吃了一粒之后，他又吞下另一粒，然后是第三粒。接着，他停下来，又把水杯倒满。在他又回到床上的时候，他想抽根烟。在他抽着烟的时候，他渐渐昏昏欲睡。当他在抽着第二根香烟时，烟从他有气无力的手指间掉了下来，因为J. T. 马隆终于又睡着了。

那天早晨，他一直睡到七点钟，而且当他走进热闹的厨房时，全家人都已经醒了。他平生很少来不及洗澡和剃须，因为他担心到药房会迟到，这天早晨是少有的一次。

那天早晨他亲眼目睹了那个小小的奇迹，但他太焦躁不安，太忙乱了，因此没有弄明白是怎么回事。他抄近路穿过后院和后门，奇事就发生在那里，但在他大步向门口慢跑的时候，他的眼睛视而不见。可等他到了药房的时候，他疑惑起来，他不明白自己为什么要这么匆匆忙忙的；那里根本就没有人。但他已然开启了自己一天的生活。他砰的一声放下遮阳篷，打开电扇。等第一位顾客进来的时候，他的一天已经开始了，尽管第一位顾客只是赫尔曼·克莱因，隔壁的钟表匠。赫尔曼·克莱因总是一天到晚在药房里进进出出的，喝着可口可乐。他在药房的配药间里还存放着一瓶酒，因为他的妻子讨厌酒，不容许家里有这东西。所以，赫尔曼·克莱因整天待在自己的店里做钟表活，而且频繁地光顾药房。赫尔曼·克莱因不像米兰的大多数生意人那样回家吃午饭；他喝一小口酒，然后吃一块马隆太太提供的包装整齐的鸡肉三明治。在赫尔曼·克莱因被接待过之后，一批顾客突然间蜂拥而至。一个母亲带着一个尿床的孩子进来了，马隆卖给她一个欧能通，一种在床被弄湿时可以发出铃声的装置。他给许多父母卖过欧能通，可私下里他感到纳闷，为什么那种铃声会真的起作用。私下里他怀疑这种东西会不会吓着熟睡中的孩子，如果仅仅因为小约翰尼在睡梦中悄悄地尿了一点尿就把全家人弄醒，这会有什么好处呢？他私下里觉得，就让约翰尼静静地撒尿会更好。马隆明智地给那些母亲提建议："我卖过许多这种装置，但我总是觉得，关于如厕训练关键还是孩子的配合。"马隆仔细检查了一下那个孩子，一个脸型方正的小女孩，她看上去一点也没有配合的样子。他给一个患有静脉曲张的妇女配了一个外科用袜子。他倾听病人诉说头疼、背痛和肚子不舒服。他详细地检查每一位顾客，做出自己的诊断，并出售药品。没有人患白血病，也没有人是空着手离开的。

到了一点钟的时候，当那个受妻子虐待、受梦魇困扰、矮小的赫尔曼·克莱因进来吃他的三明治的时候，马隆已很疲惫。他也在沉思冥想。他想知道，在这个世界上还有谁比他处境更糟的。他看着那个正在柜台旁大口咀嚼着他的三明治的小个子赫尔曼·克莱因。马隆讨厌他。讨厌他是因为他那么没有骨气，干活那么卖命，也不像其他中午不回家吃饭的体面生意人那样到板球茶室或纽约咖啡馆去。他并不是对赫尔曼·克莱因表示同情。他就是看不起他。

他穿上外套回家吃饭。这天天气闷热，天空就像闪电一般发着炽热的白光。这一次，他慢慢地走着，感受着他那白色亚麻布外套的重量，或者说，不知怎么的，感到他肩上有一种压力。他总是不慌不忙地，吃一顿家里做的午餐。不像那个胆小如鼠的小个子赫尔曼·克莱因。他穿过后院的门，而这时候，尽管他非常疲惫，他还是认识到了那个奇迹。那个菜园，他那么漫不经心地播撒了种子，而且在这漫长的恐怖时节都把它给忘了，竟然都长起来了。有紫甘蓝、胡萝卜的小缨子、绿绿的芜菁叶和西红柿。他站在那里看着菜园。这时候，一群孩子从敞开的门里进来了。他们是兰克家的孩子。兰克家真是怪事。他们一次生几个孩子，一次又一次。双胞胎、三胞胎。他们从他妻子继承来的房屋里租了一套——一套破破烂烂、年久失修的房子，你都会想象得到所有这些孩子聚集在里面是个什么样子。塞米·兰克是韦德韦尔纺织厂的一个工头。偶尔，他失业，马隆也不催他交房租。马隆住的房子，也是马莎从格林洛夫老太太那里继承来的，上帝保佑她，这是地处角落里的房子，面朝一条非常体面的街道。另外三套彼此毗连的房子就在附近，那里的街区正日渐衰落。兰克家住的那套房子是最后一套，也就是说，是马隆太太继承的那一排三套房子中的最后一套。所以，马隆经常看到兰克家的孩子。他们脏兮兮，鼻涕涟涟的，就在四周闲荡，因为他们在家里无事可做。一个特别寒冷的冬天，当时兰克太太生了双胞胎正坐着月子，马隆就送了些煤去他们家，因为他喜欢小孩子而且知道他们很冷。那些孩子叫尼普和塔克，西里丽和西蒙，罗斯玛丽、罗莎蒙德和罗莎。孩子们如今都渐渐长大了。最大的三胞胎都已经结婚成家，还有了他们自己的孩子。他们正好与迪翁五胞胎[①]是同一个夜里出生的，为此《米兰信使报》还刊登过一篇关于“我们米兰的三胞胎”的短文，这篇文章被兰克家镶了框，挂在他们的客厅里。

马隆再次看了看菜园。“亲爱的。”他喊道。

---

① 迪翁五胞胎(the Dionne quints，全称 the Dionne quintuplets)出生于1934年5月28日，是已知活过婴儿期的第一个五胞胎，均活到成年。这些同卵姐妹出生在加拿大安大略省卡伦德镇一个叫科尔贝的村庄附近。安大略省政府及其周边的人都因她们受益，因为她们的出生地成了一个重要的观光胜地。

"在呢，宝贝儿。"马隆太太答道。

"你有没有看过菜园子啊？"马隆走进了屋子。

"什么菜园子？"马隆太太问道。

"嗨，我们家的菜园子啊。"

"我当然看过啦，宝贝儿。我们整个夏天吃的都是菜园子里面的菜呢。你怎么啦？"

马隆这些天一点胃口也没有，根本不记得他吃了什么，于是没有说什么，但这的确是个奇迹，这个菜园就这么马马虎虎地栽种了一下，从来也没看管过，竟然长得这么茂盛。那羽衣甘蓝按照它们自身的规律就这么发疯似的长着。在园子里栽一棵羽衣甘蓝，它就这么疯长，超出了其他植物。牵牛花也一样……一棵羽衣甘蓝或者一棵牵牛花。

这顿中午的正餐他们没有说什么话。他们吃了肉糜卷和做得非常复杂的土豆，不过，尽管那个肉做得很好，但马隆却尝都没尝一口。"整个夏天我一直对你说，那些蔬菜是自己家里种的。"马隆太太说。马隆听见了这句话，但没有注意，更不用说回应了；多年来，他妻子的声音就像锯木机一样，一种你听见了但根本不在意的声音。

小埃伦和汤米囫囵吞枣地吃着午餐就打算跑了。

"你们应该咀嚼，宝贝们。要不然，没人知道什么肠胃病在等着你们呢。我是个小姑娘的时候，他们有那种他们称之为弗莱彻疗法的东西，在你们真正咽下去之前应该要咀嚼七次。如果你们继续像拉救火车的马那样吃……”可马隆家的孩子们已经说了声“对不起”，从家里跑了。

从那刻起，这顿午餐就寂静无声了，他们谁也没有说出自己的想法。马隆太太在想着她的“马隆夫人三明治”——按犹太教规制成的肥美的鸡肉(至于鸡是不是犹太人的，这倒无所谓)，她精心挑起的 A & P[①] 超市的母鸡、极小的火鸡、二十磅的火鸡。她把那种火鸡三明治称为“马隆夫人火鸡沙拉三明治”，虽然这是件令人惊讶的事情，到底有多少人能尝出火鸡三明治和鸡肉三明治之间味道的区别。与此同时，马隆心里想的都是他自己生意上的事情；他今天早晨该不该卖了那个欧能通？他的脑海中闪过几个月前的一幕，一个妇女抱怨过那个欧能通。好像她的小尤斯蒂斯睡着，一直也没有被欧能通的铃声唤醒，可一家人都被吵醒了，站在四周看着小尤斯蒂斯一边悄悄地尿尿，一边沉沉地睡着，而欧能通却在疯狂地响着。最后，好像还是那个爸爸猛地把孩子从尿床上拉了出来，当着全家人的面打他的屁股。这公平吗？马隆思考着这个问题，断定这绝对是不公平的。他从来没有对自己的孩子动过手，无论他们该不该打。处罚孩子们由马隆太太来做，因为马隆觉得这是他妻子的责任，而每当明显她该打一个孩子屁股的时候，她总是哭。唯独有一次马

① 美国老牌连锁超市。

隆感到他不得不这样做，那是四岁的埃伦偷偷地在她外婆的床底下生火的时候。格林洛夫老太太哭得多厉害啊，既是因为她自己感到恐惧，也是因为她最喜欢的外孙女在遭受严厉惩罚。可玩火是马隆处理的唯一不良行为，因为这事太严重了，是不能靠一个心肠软、惩戒孩子时总是哭的母亲来做的。没错，唯一必须要他亲自处理的事情就是严禁火柴和玩火。那么欧能通呢？虽然这是一件被推荐的产品，但那天早晨把它卖了，他还是感到遗憾。马隆痛苦地咽下了最后一口，这使他的喉结在他那脆弱的喉咙里扭动着，他为此原谅了自己，从桌子旁站起身来。

“我来打电话让哈里斯先生下午来照看一下药房。”

马隆太太平静的脸上掠过不安的表情。“你感到不舒服吗，宝贝？”

愤怒使马隆紧握着双手，握得指关节都变白了。一个患有白血病的人感觉不舒服？这个女人到底认为他得了什么病……水痘还是春困症？可是，尽管他紧握着拳头的关节愤怒得发白，但他只是说道：“我就是那个样子，不好也不坏。”

“你工作得太辛苦了，宝贝。就是太辛苦了。你是个十足的驮马。”

“一头骡子，”马隆纠正道，“绕着高粱磨一圈又一圈转的一头骡子。”

“J. T.，要不要我放一盆温水，让你舒舒服服地洗个澡？”

“我当然不需要这样了。”

“不要犟，宝贝。我只是想让你舒服些。”

“我在自己家里想怎么犟就怎么犟。”马隆执拗地说道。

“我本来只是想让你舒服些，不过我明白了，这没有用。”

“根本没用。”他恨恨地答道。

马隆冲了个蒸汽浴，洗了头，刮了胡子，然后把卧室弄暗。但他气得很，根本睡不着。他听到马隆太太在厨房里捣着鸡蛋面粉糊来做结婚蛋糕什么的，这让他越发生气。他走了出去，来到午后耀眼的阳光下。

他已经失去了那年的夏天；蔬菜在不知不觉中长起来，并已经被吃掉了。夏天那严酷而强烈的阳光令他的精神都枯萎了。法官之前一口咬定，无论他得了什么病，只要在米兰过一段时间夏天，没有什么病治不好。想到老法官，他走到后阳台，找了一个纸袋。虽然这个下午他闲着没事，但他一点也没有空闲的感觉。他疲惫地动手给法官摘了一堆绿叶蔬菜，芜菁叶和羽衣甘蓝都有。接着，他加了一个最大的西红柿，并站了片刻，在手里掂量一下它的重量。

“宝贝，”马隆太太从厨房窗户里叫道，“你在干什么呢？”

“什么？什么？”

“下午这么炎热，你就站在那里，在干什么呢？”

当一个男人只是独自站在自家的后院里都不得不为自己说明原因，事情就已经变得很糟了。可是，尽管他想蛮横一点，但他只是回答道：“采摘绿叶蔬菜。”

“如果你打算在这么酷热的阳光下磨蹭很久的话，你应该戴上一顶帽子。这样可以避免你中暑的，宝贝。”

“这关你什么屁事？”马隆在这么大叫的时候脸都白了。

“不要骂人，J. T.，求求你。”

于是，马隆在炎热的高温下站得更久，就是因为他的妻子质疑并干涉他。然后，他没有戴帽子，提着那袋蔬菜，步履艰难地朝法官的宅子走过去。法官在昏暗的书房里，那个长着一双蓝眼睛的黑鬼和他在一起。

“嗨呵，J. T.，嗨呵，我的好朋友。你正是我刚刚在找的人呢。”

“找我干什么？”因为马隆受到这么热情友好的接待既高兴又有点惊讶。

“现在是不朽的诗歌的时刻。我的文书为我朗读吧。”

“您的什么？”马隆尖利地问道，因为那个词对他来说暗示着欧能通和尿床[①]。

---

① “文书”英文为 amanuensis，发音与治疗闭尿症状的药物 Eurotone 类似。

“这是我的秘书。舍曼·皮尤。他是一位优秀的朗读者，朗读时刻是今天最愉快的时刻。今天我们在朗读朗费罗[①]的诗歌。接着读，麦克达夫[②]。”法官高兴地说道。

“什么？”

“我刚才只是在改述莎士比亚的话，可以这么说。”

“莎士比亚？”舍曼觉得浑身不自在，被冷落了而且呆头呆脑的。他讨厌马隆先生在这个读诗的时刻进来。为什么这个讨人嫌的老家伙不待在他该待的药房里呢？

“回到：

在吉奇古米的岸边，
在阳光灿烂的大海旁，
在他那拱顶小屋的门口……[③]”

法官双眼紧闭，头随着诗的韵律在轻轻摆动。“接着读，舍曼。”

“我不想读了。”舍曼闷闷不乐地说道。他凭什么要在

---

① 朗费罗(1807—1882)，美国诗人、教育家。其代表作有《海华沙之歌》(*The Song of Hiawatha*)和《伊凡吉林》(*Evangeline*)等。

② 莎士比亚四大悲剧之一《麦克白》中的人物。

③ 这三行诗出自朗费罗的《海华沙之歌》第三部分《海华沙的童年》(*Hiawatha's Childhood*)，但第三行为误引，原诗为“屹立着纳克米斯的拱顶小屋”(Stood the wigwam of Nokomis)，而不是这里的“在他那拱顶小屋的门口”(At the doorway of his wigwam)。

这个神经兮兮的马隆先生面前出洋相呢？他要愿意那才怪呢。

法官感觉到某种开心的事情就要出岔子了。“哦，那就背书吧，‘我向空中射了一箭’[①]。”

“我不想这样，先生。”

马隆目睹着眼前的一幕，听着他们的谈话，他的那袋绿叶蔬菜还在膝头。

法官感觉到某种非常开心的事情就要出岔子了，但他很想读完那首优美的诗歌，于是就自己读下去：

“月亮之女，纳克米斯
屋后黑暗中耸立着森林
耸立着黑暗阴郁的松树林
屋前拍打着清澈的海水
拍打着清澈欢快的海水
拍打着大海那闪亮的海水……[②]

在这黑暗的房间里我的眼睛累了。你能接过去读吗，舍曼？”

“不能，先生。”

---

① 此处出自朗费罗的诗《箭与歌》（*The Arrow and the Song*，1845）中的第一行。
② 此处出自朗费罗的《海华沙之歌》第三部分《海华沙的童年》。

“艾娃，耶，我的小猫头鹰
照亮这拱顶小屋的是谁
他的两只大眼睛照亮了这拱顶小屋……

啊，多亲切啊，这诗的韵律和亲切感。难道你感受不到吗，舍曼？你总是把不朽的诗篇读得那么优美啊。”

舍曼撅起屁股，一言未发。

马隆的那袋绿叶蔬菜还放在膝头，感觉到了房间里的紧张气氛。很显然，这种事情每天都发生。他不知道是谁疯了。老法官？长着双蓝眼睛的黑鬼？他自己？朗费罗？他小心机智地说道：“我给您带来了一堆自家菜园里的芜菁叶，还有一堆羽衣甘蓝。”

舍曼傲慢而粗鲁地说道：“他不能吃这些东西。”

法官的语气有点沮丧。“嗨，舍曼，”他恳求地说道，“我很喜欢芜菁叶和羽衣甘蓝。”

“这不在节食菜单上，”舍曼坚持说道，“这些菜要和肋肉一起烧的，一层瘦肉和一层肥肉。而且那不在节食菜单上。”

“就薄薄的一片带一层瘦肉、一层肥肉行不行呢？”

舍曼还在恼火，在他喜欢的朗读时间马隆先生插进来了，而且这个讨人嫌的药房里的老家伙看着他们两个人，仿佛他们是疯子似的，结果破坏了不朽诗篇的朗读时光。不过，他没有朗读海华沙。他没有让自己出洋相；他任由老法官去做，法官似乎并不在乎别人是否认为他是刚从米利奇维尔①逃出来的。

马隆安慰道："北方佬把绿叶蔬菜和黄油或醋放在一起吃。"

"虽然我的确不是北方佬，但我要试着把绿叶蔬菜和醋放在一起吃。我们在新奥尔良度蜜月时，我还吃过蜗牛呢。一只蜗牛。"老法官补充了一句。

从客厅里传来了钢琴的声音。杰斯特在弹那首《菩提树》②。舍曼怒不可遏，因为他弹得太好了。

"我一直吃蜗牛。我是在法国的时候养成的这个习惯。"

"我还不知道你曾经在法国待过。"马隆说道。

"当然啦。我在那里服过短暂的兵役。"齐普·马林斯服过兵役，那倒是千真万确的，而且给舍曼讲过许多故事，而大多数故事舍曼都听得半信半疑的。

"J. T.，我确信你这么大热天走路之后需要一些饮料。来些杜松子酒加奎宁水怎么样？"

"那太好了，先生。"

---

① 离佐治亚州中部城市梅肯30英里远的一个镇，曾经是佐治亚州的首府，州精神病院所在地。

② 《菩提树》(*Lindenbaum*)，奥地利作曲家舒伯特(Frantz Schubert，1797—1828)声乐套曲《冬之旅》(*Die Winterreise*，1828)中的第五首。

“舍曼，请你给马隆先生和我兑些杜松子酒加奎宁水，可以吗？”

“奎宁吗，法官？”他的语气难以置信，因为即使老马隆先生是个开药房的人，他在休息日也肯定不会喜欢苦味的奎宁。

法官就仿佛在对一个用人说话，用盛气凌人的语气说道：“在冰箱里。瓶子上写着‘汤力水’。”

舍曼纳闷，他为什么不一开始就这么说。汤力水与奎宁是不一样的。他之所以知道是因为自从他陪伴法官以来他已经尝过一些酒了。

“里面多放点冰。”法官说。

舍曼气得要命，不仅是因为朗读时刻被破坏了，而且是因为他像一个用人一样被差来差去。他匆匆忙忙地进去，把气出在杰斯特的身上。“你弹的是《睡吧小宝宝》吗？”

“不是，是《菩提树》；我从你那里借来的呀。”

“哦，这是德国抒情歌曲的绝对顶点。”

杰斯特一直眼含着激动的泪水在弹奏，这时停了下来，这令舍曼感到满意，因为他弹得太好了，尤其是在见谱即奏这种情况下。

舍曼走进厨房，调好了饮料，但加了很少的冰。他是什么人啊，可以让人差来差去的？而且这是怎么回事呢，那个小脸蛋杰斯特能把正宗的德国抒情歌曲弹得那么好，尤其是在见谱即奏这种情况下？

他替老法官把什么事都做了。格罗恩·博伊死的那个下午，他自己已经把晚饭做好了，随桌伺候着；可是，他不愿吃自己做的晚餐。他不愿意吃这顿晚饭，即便是在书房的桌上。他已经替他们找了一个厨子。那个维里利不在的时候，他给他们找到了辛德瑞拉·马林斯来接替。

这时候，法官正在对他的朋友马隆说："这个男孩真是一个名副其实难得的人才，是个宝贝。给我写信，给我朗读，更不用说给我打针，让我遵守节食菜单上的规矩了。"

马隆的怀疑态度就显示在他的脸上。"您是怎么就碰巧遇到了这么个优秀之人的呢？"

"我可不是偶然遇到他的。他还没出生就已经影响了我的人生。"

对于这句神秘的话，马隆即便揣摩一下都感到有些迟疑。有没有可能这个傲慢的蓝眼睛黑鬼就是法官的亲生儿子呢？尽管这似乎不可信，但却有可能。"可他不是在一个黑人教堂的长凳子上被发现的吗？"

"是啊。"

"可这怎么会影响您的人生呢？"

"不仅是影响了我本人的人生，而且还影响了我生命的血脉——我亲生儿子的人生。"

马隆试着设想约翰尼与一个黑人姑娘发生了性关系。他有多次与那个金发、体面的约翰尼·克兰恩在塞里诺农场打猎。这非常不可信但又不是不可能。

法官似乎看懂了他心中的困惑。他用那只健康的手紧紧抓着自己的手杖，直到手发紫。“假如你有片刻的想法，认为我的约翰尼曾跟黑人姑娘们上过床或者有诸如此类不道德的行为……”法官愤怒得无法把话讲完。

“我从未猜想过任何这类事情，”马隆安慰道，“你刚才说得那么神秘。”

“这是一件神秘的事，假如果真有神秘之事的话。可这是一件如此糟糕的事情，甚至连像我自己这样一个唠叨的老头儿几乎都无法谈论它。”

然而马隆知道他想进一步谈这件事，可就在这时候舍曼·皮尤砰的一声把两只玻璃杯放到了书房的桌上。等舍曼匆忙离开房间之后，法官接着说道：“不过，现在这孩子可给我的晚年增添了一丝亮色。用生花妙笔给我写信，给我打针并让我遵守节食菜单上的规矩。下午给我朗读。”

马隆没有指出来，当天下午那个男孩就已经不愿朗读了，结果还是老法官自己不得不把朗费罗的诗读完的。

“舍曼读起狄更斯的小说来那么哀婉动人。有时候我哭了又哭。”

“那孩子哭过吗？”

“没有，不过读到幽默的地方他常常会笑。”

马隆迷惑不解，等着法官就他所暗示的那个神秘之事更有针对性地谈谈，可他只是说：“哦，这只是再次说明‘在这危险的荨麻上，我们采摘到了这安全之花’①。”

“什么，到底怎么啦，先生？您当时有危险吗？”

“未必就是有危险……那只不过是诗人的表达方式。但自从我亲爱的妻子去世以来，我一直都这么孤独。”

马隆这下不仅仅是对法官感到困惑不解了，而且还突然担心起来。“孤独吗，先生？您有您的孙子，而且您还是整个米兰最受尊重的公民呢。”

“你可以是镇上，或者整个州最受尊重的公民，但你依然感到孤独。孤独就孤独吧，上帝！”

“可您的孙子呢，他可是您的掌上明珠啊？”

“自私是年轻男孩的本性。我完完全全了解男孩。杰斯特唯一的问题就是……青春期。我对所有男孩都有深刻的了解，一切可以归结为……自私，自私，自私。”

听到杰斯特受到批评马隆很高兴，但他做得非常得体，什么也没说。他只是问道，“您雇佣这个黑人男孩有多久了？”

“大约两个月了吧。”

---

① 此处引自莎士比亚历史剧《亨利四世》第一部（*Henry IV*，Part I）。

“两个月他就能在这个家里这么相沿成习，那时间还是挺短的……这么融洽地安顿了下来，人家会这么说。”

“舍曼感到融洽，感谢上帝。虽然他就像我的孙子一样还是个青少年，但我们的关系却完全不同。”

马隆闻此感到很欣慰，但他再次非常得体地什么也没说。知道法官情绪反复无常，他会突然瞬间感到高兴，又会突然瞬间感到失望，因此，马隆不知道这种状况将会持续多久。

“名副其实的宝贝，”法官满腔热情地说着，“一个难得的人才。”

此时，“那个名副其实的宝贝”正在看一本电影杂志，并喝着勾兑了汤力水的杜松子酒，里面加了大量冰。他一个人在厨房里，因为那个老维里利正在楼上打扫卫生。虽然他一边品尝一边想象令他浑身舒适……这是一篇很好的关于他最喜欢的一位电影明星的文章……但是他非常、非常恼火。不仅仅是因为他这天的特殊时刻被那个总是大惊小怪的马隆先生给破坏了，而且还因为他在悬念中度过了三个月的时间，这种悬念一点点逐渐变成了焦虑。为什么安德森夫人还没有给他回信呢？如果信的地址写错了，那么，会有人转寄给她的呀，因为他的母亲太有名了，是不会找不到的。当杰斯特的狗，泰格走进房间的时候，舍曼踢了它一脚。

维里利从楼上走了下来，看了看一边看杂志，一边喝着勾兑了汤力水的杜松子酒的舍曼。她打算说说他，但那张黑脸上凶狠的眼神令她打消了原来的念头。她只是说："我年轻那会儿，我从来没有闲坐着看书、喝酒。"

舍曼说："你可能生来就是一个奴隶，挑剔而胆小的人。"

"我才不是奴隶呢，可我的爷爷是。"

"他们可能就在这个镇上把你拍卖了。"

维里利开始洗碗，把水龙头的声音开得很响。然后，她说："要是我知道你的母亲是谁，那我会要她把你打得死去活来。"

舍曼又回到客厅，去跟杰斯特胡搅蛮缠了一会儿，因为他此时无事可做。杰斯特又开始弹起来了，他真希望自己知道这个音乐的名字。设想一下，假如他说了这个作曲家的什么坏话，而这个作曲家的名字又说错了呢。这是肖邦、贝多芬还是舒伯特呢？因为他不知道是谁，他就不放心让自己去侮辱人，这令他更加愤怒。假如他说："你把贝多芬弹得也太烂了。"而杰斯特却说："这不是贝多芬，这是肖邦。"舍曼黔驴技穷，不知道怎么办才好。这时候，他听到前门打开又关上了，于是知道那个爱管闲事的人，马隆先生离开了。因为自己出丑在前，他温顺得像摩西一样进了房间，朝法官走去。他主动地重新朗读朗费罗的诗，开始念道：

"我向空中射了一箭。"

马隆还从未感受过像他今年夏天经历的这般炎热的天气。在他走着的时候，他感觉那炽热的天空、那太阳都沉沉地压在他的肩膀上。一个普通的、脚踏实地的人是很少做白日梦的，可他此刻正在做白日梦，幻想着他今年秋天要到一个北方地区去，到佛蒙特州或缅因州去，在那里他会再次看到雪。他打算不带马隆太太，一个人去。他要请哈里斯先生接替他照管药房，而且他要独自一人在那里安安静静地待两个星期，也许两个月，谁知道呢。他的脑海中浮现出极地迷人的雪景，感受到它凉爽的气息。他要独自待在旅馆里，之前他还从来没有这样干过，要么就在一个滑雪的胜地？在他想到大雪的时候，他有一种自由的感觉，而弓着肩膀，走在这酷热的太阳下，他又感到有一种愧疚在咬噬着他。十二年前，他把他的妻子和小埃伦送到塔卢拉瀑布去度一个清凉的暑假，在她们不在期间，马隆偶然犯下了马隆之罪。一开始，他根本就不认为这是一种罪恶。这只不过是他在药房遇到的一个年轻女子。她进来是因为眼里落了灰，他非常小心地用自己清洁的亚麻布手帕擦去了那粒灰。他还记得在他抱着她的头给她擦灰的时候她那颤抖着的身子和她那乌黑的眼睛里的泪水。她离开了，而那天夜里他想起了她，但这件事情似乎就结束了。可巧合的是，第二天他在付纺织品账单时他们又见面了。她是办公室里的职员。她说道："您昨天待我那么亲切。我想知道我现在能为您做些什么？"他说："哎呀，你何不明天和我一道吃午餐呢？"于是，她接受了，这是在纺织品店上班的年轻姑娘的一个小小的失误。他们在那家板球茶室，镇上最像样的地方，吃了午餐。他跟她谈到了自己的家庭，做梦也没有想到这还会有什么其他事。但还真的有事，两个星期后，他犯下了罪孽，而且可怕的是，他还很高兴。刮胡子的时候唱着歌，而且每天都穿着他最漂亮的服装。他们去镇上看电影，他甚至带她坐汽车到亚特兰大去，带她去看环形全景画①。他们到亨利·格雷迪酒店②吃完饭，她还点了鱼子酱。在这次出轨的过程中，他感到莫名其妙地高兴，尽管他知道这很快就会结束。九月份，当他的妻子和孩子回到镇上的时候，事情就结束了，而且洛拉也很能体谅。也许像这样一种事情以前在她身上发生过。十五年过去了，他依然梦见她，尽管他已经换了纺织品商店，而且再也没有见到过她。当他得知她已经结婚的消息时，他感到难过，但他灵魂的另一个部分又感到松了口气。

想到自由就如同想到了冰雪。当然，那年的秋天他会让哈里斯先生来接替他照管药房，他要去度假。他会再次体验

① 在这里指的可能是亚特兰大环形全景画（the Atlanta Cyclorama），一个有关美国内战期间亚特兰大战役的圆柱形全景绘画。

② 是以佐治亚州最著名的演说家亨利·格雷迪命名的13层的酒店，建于1924年，1972年被拆毁，修建了威斯汀桃树广场（the Westin Peachtree Plaza）。

到悄悄潜入的雪花，感受到带来欢乐的寒冷。就这样，马隆疲惫地朝着自己的家走去。

“如果你像这样休息，宝贝，我认为就这么吃力地在镇子上转悠这不是真正的休息，在这样的大热天，这不是休息。”

“我刚才不在想着热，尽管夏天这个镇子就像地狱的中心那样热。”

“唉，埃伦一直在折磨自己呢。”

“你是什么意思？”马隆惊恐地说。

“就是折磨自己啊，哭啊，在她自己卧室里哭了一个下午了。”

马隆很快上楼到了埃伦的卧室，马隆太太紧跟着。在她那间漂亮小巧的蓝色和粉红色的女孩房间里，埃伦躺在床上啜泣。看到埃伦哭泣，马隆受不了，因为她是他的心肝宝贝。他那疲惫的身体突然微微颤抖起来。“宝贝，宝贝，怎么啦？”

埃伦把脸转向了他，“哎呀，爸爸，我恋爱了。”

“哦，那为什么会让我的心肝宝贝哭呢？”

“因为他甚至都不知道我的存在。我们在大街上和各个地方擦肩而过，他只是不经意地挥挥手，然后就接着往前走。”

马隆太太说道：“那没什么，亲爱的，等你长大了，总有一天你会遇上如意郎君，到时一切就好了。”

埃伦呜咽得更凶了，马隆讨厌他的妻子，因为做母亲的说这种话是最愚蠢的。“宝贝，宝贝，那是谁呀？”

“杰斯特。我太爱杰斯特了。”

“杰斯特 · 克兰恩！”马隆大声吼道。

“对，杰斯特。他太帅气了。”

“宝贝，亲爱的，”马隆说道，“杰斯特 · 克兰恩连你一寸小指头都配不上。”由于埃伦还在抽泣，他后悔把芜菁叶带给了老法官，虽然老法官对这一切都不知情。太想弥补过失了，他说：“心肝宝贝，毕竟这还只是初恋，谢天谢地。”可在他说这些话的时候，他知道这种话与马隆太太说的话一样愚蠢而且听起来让人不舒服。“亲爱的，等下午凉快一点，我们何不到药房去，拿一夸脱波状奶油软糖冰淇淋晚饭的时候吃呢。”埃伦哭了一会儿，但傍晚时分，天并没有凉快，他们坐家里的小汽车到药房去，拿了一些波状奶油软糖冰淇淋。

# 第七章

这几个月，J. T. 马隆不是唯一担心法官的人；杰斯特早就开始担心起他的祖父了。尽管他自私、自私、自私，有一百个自己的问题，但他还是为他祖父担心。法官对他“文书”的狂热有可能已让他冲昏了头脑。整天就是舍曼这样，舍曼那样。他的祖父早晨口授书信，然后，中午的时候他们就一起喝酒。接着，等到他与他的祖父在餐厅里吃午饭的时候，舍曼就自己做一个“小小的三明治”，在书房里吃。他对法官说了，他想仔细考虑一下上午的通信，他不想在厨房里与维里利谈话，分了他的心，还有，中午吃得太饱对他的工作和注意力不利。

法官同意了这种安排，还因为他的信件得到如此认真仔细的考虑而高兴，这些天对什么事都开心得不得了。他总是把用人们给惯坏了，给他们送昂贵、但通常又非常奇特的圣诞礼物和生日礼物。（一件大小一点也不合身的化装舞会上穿的服装，或者一顶谁也不愿戴着出洋相的帽子，要不就是一双不合脚的崭新的鞋子。）虽然大多数用人都是常去做礼拜的女人，从来不喝酒，但有几个一直都是另类。然而，无论她们是滴酒不沾的人还是那种喝酒的人，法官从来就不检查餐具柜里他存放酒的那一层。实际上，保罗，那个老园丁（一个擅长玫瑰和花坛上花朵的奇才），在法官家做园艺，也喝了二十年酒之后死于肝硬化。

尽管维里利知道法官天生就是个容易宠坏人的人，但她还是对舍曼·皮尤以及他在法官家里贸然行事的行为感到吃惊。

“不愿在厨房吃饭，因为他说他想思考信件的事，”她嘟囔道，“这是因为他太自命不凡了，而不愿与我在他本该待的厨房里吃。给自己整些聚会吃的三明治，而且在书屋里吃，你看怪不怪！他会把书屋桌子破坏掉的。”

“怎么会呢？”法官问道。

“放在盘子里吃聚会吃的三明治。”维里利不依不饶地说道。

虽然法官对他自己的尊严非常敏感，但他对别人的尊严就不那么敏感了。舍曼在法官面前忍住了自己突如其来的愤怒，并把怒气发泄在格斯，那个新来的庭院杂务工，维里利，特别是杰斯特的身上。不过，虽然目前要发作的愤怒是被抑制住了，但怒气还在，实际上是更火了。比如说，他讨厌朗读狄更斯的小说，因为在狄更斯的小说中有许多孤儿，舍曼讨厌关于孤儿的书，在他们身上能感受到自己的影子。所以，当法官在为孤儿、扫烟囱的孩子、继父以及所有这些引起恐怖的人而哭出声来的时候，舍曼就用冷淡、僵硬的语气朗读，并在这个老傻瓜故弄玄虚的时候冷眼不屑地扫视一下。法官因为对别人的情绪反应迟钝，所以对这一切毫无察觉，还是非常开心。笑着、喝着酒、因狄更斯的故事而哭泣着，写着一邮袋一邮袋的信件，从来没有片刻感到无聊。舍曼依然是个宝贝，一个难得的人才，宅子里对他不利的话一个字也不能说。与此同时，在舍曼闷闷不乐而又沮丧的内心，情况变得越来越糟，结果到了中秋时节，他对法官的感情已经变成了厌恶，是那种隐藏着、但却无时不在的厌恶。

但是，尽管有这份安稳舒适、清清爽爽、盛气凌人的工作；尽管有跟那个多愁善感、畏手畏脚的杰斯特·克兰恩捣蛋而带来的乐趣，这年秋天在舍曼整个一生当中是最悲惨的一个。日复一日，他在等待着，他的整个生机活力就悬浮在那单调空虚的悬念中。日复一日，他在等待着那封信，而日复一日，一周又一周，没有回音。后来有一天，他偶然遇到了齐普·马林斯的一个音乐方面的朋友，他竟然认识玛丽安·安德森，有她一张签名的照片以及其他等等东西，从这个可恶的陌生人那里，他了解到了真相：玛丽安·安德森并不是他的母亲。她不只是献身于自己的事业，而且整天忙于研究，根本无暇与白马王子谈情说爱，更不要说生下他，那么稀奇古怪地把他丢在教堂的长凳子上，她从来就没有到过米兰，不可能以任何方式跟他的生活扯上半点关系。于是，提振他那寻亲的心、把他的心照得如此明亮的希望破灭了。永远地破灭了吗？他当时就是这么想的。那天晚上，他取下由玛丽安·安德森唱的德国抒情歌曲的唱片，将它们重重地踩在脚下，如此绝望而狂怒地踩踏，把它们踩得粉碎，连唱片的一个纹道也没有留下。然后，由于希望和音乐都不可能完全被压制住，他穿着泥泞的鞋子就这么扑在精美的人造纤维床单上，一边大声恸哭，一边身子在床单上蹭来蹭去。

第二天早晨，他不能去上班了，因为他突然爆发的感情把他弄得筋疲力尽而且声音嘶哑。但中午的时候，法官让人给他送来盖起来的一盘里面放着滚烫的玉米棒的新鲜蔬菜汤和柠檬甜点心，他恢复得还不错，能慢慢地、无精打采地吃着这些食物……乐得有这种生病的感觉，用他那灵巧地弯曲着的小手指吃着玉米棒。他在家里待了一个星期，吃着别人做的饭菜以及休息使他恢复了健康。但他那光滑、圆圆的脸蛋变得冷淡了，虽然他没有有意识地去想一个叫玛丽安·安德森的那个骗人的讨厌家伙，但不久他就一心想去行劫，因为他遭劫了。

这年秋天一开始是杰斯特所知的最快乐的时光。起初被音乐的翅膀提振起来的激情现在已经逐渐平息下来，成了友谊。舍曼每天都在他的家里，总是就在眼前的这种安全感改变了激情，因为激情是靠危险和对变化的恐惧、对失去的恐惧滋补的。舍曼每天都待在他的宅子里，没有理由相信这不会一直持续下去。不错，舍曼想尽办法侮辱他，这让杰斯特很受伤。但是随着时间就这么一周又一周地过去，他已经学会了不让自己深深地或者长时间地感受那些伤人感情的话；实际上，他正在学着保护自己。虽然编造那些刻薄的话对杰斯特来说很难，但正在学着这么做。而且他在学着去理解舍曼，与冷酷而强烈的激情相对立的理解会带来怜悯和爱。然而，在舍曼不在的那个星期，杰斯特还是稍稍松了口气；他没有必要时时刻刻都小心谨慎，可以放松下来，无需担心随时要维护自己的自尊。他们之间关系的另一个要素是杰斯特朦朦胧胧地意识到他是被选定的那个人；他是舍曼在想攻击这个社会时常常攻击的那个人。因为杰斯特朦胧地知道，攻击你最亲近的人，愤怒能更自由地得以释放……由于很亲近，所以就会相信愤怒和乖戾将会被原谅。杰斯特自己小的时候总是对他的祖父发火——他撞头发脾气只冲着他的祖父发作——而不是维里利、保罗，或任何其他人——因为他知道他的祖父会原谅并爱着他。因此，尽管舍曼伤人感情的话确实不是什么幸事，但他从中体会到一种信任，他为此心存感激。他买了《特里斯坦》的乐谱，当舍曼不在的时候，他可以放心地练习，而不用担心那些贬低自己的俏皮话。然而，当他的祖父像掉了魂似的在宅子里游荡，而且几乎都吃不下饭的时候，杰斯特就担心起来了。“我就是不明白，你在舍曼·皮尤身上看中了什么。”

“那孩子是个宝贝，一个货真价实的难得人才。”法官平静地说道。接着换了一种语气补充说道：“而且，我认识那个孩子也不是一时半刻的事情，我觉得我应该对他负责。”

“怎么负责？”

“那是因为我那个孩子才成了孤儿的。”

“我不明白您的话，”杰斯特抗议道，“不要说话像打哑谜一样。”

“这事太令人伤心，因此无法在这里讨论，尤其是在你我之间。”

杰斯特回敬道：“我最鄙视那种把情况只讲一半的人，把人的胃口吊起来，然后又不说下去。”

“哦，别提了。”他的祖父说。他巧舌如簧地补充说了一句，杰斯特知道这补充的话只是一种对真相的掩饰：“毕竟，当我在高尔夫球场的池塘里胡乱摆动、溺水的时候，这个黑人球童救了我的命。”

“那只不过是一个细节，而不是事情的真相。”

“你不问我问题，我就不会对你撒谎。”法官用令人恼火的语气说道。

失去了舍曼带来的欢乐和忙碌，法官就想拉杰斯特来帮忙，而杰斯特自己的生活和学习太忙，根本就拉不来。杰斯特不愿读不朽的诗歌，也不愿打扑克，甚至写信也一点引不起杰斯特的兴趣。于是，法官又故态复萌，感到悲伤和无聊。经历过这几个月以来的各种兴趣爱好和活动之后，单人纸牌游戏使他感到厌烦，他把各期《妇女家庭杂志》和《麦考尔》[①]的每一丁点内容都看遍了。

“告诉我，”杰斯特突然说道，“既然您暗示您这么了解舍曼·皮尤，那么，您知道不知道他的母亲？”

“倒霉的是，我知道。”

“那您为什么不告诉舍曼她是谁呢。他自然想知道了。”

“这是无知便是福的一个完美的例子。”

“您一会儿说知识就是力量，您一会儿又说无知便是福。您到底赞成哪一边呢？不管怎么说，这些民间流传的格言，无论哪一个，我一点也不相信。”

杰斯特心不在焉地撕扯着法官过去常常用来锻炼他左手的那个海绵状的橡皮球。“有人认为那是一种懦弱的行为……去自杀……而另一些人又认为这样做是需要很大勇气

---

① 《麦考尔》(*McCall's*)是一本美国妇女杂志月刊，由麦考尔公司发行，在20世纪的大部分时间都享有盛誉。著名的美国作家爱丽丝·亚当斯、雷·布莱伯利、薇拉·凯瑟、司各特·菲茨杰拉德、约翰·斯坦贝克和库尔特·冯内古特等都曾在这本杂志上发表过小说。

的。我至今还不知道为什么我的父亲要这样做。一个全能运动员，赢得了各种荣誉从佐治亚大学毕业，他为什么要这样做？”

“那只是短暂的抑郁症。”法官模仿着J.T.马隆用来安慰的话说道。

“这好像不是一个全能运动员该做的事。”

在他的祖父仔细将纸牌摆开，准备玩单人纸牌游戏的时候，杰斯特漫步到钢琴前。他开始弹《特里斯坦》，他的眼睛半闭着，身体摇摆着。他已经给乐谱题词：

献给我亲爱的朋友舍曼·皮尤

你永远忠实的，

约翰·杰斯特·克兰恩

那音乐让杰斯特起鸡皮疙瘩，它是那么猛烈但又闪烁不定。

没有什么比送给他心爱的舍曼一份精美的礼物更让杰斯特开心的了。在舍曼不在他家的第三天，杰斯特从自家的花园里采摘了一些菊花和秋叶，得意洋洋地带着它们来到那个胡同里。他把那些花放在一个冰茶的罐子里。他俯视着舍曼转来转去，好像他就要死了，这惹恼了舍曼。

舍曼懒洋洋地躺在床上，当杰斯特在插花的时候，他用一种无礼、没精打采的语气说道：“你有没有停下来想过，你的脸多么像一个婴儿的屁股？”

杰斯特非常震惊，根本没有明白这句话的意思，更不用说回答了。

“无知、迟钝，活像一个婴儿的屁股。”

“我并非无知。”杰斯特抗议道。

“你当然是啦。这都显示在你那迟钝的脸上呢。”

杰斯特就像所有小伙子一样，是一个热衷于画蛇添足的人。藏在他的那束花中的是那天早晨他从A&P超市买来的一罐鱼子酱；现在由于再次遭到这种猛烈而傲慢无礼的攻击，他不知道如何处理这藏着的鱼子酱了，舍曼还声称他要猛吃呢。因为他的花如此奇怪地遭到蔑视……没有一句感谢的话，甚至没有一个表示赏识的表情……杰斯特真的不知道该如何处理这藏着的鱼子酱，因为他无法忍受再遭到羞辱。他把那鱼子酱藏在他裤子后面的口袋里。所以他不得不小心翼翼地侧着身子坐着。舍曼现在房间里有他欣赏的美丽花朵，但他懒得为此感谢杰斯特，也不愿提及，吃着别人为他做的饭菜，休息得又好，感觉相当不错，有足够的精力来戏弄杰斯特了。（他有所不知的是，他已经戏弄了他自己，使他失去了一罐正宗的鱼子酱，他本来可以把这个鱼子酱摆在弗立吉代电冰箱最显眼的搁板上，放上好几个月，然后用它来招待他最尊贵的客人。）

“你看起来像是患了三期梅毒。”舍曼首先戏弄道。

“像什么？”

“你那样颤巍巍地斜坐着，无疑是一种梅毒的征兆。”

“我只是坐在一个罐子上。”

舍曼没有问他为什么要坐在一个罐子上，杰斯特自然也没有主动说。舍曼只是讲着俏皮话：“坐在一个罐子上……是一个尿罐吗？”

“别这么粗鲁。”

“法国人老是那样坐就是因为他们患了梅毒。”

“你是怎么知道的？”

“因为在我短暂的服兵役期间，我就在法国。”

杰斯特怀疑这又是舍曼的一个谎言，但什么也没说。

“我在法国的时候爱上了一个法国姑娘。没有梅毒或任何诸如此类的毛病。就这么一个美丽、百合花般洁白的法国处女。”

杰斯特换了个姿势，因为很难长时间坐在一个鱼子酱罐子上。下流的故事总是让他感到震惊，甚至“处女”这个词都令他有点紧张；但是不管听了是不是震惊，他都被深深地吸引住了，所以他就任由舍曼讲下去，自己只管听着。

“我们订婚了，那个百合花般洁白的法国姑娘和我。而且我把她弄怀孕了。然后，就像一个妇女一样，她要嫁给我，于是就要在那个叫巴黎圣母院的古老的教堂里举行婚礼。”

“一个大教堂。”杰斯特纠正道。

“哦，教堂……大教堂……随你怎么叫它吧，反正那是我们要去结婚的地方。特邀的嘉宾有许多。法国人的亲戚多得能整车整车地装。我就在教堂外面站着，看着他们进去。我不让任何人看见我。我只想看那种表演。那个美丽而古老的大教堂，还有那些打扮得酷毙了的法国人。每个人都很亮亮[①]。”

“你那个词要念成‘漂亮’。”杰斯特说。

“哦，他们既漂亮也亮亮。那些整车整车的亲戚都等着我进去呢。”

“那你为什么不进去呢？”杰斯特问道。

“哎呀，你这个无知的笨蛋。难道你就不知道我根本不打算娶那个百合花般洁白的法国处女吗？我整个下午就待在那里，看着那些穿着盛装的法国人，他们正等着我去娶那个百合花般洁白的法国处女。她是我的‘未婚婆’[②]，你懂的，等到了晚上，他们才意识到我不会到那里去的。我的‘未婚婆’就晕倒了。她老妈心脏病发作。她老爸在教堂里当场就自杀了。”

---

① 这个词的原文为“chick”，舍曼可能想用法语“chic”，但他不会读这个法文，而是按照英文读音规则读成了“chick”这个音，所以下文杰斯特纠正他的发音，说应该读成“sheik”。译文据此做了变通处理。

② 此处原文为“feancee”，是舍曼误读了法语词“fiancée”，意为“未婚妻”。

“舍曼·皮尤，你是天下最大的牛皮大王。”杰斯特说道。

舍曼已经被他自己编造的故事冲昏了头脑，什么也没说。

“你为什么要撒谎？”杰斯特问道。

“这也不完全是撒谎，但有时候我会编造一些很可能会真的发生的情形，把它们讲给像你这样长着婴儿屁股脸的笨蛋听。在我的生活中，许多情况下我不得不编造故事，因为现实、实际情况要么太单调，要么太残酷，实在难以忍受。”

“咳，既然你自称是我的朋友，那你为什么又想让我成为一个笨蛋呢？”

“你就像有独到见解的巴纳姆①所描述的那样。巴纳姆-贝利马戏团②，我提一下，免得你想不起来。‘这个世界上每一分钟都有一个笨蛋诞生。’”他无法容忍想到玛丽安·安德森。他想要杰斯特留下来，但他不知道如何挽留他。舍曼穿的是他最好的蓝色人造纤维睡衣，衣服上带有白色的镶边，所以他很乐意从床上出来炫耀一下他的衣服。“你要不

---

① 巴纳姆(1810—1891)，美国马戏团的老板，政治家和商人，巴纳姆-贝利马戏团创始人之一。人们普遍认为他是“每一分钟都有一个笨蛋诞生”这一格言的创作者，尽管没有证据表明他说过这句话。

② 巴纳姆-贝利马戏团(Barnum and Bailey Circus)，美国的一个号称“地球上最伟大的表演”(The Greatest Show on Earth)的巡回马戏团，创建于1871年，2017年关闭。

要来点卡尔弗特勋爵保税威士忌？”

但威士忌和最好的睡衣都与杰斯特的志趣相去甚远。那下流的故事令他震惊，但舍曼对他撒谎原因的解释还是令他感动。“你难道不知道我是一个你没必要撒谎的朋友吗？”

可是，忧郁和愤怒的情绪已经在舍曼的心底沉淀下来了。“你怎么就觉得自己是一个朋友呢？”

杰斯特对此只能不予理睬，他只是说：“我要回家了。”

“你想不想看一看齐普的姨妈卡丽送给我的美食呢？”舍曼朝厨房走去，打开冰箱的门。那台弗立吉代电冰箱有一种淡淡的酸臭味。舍曼赞美卡丽姨妈的精美食品。“这是一种中间带有白软干酪的圆形番茄花色肉冻。”

杰斯特半信半疑地看着食物，说道：“你是否对卡丽姨妈、辛德瑞拉·马林斯和齐普·马林斯都撒谎？”

“不，”舍曼坦白地说道，“他们对我心中有数。”

“我对你心中也有数了，而我真的希望你不要对我撒谎。”

“为什么呀？”

“我不喜欢说明摆着的事实，而我为什么不喜欢你对我撒谎这个事实太明显了，都不用我说。”

杰斯特蹲在床边，舍曼穿着他最好的睡衣躺在床上，用枕头支撑着身子，假装舒适自在的样子。

“你有没有听说过真实比虚构更离奇这个谚语？”

“我当然听说过了。”

“史蒂文斯先生对我做那件事的时候，那是万圣节前夕前几天，是我十一岁生日的时候。史蒂文斯太太给我举办了那个令人愉快的生日晚会。许多受邀请的客人都出席了，有的穿着出席晚会的衣服，其他人穿着万圣节的服装。那是我的第一个生日晚会，我很兴奋。客人当中有的穿着女巫的服装，有的穿着海盗的服装，还有的穿着他们到主日学校去才穿的最好的聚会衣服。晚会开始的时候，我穿的是第一条崭新的藏青色裤子和一件新的白衬衫。州里给我支付了食宿费，但那不包括生日晚会和崭新的生日服装的费用。在应邀的客人给我送礼物时，我听从史蒂文斯太太所说的话，没有一把抓住礼物，而是说‘谢谢您’，然后非常缓慢地把它们打开。史蒂文斯太太总是说我举止很优美，我那天在生日晚会上举止的确很优美。我们玩了各种游戏。”舍曼的嗓音逐渐变弱，他最后说道，“这真是件不可思议的事情。”

“怎么不可思议啦？”

“从晚会开始的时候直到晚上晚会结束，我几乎连一件事也想不起来了。因为正是在举行美好晚会的那天晚上史蒂文斯先生胁迫了我。”

杰斯特快速而下意识地将他的右手抬到半空，仿佛是在挡住打来的一拳。

“甚至在那事都结束之后，而且真正的万圣节也过去了，我只记得我生、生、生日晚、晚会的点点滴滴。”

“我希望你不要谈论那件事了。”

舍曼一直等到他能控制住自己的口吃，然后才接着流利地说道：“我们玩各种游戏，然后茶点上来了。冰淇淋和上面带有十一根粉红色蜡烛的白色冰冻蛋糕。我按照史蒂文斯太太吩咐要我做的那样，先吹灭了蜡烛，然后切生日蛋糕。可我一口也没吃，因为我特想举止优雅。茶点之后，我们接着玩起奔跑和大声叫喊的游戏。我把一张床单披在身上，活像幽灵，还戴上了一个海盗的帽子。当史蒂文斯先生从煤房后面大声叫喊的时候，我迅速地向他跑去，我那披在身上的幽灵床单飘走了。在他抓住我的时候，我还以为他就是在闹着玩，我拼命地笑起来了。就在我还在这么拼命地笑着的时候，这时我意识到他不是在闹着玩。当时我太诧异了，以至于我不知如何是好，但我已不再笑了。”

舍曼躺在枕头上，好像他突然间累了。“不过，我冥冥中有神明保佑，”他接着说道，语气中充满着热情，这让杰斯特一开始都觉得难以相信。“打那以后，我就从来没有过得这么开心过。没有人曾过得这么开心过。马林斯太太收养了我……也不是真正的收养，州上还给我钱，但她钟爱我。我知道她不是我的母亲，但她爱我。她会打齐普，用毛刷打辛德瑞拉的屁股，但她从来没有动手打过我。所以，你知道了吧，我那时差不多就有了一个母亲。也有了家庭。卡丽姨妈，马林斯太太的姐姐，教我唱歌。”

“齐普的妈妈现在在哪里呢？”杰斯特问道。

“去世了，”舍曼悲痛地说道，“到天国去了。这个家也就这样散了。齐普的父亲再婚之后，齐普和我都一点也不喜欢她，所以我们都搬出来了，从那时到现在我一直就是齐普的房客。但我的确一度有过一个母亲，”舍曼说，“我的确有过一个母亲，虽然那个叫玛丽安·安德森的令人讨厌的骗子不是我的母亲。”

“你为什么称她为一个令人讨厌的骗子呢？”

“因为我喜欢这么称她。我把对她的一切想法都扯掉了。而且我还把她所有的唱片都踩碎了。”舍曼的嗓音突然发生了变化。

杰斯特此时还蹲在床边，他稳住身子，突然在舍曼的面颊上吻了一下。

舍曼在床上把身子朝后一仰，放下双脚平衡了一下身子，用整个手臂打了杰斯特一记耳光。

尽管杰斯特此前从来没有被人打过耳光，但他也并不感到吃惊。“我这样做，”他说，“只是因为我替你感到难过。”

“收起你这一套吧。”

“我不明白我们为什么就不能认真而真诚地相待呢？”

舍曼此时已半个身子在床外面了，朝杰斯特的另一个面颊上又打了一耳光，打得很重，把杰斯特打得一屁股坐到地板上去了。舍曼的声音因愤怒都被卡住了。“我原以为你是一个朋友，而结果你就像史蒂文斯先生一样。”

这一耳光以及他自己情绪激动令杰斯特不知所措，不过，他很快站起身来，紧握着双手，一拳直接打在舍曼的下巴上，这让舍曼措手不及，倒在床上。舍曼咕哝道：“趁人倒下的时候打人。”

“你刚才可没有倒下，你是坐在床上，所以你才能猛烈地打我。我忍受你很多事情，舍曼·皮尤，可这件事我不愿忍。而且，你是在我蹲着的时候打我耳光的。”

于是，他们就坐着和蹲着以及打人耳光和以拳猛击人哪个更符合运动员的姿势争论不休。他们争论得太久以至于他们都完全忘了在他们大打出手之前说了些什么。

但是，在杰斯特回家的时候，他还在想着：我不明白我们为什么就不能认真而真诚地相待。

他把鱼子酱打开，但它闻起来就像他不喜欢的鱼的味道。他的祖父也不喜欢鱼，而维里利闻的时候只是叫了声“呀”。那个在庭院打杂的临时工格斯什么都喜欢吃，把它带回家了。

# 第八章

十一月的时候，马隆的病情有所缓解，第二次住进了市立医院。他很高兴住在那里。虽然他更换了医生，但诊断的结论并没有改变。他从海登医生换成了卡洛韦医生，然后又换成了米尔顿医生。然而，尽管后面的那两个医生都是基督徒(第一浸信会和新教圣公会的成员)，但他们的医学结论是相同的。因为问过海登医生他将活多久，并且得到了那个出乎意料而且可怕的答案，所以他现在小心翼翼不再去问了。其实，当他换到米尔顿医生的时候，他就已经一口咬定自己是个健康的人，只是需要定期检查身体，还强调说一个医生说过了，只是有点怀疑是白血病。米尔顿医生确认了诊断结果，于是马隆就没再问什么问题。米尔顿医生建议他在市立医院办理登记手续住几天。就这样，马隆再次看到鲜红的血液一滴一滴地滴下来，而且他很高兴，因为正在采取措施，而且输血使他变得强健。

每逢星期一和星期四的时候，一个护士助理推进来几架子书，马隆挑的第一本书是一本悬疑谋杀案的小说。但这种推理小说令他厌烦，他无法掌握故事情节的线索。等到第二次助理带着书来的时候，马隆归还了那本悬疑小说，浏览了一下其他书名；他的目光被一本叫《致死的疾病》[①]的书所吸引。他的手伸过去要拿那本书，这时候，那个助理说道："您确定想要这本吗？它听起来不是很令人愉快啊。"她的语气使他想起了他妻子，结果他当下做出了决定，而且很生气。"这就是我要的书，我不愉快而且不想愉快。"看了半个小时的书后，马隆发起了疑惑，他刚才为什么要对这本书这么大惊小怪的，于是便打了一会儿盹。等他醒来的时候，他随意翻开了书，开始读起来，就是为读而读。在那一大堆印刷的文字当中，有几行引起了他的注意，结果他立刻警觉起来。他把这几行又读了一遍，然后再重读了一遍：最大的危险，失去人的自我的危险，也许会被悄悄地忽视，仿佛这不算什么；其他每失去一样东西，失去一只胳膊、一条腿、五美元、一个妻子，等等，都一定会被注意到。如果马隆不是得了这种不治之症的话，这些文字也只不过是文字，他根本

① 《致死的疾病》（*The Sickness unto Death*）是丹麦哲学家索伦·克尔恺郭尔（Søren Kierkegaard，1813—1855）于1849年发表的一部存在主义神学著作。在该书中，克尔恺郭尔阐述了自己关于绝望（despair）的观念，他将绝望等同于基督教观念中的"罪"，尤其是"原罪"（original sin）。实际上，该书名就来源于《圣经·新约·约翰福音》第11章第4节："耶稣听见就说，这病不至于死（This sickness is not unto death），乃是为神的荣耀，叫神的儿子因此得荣耀。"

一开始就不会伸手去拿这本书。可现在这种思想使他不寒而栗，于是，他开始从第一页读起那本书。但这本书再次令他感到厌烦，所以他闭上双眼，只想着他记住的那一段。

无法想象他自己死亡这一现实，他回忆起自己人生那令人厌烦的迷宫。他已经失去了自我……这一点他确信无疑地认识到了。可是，是怎么失去的？是何时失去的呢？他的父亲是来自梅肯市做批发生意的药商。他对 J. T.，他的大儿子，充满着热望。童年的岁月适合四十岁的马隆去惦念回味。他那时还没有失去自我。但他的父亲对他充满着热望，后来对马隆来说，这似乎要求过高。他已经决定他的儿子要成为一名医生，因为那是他自己年轻时候的抱负。于是，十八岁的马隆被哥伦比亚大学录取了，在那年十一月他看到了大雪。当时，他买了一双滑冰鞋，而且他真的试着在中央公园滑冰。他在哥伦比亚大学过得很快活，吃着从前从未尝过的中国炒面，学着滑冰，而且对这座城市赞叹不已。直到他已经在挂科了，他才意识到他在学业上已经开始考试不及格了。他试图临时突击学习……在考前的夜晚，他学习到凌晨两点……但在班上有许多埋头苦读的犹太学生，他们把平均分抬高了。马隆好不容易学完了第一年，然后在家里休息，成了一名真正的医学预科学生。当秋天再次到来的时候，那雪，那冰，那座城市对他而言已不再有冲击力了。等到他在哥伦比亚大学第二年年末考试不及格的时候，他觉得自己就是一个毫无用处的人。他年轻人的自尊心不会让他待在梅肯，所以他搬到了米兰，找了一份工作，在格林洛夫药房跟格林洛夫先生当店员。难道正是这第一次羞辱导致了他在人生一开始就磕磕绊绊了吗？

马莎是格林洛夫先生的女儿，所以当他邀请她去参加一个舞会时，这就再自然不过了，或者说这似乎是自然的。他精心打扮，穿上了他最好的蓝色西装，而她则穿着雪纺绸连衣裙。那是慈善互助会俱乐部举办的一个舞会。他刚刚成为一名慈善互助会的成员。在他碰到她的身体时他有什么感觉，而他为什么要邀请她去参加那个舞会？那次舞会之后，他与她约会了很多次，因为他在米兰认识的姑娘很少，而且她的父亲是他的老板。但他仍然从未想过与马莎·格林洛夫谈恋爱，更不用说要与她结婚了。后来，突然间，老格林洛夫先生(他并不老，他只有四十五岁，但年轻的马隆认为他老了)死于一场心脏病发作。药房被拿出来拍卖。马隆从他母亲那里借了一千五百美元，并用十五年的抵押贷款买下了它。这样，他便承担了一笔抵押贷款，而且他甚至还没来得及意识到这是他的自我，就有了一个妻子。马莎实际上并没有要求他娶她，但她似乎太想当然了，认为如果马隆不说出来，他就会觉得他自己是个不负责任的男人。于是，他就对她哥哥说了，此时他是这个家庭的当家人，他们便握手并一起喝了一杯“盲骡子”酒。这一切发生得太自然了以至于这看起来有点不可思议；但他被马莎迷住了，她下午穿着精致的连衣裙，跳舞时穿着雪纺绸连衣裙，而且最重要的是，她恢复了他在哥伦比亚大学因考试不及格而失去的自尊心。可当他们在格林洛夫家客厅里，当着他的母亲、她的母亲、格林洛夫兄弟和一两个姑妈的面结婚时，她的母亲哭了，而马隆也想哭。他并没有哭，而是听凭仪式的进行，感到困惑。在稻谷撒过之后①，他们就乘火车到北卡罗来纳州的布洛英罗克去度蜜月。此后，也说不清什么具体的时间他为娶了马莎而感到遗憾，但遗憾，或者说失望，的确就在那里。说不清什么具体的时间他问过："这难道就是生活的全部吗？"但随着他年龄的增长，他默默地问过这个问题。是的，他是没有失去一只胳膊，或一条腿，也没有具体丢失五美元，但渐渐地，他已经失去了自我。

如果马隆不是患了一种不治之症，那么，他就不会郁闷地沉思这一问题。当他躺在医院的病床上，看着鲜红的血液一滴一滴地滴下的时候，行将结束的生命反而激活了他的活力。他对自己说，他不在乎医院的费用，但即便他还在那里的时候，他就担心起每天二十美元的账单了。

"宝贝，"马沙有一天在她每天去医院看他的时候说，

① 据传，往新婚夫妇身上撒东西是一种非常古老的传统，可以追溯到古罗马、埃及，甚至更早。撒东西的目的是给新婚夫妇带来好运，而小麦和稻谷等代表着多产和丰硕，这些东西撒在新人身上是希望他们富裕，能生很多孩子来耕地。

“我们为什么不轻轻松松地好好去旅游一次呢？”

马隆在他那被汗水湿透了的床上僵住了。

“即便在医院这里躺着你都似乎总是既紧张又担心。我们可以到布洛英罗克去，呼吸那里宜人的山地空气。”

“我不想去那里。”马隆说道。

“……要么去看大海。我长这么大只看过一次大海，而且那还是在我到萨凡纳[①]去看我的堂姐萨拉·格林洛夫的时候。海岛沙滩那里的气候宜人，我听说。不太热，也不太冷。而且改变一下环境也许会使你的精神振作起来的。”

“我一直觉得旅行令人筋疲力尽。”他没有告诉他的妻子，他正在策划稍后要到佛蒙特州或缅因州去旅行，在那里他可以看大雪。马隆小心翼翼地把《致死的疾病》藏在他的枕头下面，因为他不想与他的妻子分享任何私密的东西。但他的确焦躁不安地说：“我很厌恶这家医院。”

“我可以肯定有一件事你应该做，”马隆太太说，“你应该养成习惯，下午就把药房交给哈里斯先生打理。只工作不玩耍，聪明孩子也变傻。”

从医院回家后每天下午都闲着，马隆胡乱地打发着日子。他想到那些大山、北方、大雪、大海……想到自己已经度过而又似乎没有活过的这一辈子。他不明白他怎么可能会

---

① 美国佐治亚州东部港市。

死，因为他还没有活过呢。

上午下班后他冲个热水浴，甚至把卧室弄暗，想睡个午觉，但在一天中间睡觉这从来就不是他的习惯，所以他无法入睡。不再是早晨四五点钟醒来，惊恐地在宅子里转来转去了，一阵阵恐惧已经在他心头闪动了一个季节，留下了他无法言表的厌倦和恐怖。他厌恶哈里斯先生接管药房后那一个个空虚的下午。他总是担心什么地方会出错，可那会有什么问题呢？又浪费了一次销售高洁丝[①]的机会？对身体疾病判断有误？他实际上原本没有理由提出看法，因为他根本就没有从医学院毕业。还有其他困境折磨着他。他现在这么瘦，结果他的衣服松松垮垮地挂在身上。他要去找裁缝吗？尽管这些衣服在他生前根本就穿不坏了，但他还是去找了裁缝，订了一套深灰色的西服和一套蓝色法兰绒西服，而不是到他过去总是去的浩狮迈[②]时装店。试衣服还是挺烦人的。还有一件事，他为埃伦给正牙医生付了很多钱，结果他疏忽了自己的牙齿，这样，他突然间许多牙齿必须拔掉，所以牙医让他选择，是拔掉十二颗牙齿，然后换上假牙，还是做昂贵的齿桥。马隆选定了齿桥，即使他知道自己已无法享受到它们的好处了。于是，临死前，马隆比他有生以来都更加照顾自

---

① 1920 年诞生于美国的世界上第一个妇女卫生巾品牌。

② 源自芝加哥的著名美国品牌，是美国男装中的领导者和旗舰品牌，历经三个世纪而不衰。

己了。

一家新的连锁药店在米兰开业了，虽然它没有马隆药房的质量和信誉，但它是降低公平价格的竞争对手，这立即让马隆苦恼起来。有时候他甚至都在想，他是否应该趁自己还能管理销售的时候把药房给卖了。但这种想法比想到他自己的死亡还要令他感到震惊和困惑。所以对这个问题他没有细想。况且，必要的时候，他可以托付马莎来处理财产，包括存货、信誉和声誉。马隆整天手里拿着铅笔和纸，把他的财产都写下来。药房值两万五千元(让马隆感到安慰的是这个数字是保守的)，两万元人寿保险金，住宅值一万元，马莎继承来的那三套破旧的住宅值一万五千元……虽然组合的资产算不上一大笔财富，但把它们累加起来还是相当可观的；马隆用一支削得很尖的铅笔把这些数字累计了好几遍，又用钢笔把它们加了两遍。他故意没有把他妻子的可口可乐股票计算在内。药房抵押贷款两年前就已经还清了，保险单已经从退休保险改成了普通的人寿保险，恢复了它原来的样子。没有未偿清的债务和抵押贷款。马隆知道自己的财务状况比他们以前任何时候情况都好，但这并没有给他带来什么安慰。如果他被抵押贷款和未付的账单所困扰，而不是感觉到有这种稳定的偿债能力，那也许更好。因为马隆依然觉得他尚有这些账簿和他的计算没有显示出来的未完成的事务。虽然他没有与法官更多地谈他的遗嘱，但是他觉得，一个男人，一个养家糊口的人，不应该这样还没有立遗嘱就死了。他该不该依据法律为孩子们的教育留出五千元，剩下的转到他妻子的名下呢？或者说，他该不该把所有这一切都留给马莎呢，因为不管她怎么样，她都是一个好母亲啊？他听说过有的寡妇的丈夫临终时让她们完全掌控财产，结果她们都买了凯迪拉克轿车。还听说过有的寡妇卷入虚假的油井交易的骗局。但他知道马莎既不会开着凯迪拉克四周飞驰，也不会购买比可口可乐或美国电话和电报公司风险更大的任何股票。遗嘱有可能会这样写：本人将包含我全部房地产的所有财产都遗赠给我的爱妻，马莎·格林洛夫·马隆。虽然他早已不再爱他的妻子了，但他尊重她的判断，况且要立的只是普通遗嘱。

在那个季节之前，马隆的朋友或亲属中很少有人过世。但他四十岁那年好像就是死亡的时节。他在梅肯的弟弟死于癌症。他弟弟只有三十八岁，而且他还是马隆药品批发公司的负责人。此外，汤姆·马隆还娶了一个漂亮的妻子，J. T. 还一直嫉妒他。但血缘浓于妒忌，在汤姆的妻子打电话说他身体在衰竭的时候，马隆就开始打点自己的行李箱。由于他自己也在生病，马莎反对这趟出行，接着发生了长时间的争吵，使他错过了去梅肯的火车。这样，他与生前的汤姆没有能再见上一面，而死后，遗体妆画得太浓而且收缩得厉害。

马莎在安排好让人照管孩子之后，第二天才到。马隆作为兄长成了资金问题的主要发言人。马隆药品批发公司的状况比任何人所想象的都要糟糕。汤姆是个贪杯的人，露西尔挥霍奢侈，而马隆药品批发公司，面临着破产。马隆检查了账簿，算了好几天。有两个上中学年龄的男孩，而露西尔在面临着必须要谋生的局面时，含含糊糊地说她要在一家古董店找一份工作。可梅肯的古董店里没有空缺的位子，更何况，露西尔对古董屁都不懂。她已不再是个漂亮的女人了，因此，她哭泣与其说是为她丈夫的死而哭，还不如说是因为他把马隆药品批发公司经营得这么糟，让她成了带着两个未成年孩子的寡妇，而且对职业和工作都一窍不通。J. T.和马莎待了四天。葬礼后，在他们离开的时候，马隆为了让这个家庭度过困难时期，给了露西尔一张四百美元的支票。一个月之后，露西尔在一家百货公司找到了一份工作。

开普 · 比克斯塔夫死了，而就在他倒下、死在米兰电气和电力公司办公桌旁的那天早晨，马隆还见到过他，并与他交谈过。马隆试着回忆那天早晨开普 · 比克斯塔夫的一举一动和说过的每一句话。但这些都太平常了，要不是他在十一点钟的时候倒在他的办公桌旁，立刻死于中风，它们根本就不会引人注意。马隆在给他提供可乐和一些奶油花生饼干的时候，他似乎好极了，完全正常。马隆记得他点可乐的时候还要了一粒阿司匹林，不过，那没有什么不寻常的。而且在进药房的时候，他还说过："你觉得挺热的吧，J. T.？"还是完全正常。但是，开普·比克斯塔夫一个小时之后就已经死了，那阿司匹林、那奶油花生饼干、那句套话就像被死死地固定在一个神秘的框架中一样，令马隆心神不宁。赫尔曼·克莱因的妻子死了，他的店铺关了整整两天。赫尔曼·克莱因再也不必把他的酒瓶藏在药房的配药间里了，而是可以在他自己的家里喝酒了。比尔德先生，第一浸信会教堂的一位执事也在那年夏天死了。这些人当中无人与马隆亲近，他们在世时，他对他们都不感兴趣。但在死后，他们都被固定在同一个古怪的神秘框架中，强求一种他们生前并未引起的注意。于是，马隆的最后一个夏天就是这样度过的。

由于马隆害怕对医生说话，又不能与自己的妻子提及任何亲密的事情，所以他只是默默地盲目行动。每个星期天他都到教堂去做礼拜，但沃森博士是个过分随便的牧师，他对活着的人说话，而不是对一个行将死亡的人说话。他把圣餐比作一辆小汽车。说人们为了继续过他们的精神生活，必须要不时地装满油箱。这次礼拜仪式触怒了马隆，尽管他并不知道为什么。第一浸信会教堂是镇上最大的教堂，资产粗略地估计要值两百万美元。执事们都是有资产的人。教堂的栋梁、百万富翁、富有的医生、公用事业公司的业主。但虽然马隆每个星期天都去教堂做礼拜，虽然他们都是神职人员，但根据他的判断，他觉得与他们有一种莫名其妙的疏离感。尽管每次礼拜仪式结束的时候他都要与沃森博士握手，但他感到自己与他或其他任何一个参加礼拜的人都毫无思想交流。然而，他是在第一浸信会教堂出生，在这里培养长大的，而且也没有别的他能想得出的精神安慰，因为他羞于、也不敢说到死亡。于是，十一月的一个下午，就在他第二次住院之后不久，他精心打扮，穿上了他新定做的深灰色西服，前往牧师的住所。

沃森博士略显惊奇地迎接了他。“你看起来很好嘛，马隆先生。”马隆的身体穿着新西服显得收缩了。“你来了我很高兴。我总是喜欢看到我的教民。今天我能为你做些什么呢？想不想喝杯可乐？”

“不，谢谢，沃森博士。我想谈谈话。”

“谈什么呢？”

马隆回答的声音很小，几乎听不清。“谈死亡。”

“拉蒙纳，”沃森博士对那个迅速应答了他的用人大声说，“给马隆先生和我上些加柠檬的可乐。”

等可乐上来的时候，马隆那穿着精美法兰绒裤子的干枯的双腿跷起了二郎腿，接着又放下了。突然涌起的羞愧感把他那苍白的脸涨得通红。“我的意思是，”他说，“你应该是了解那类事情的。”

“哪类事情？”沃森博士问道。

马隆勇敢起来，下定了决心。“关于灵魂，以及来世会发生什么情况。”

在教堂里，以及凭着二十年的经验，沃森博士能就灵魂从容地做布道；但在他自己的家里，只有一个人在提问，他的从容变成了窘迫，于是，他只是说："我不知道你是什么意思，马隆先生。"

"我弟弟死了，开普·比克斯塔夫死在这个镇上，比尔德先生死了，七个月的时间里他们都死了。他们死后发生了什么？"

"我们都会死的。"那个胖乎乎的、脸色苍白的沃森博士说道。

"其他人永远不知道他们什么时候会死。"

"所有基督徒都应该为死亡做好准备。"沃森博士觉得这话题变得有点变态了。

"可你怎么为死亡做准备呢？"

"通过正义的生活。"

"什么是正义的生活呢？"马隆从来不偷，很少撒谎，他所知道的他此生唯一的插曲就是多年前发生的一个不可饶恕的大罪，而且只持续了一个夏天。"告诉我，沃森博士，"他问道，"什么是永生？"

"对我而言，"沃森博士说，"永生就是世俗人生的延伸，但更加强烈。我这样说回答了你的问题吗？"

马隆想起了他自己单调乏味的生活，不知道它怎样才能够更加强烈。来世难道还是这样单调乏味，他如此挣扎就是为了要紧紧抓住生命，原因真的是这样吗？他颤抖着，虽然牧师的住处很热。“你相信天堂和地狱吗？”马隆问道。

“我不是一个严格意义上的原教旨主义者，但我相信一个人的永生是以他在尘世所做的一切为依据的。”

“但是如果一个人要是仅仅做了平常的事情，既不是什么好事，也不是什么坏事呢？”

“什么是好和什么是坏并不是由人的判断来决定的。上帝能看清真相，而且是我们的救世主。”

这些天来，马隆经常祷告，但他在对什么祷告，自己并不知道。再继续谈下去似乎也没有什么意义了，因为他不会得到答案。马隆小心翼翼地把那个可口可乐玻璃杯放在他身边的杯垫子上，站起身来。“好的，非常感谢，沃森博士。”他郁郁寡欢地说道。

“我很高兴你顺便走访来跟我交谈。我的家门一直向我教区的那些想谈灵魂方面问题的教民敞开着。”

在疲惫和空虚的恍惚状态中，马隆穿行在十一月的黄昏中。一只机灵的啄木鸟在一根电话线杆上啄食，发出空洞沉闷的响声。除了那种啄木鸟的声音，午后一片寂静。

很奇怪，热爱节奏单调诗篇的马隆竟然想起了记住的那几句话：最大的危险，失去人的自我的危险，也许会被悄悄地忽视，仿佛这不算什么；其他每失去一样东西，失去一只胳膊、一条腿、五美元、一个妻子，等等，都一定会被注意到。这些思想既重大又平常，一如他自己的生命，它们不和谐的声音听起来就像城市里的钟发出的刺耳噪声，没有抑扬顿挫而且含混不清。

# 第九章

那年冬天，法官对舍曼犯了一个严重的错误，而舍曼对法官犯了一个更为严重的错误。由于两个人所犯的错误都源于幻想，这种幻想在老人那老迈的大脑中开出的花朵就像在那受挫的男孩心中开出的花朵一样浓郁，他们之间的人际关系正发生着非常严重的偏差，仿佛被他们各自繁茂而华美的梦想给堵住了。结果，一开始那种欢快而清澈的关系到十一月结束的时候已经失去了光泽。

还是老法官先说出了自己的梦想。有一天，他带着神秘而热情的神情打开了他的保险箱，递给舍曼一捆文件。“仔细读读，孩子，因为这也许是我作为一个政治家对南方的最后贡献了。”

舍曼读着，感到摸不着头脑，困惑的倒不是因为矫揉造作而且拼写很糟糕的文字，更多的是因为他所读的内容。“不要为字迹或者拼写操心，”法官轻描淡写地说道，“重要的是思想鲜明有力。”舍曼在读着关于南部邦联货币的文件，而法官在旁边看着，脸上散发着自豪和期望得到赞扬的光芒。

舍曼那微微带有沟纹的鼻孔张大了，他的嘴唇在轻微颤动，但他没有说话。

老法官开始激情澎湃地说起来了。他描绘起外国货币贬值的历史，讲述被征服国家兑现并重新使用他们自己货币的权利。“在每一个文明的国家，战败国的货币都被兑现并重新投入使用了……贬值了，那自然，但都兑现了。看看法郎、马克、里拉，再看看，天哪，甚至日元。”这最后一个被兑现的货币尤其令老人感到愤怒。

舍曼那石蓝色的眼睛盯着老法官那更深的蓝色眼睛看。一开始他是对所谈到的这些外国货币感到困惑，他在想法官是不是喝醉了。可这还没到十二点呢，法官从来都是要到正午才会喝他的香甜热酒的。可老法官正说得情绪激昂，陶醉在他的梦想之中，舍曼应答着。由于对法官谈论着的东西一窍不通，舍曼只对修辞、重复和节奏，对激昂的煽动性语言做着回应，这些语言毫无意义又雕饰过度，老法官过去可是这方面的大师。所以舍曼那微微带有沟纹的鼻孔张大了，但没有说话。法官被他孙子对他的梦想那种轻慢而冷淡的态度伤着了，因此，当他有了一个着迷的听众时，他心里很清楚，便洋洋得意地步步紧逼。而舍曼对杰斯特所说的话几乎一句都不信，却专注而惊奇地听着法官激烈地发着长篇大论。

碰巧前一段时间法官收到了蒂普·托马斯参议员的回信，答复了舍曼写的第一封有关杰斯特上西点军校请求他帮忙的信。参议员用繁琐而谦恭有礼的言辞回信说，一有机会，他会非常乐意举荐他的老朋友和政治家同事的孙子。老法官和舍曼再次为给蒂普·托马斯参议员写一封信费尽周折。这一次老法官同样用那种繁琐而谦恭有礼的言辞不仅写到健在的托马斯太太，还写到了已故的托马斯太太。老法官竟然是华盛顿哥伦比亚特区的众议院议员，这对舍曼来说一直就似乎是一个奇迹。这种荣耀也反映在舍曼身上，这位将自己的托盘就放在书房桌上的真正的文书。托马斯参议员在回信的时候，提到了法官过去对他表现出的支持，并承诺杰斯特会在西点军校谋得一个职位——与老法官狼狈为奸——这对舍曼而言似乎很神奇。如此神奇，以至于他甚至都抑制住了自己难以控制的妒忌，因为他自己写到华盛顿的信没有得到回复。

尽管法官很雄辩，但他说起错话来也是高手，果不其然，很快他就说了令人极其难堪的话。他开始谈起焚毁的房屋、烧掉的棉花的赔偿问题，让舍曼感到羞耻和极端厌恶的是，他还谈起对奴隶的赔偿问题。

“奴隶。”舍曼说道，由于震惊，他说话的声音几乎都听不见。

“哎呀，当然了，”老法官继续平静地说着，“奴隶制度正是棉花经济的基石和支柱。”

“亚伯[1]·林肯解放了奴隶，而另一个叫舍曼的人[2]却焚烧了棉花。”

法官沉迷在自己的梦想中，全然忘了他的文书是个黑人。“当然了，那是个悲哀的时代。”

法官无可奈何地感到纳闷，他为什么又失去了被自己迷住了的听众，因为舍曼此时远远没有被他迷住，而是因遭到侮辱和愤怒在颤抖着。他故意在钢笔中拿起一支，把它折成两截。法官甚至没有注意到。“这还有许多统计工作要做，大量的计算，确实还有许多事情要做。但我在参加竞选时的座右铭是‘整顿’，正义在我这边。打个比方说，我只需要让球滚起来。而且我是个天生的政治家，知道如何与人民一起努力，处理微妙的局面。”

法官的梦想对舍曼来说已经摊开了，所以他能够把它的每个细节都看得很清楚。一开始他回应法官梦想的那股热情已经完全消退了。“这将需要做许多工作。”他用呆板的语气

---

① “亚伯”为“亚伯拉罕”的昵称。

② 这里的“舍曼”指的是威廉·特库塞·舍曼（1820—1891，又译威廉·特库塞·谢尔曼），美国南北战争期间北方军队中地位仅次于格兰特将军（1822—1885）的将领，联邦军著名将领，陆军上将。1864 年 9 月率部攻占战略要地亚特兰大，11 月深入南部同盟腹地佐治亚州。占领亚特兰大后他下令火烧亚特兰大，使整座城市化为废墟。

说道。

“给我留下深刻印象的是整个想法都很简单。”

“很简单。”舍曼用同样呆板的语气回应道。

“对，天才般的简单。也许我本来不可能会想出‘是生存还是死亡’的，但我恢复南方的思想纯粹是天才的思想。”老人的声音颤抖了一下以求确认，“你不认为是这样的吗，舍曼？”

舍曼正在四处张望，准备迅速逃离，以防法官突然干出什么疯狂的事情来，于是干脆说道：“不，我认为这不是天才的思想，甚至连常识都不是。”

“天才的思想与常识是在思想不同的两极运行的。”

舍曼记下了“两极”这个词，觉得他等会儿会查一下这个词；哪怕没有其他什么好处，他确实也受益于法官的词汇。“我想说的是，您的计划将会把时钟往回拨一百年。”

“那我求之不得了，”疯狂蛮干的老法官说道，“而且，我觉得我能办得到。我有身居要职的朋友，他们对这种所谓的自由主义厌恶得要命，他们就在等着一个战斗的号召呢。我毕竟是南方资深的政治家之一，而且我的声音将会引起注意；也许一些胆怯的人会犹豫，因为牵涉到统计和簿记的细节。可是，天哪，如果联邦政府能从我这里榨出一分钱的个人所得税，那我的计划执行起来就会是轻而易举的事了。”

法官压低了自己的声音。“我还从来没有提交过州所得税的报告呢，而且永远也不会。我不会把这个四处传播的，舍曼，因为我是在最严格保密的状态下对你说的。我是受到极大胁迫，也是极不情愿才交联邦所得税的。正如我所说的，许多位高权重的南方人与我陷入了同样的困境，所以他们愿意倾听那战斗的号召。”

“可您的所得税与这有什么关系呢？”

“关系大着呢，”老人说，“关系极大。”

“这我可不明白。”

“当然，全国有色人种协进会会竭力反对我的。但是，如果斗争是正义的，勇敢的人渴望斗争。多年来，我一直向往着与全国有色人种协进会作斗争，迫使他们最后一决胜负，彻底击败他们。”

舍曼只是看着老法官那情绪激动的蓝眼睛。

“对那些旨在毁掉南方核心准则的粗鄙的压力集团，所有南方的爱国者都有同样的感受。”

舍曼说道：“您这话说的好像您相信奴隶制是正确的。”他这么说的时候嘴唇和鼻孔都激动地颤动着。

“哎呀，我当然相信奴隶制啦。文明就是建立在奴隶制基础上的。”

老法官依然把舍曼视为宝贝，一个难得的人才，但处于强烈偏见状态中的他还是没有想起舍曼是黑人。于是，当他看到他的宝贝如此激动的时候，他试图做些修正。

“如果不是真正的奴隶制，那至少是一种幸福的劳役偿债的状态。”

“让谁幸福？”

“让每个人都幸福。你有没有片刻认为奴隶真的想被解放？不，舍曼，许多奴隶一直忠于他们过去的主人，直到他们死的那一天也不愿被解放。”

“胡说八道。”

“请再说一遍，”老法官说道，有时候他有意显得听力差些，“现在有人告诉我，北方黑人的状况令人震惊——异族通婚，没地方住，没地方休息，就是过着彻头彻尾惨不忍睹的悲惨生活。”

“黑人还是宁愿做哈莱姆的一根路灯柱子，也不愿当佐治亚州的州长。”

法官侧过他那只好耳朵。“没太听清楚。”他轻声说道。

舍曼平生一直认为所有的白人都疯了，而且他们的地位越显赫，他们的言行就越疯狂。在这个问题上，舍曼认为清醒而冰冷的真理在他这边。那些政客，从州长到国会议员，直至县里的治安官和监狱长，他们在偏执和暴力方面都是一样的。舍曼郁闷地沉思着他们这个种族所遭受到的每一次私刑、轰炸或侮辱。在这个方面，舍曼有一个青少年的脆弱和敏感。被吸引到思考暴行上之后，他觉得每一种罪恶都是针对他个人的。于是他生活在恐惧和焦虑的停滞状态中。他的这种态度也得到了事实的支撑。皮奇县没有一个黑人参加过投票选举。一个教师登记过，但在投票时被拒绝了。两个大学毕业生同样被拒绝了。美国宪法第十五修正案保证了黑人种族的投票权利，但没有一个舍曼认识或听说过的黑人说他们曾投过票。没错，美国宪法本身就是一个骗局。如果说他对杰斯特所讲的那个故事不是真的，是关于黄金尼日利亚人和那些纸板棺材的事，那么，他听说过关于另一个县的一个俱乐部的真实故事；如果这件事没有真的发生在米兰黄金尼日利亚人身上，那么，他知道这发生在别的什么地方的其他人身上。由于他的想象囊括了所有的灾难，他感到他所读过的或听说过的任何一个罪恶完全有可能发生在他自己身上。

这种焦虑的状态使得舍曼比在更冷静的状况下还要更严肃地对待老法官所说的话了。奴隶制！难道老法官正计划把他自己的种族变成奴隶吗？这说不通啊。可种族之间的关系他妈的到底有什么能说得通呢？第十五修正案早已被视为无物，在舍曼看来，美国宪法就是一个骗局。还有所谓正义！舍曼了解他那个时代以及在他之前的时代所发生的每一个私刑，每一次暴力，而且感受到他自己身上所受到的每一次虐待，所以他才生活在这种不安和恐惧的停滞状态中。否则的话，他会把老法官的计划看作是一种老年性大脑的产物。但是，作为南方的一个黑人，偏偏又是一个孤儿，他接触过如此真实的恐惧和堕落，因此，老法官那最疯狂的幻想似乎不仅是可能的，而且在舍曼生活的这片无法无天的土地上几乎是不可避免的。诸多事实结合起来都支撑了他的幻想和恐惧。舍曼深信所有南方白人都是疯子。将一个黑人男孩以私刑处死仅仅是因为一个白人妇女说他对她吹过口哨[①]。一个法官给一个黑人判了刑，因为一个白人妇女说她不喜欢他看她的那种眼神。吹口哨！看人的眼神！他那遭遇严重不幸的心灵被点燃了，像某种能产生海市蜃楼的热带大气那样颤抖着。

正午时分，舍曼调好了酒，但他和老法官都没有说话。然后，一个小时后吃正餐的时候，舍曼正准备伸手去拿龙虾罐头，这时维里利说道："那个你不需要的，舍曼。"

"为什么不需要，老太婆？"

"昨儿你开了一听金枪鱼，自己做了一盘金枪鱼三明治。还有大量的金枪鱼够你今天做一份三明治了。"

舍曼就是坚持要打开龙虾罐头。"而且，"维里利接着说道，"你应该要像其他人一样在厨房里吃羽衣甘蓝和玉米饼。"

"黑鬼所做的事情！"

---

① 此处指如下事件：1955 年 8 月，爱默特 · 提尔，一个来自芝加哥的 14 岁男孩，从密西西比州莫尼附近的亲戚家中被带走枪杀。原因据说是提尔侮辱了一名女子，后来，女子的丈夫罗伊 · 布莱恩特和米拉姆这两名凶手被一个全是由白人组成的陪审团宣布为无罪。

“嘿，你以为你是谁呀？是示巴女王[①]吗？”

舍曼正在把龙虾捣碎与大片的蛋黄酱和切碎的咸菜搅拌在一起。“不管怎么说，我不像你这样是纯粹的黑鬼，”他对皮肤非常黑的维里利说道，“看看我的眼睛。”

“我瞧见它们了。”

舍曼正忙着把他的龙虾三明治摊开。

“那个龙虾应该是我不在的时候星期天晚上做晚饭的时候用的。我想好了，要向法官告发你。”

但由于舍曼还是宝贝，是难得的人才，所以这种威胁是徒劳的，他们两个人都知道这点。

“赶紧去告诉他。”舍曼一边往他的三明治里加面包和黄油咸菜，一边说道。

“仅仅因为你长着一双蓝眼睛可不是你趾高气扬的理由。你像我们其他人一样是黑鬼。你只是有一个白人爹爹，他把一双蓝眼睛传给你了，这样到处装腔作势啥也不是。你像我们其他人一样是黑鬼。”

舍曼端着他的盘子，小心翼翼地悄悄穿过大厅走向书房。可尽管这些是晚会上吃的三明治，他还是无法吃下。他在想着法官所说过的话，黑色面庞上的那双眼睛目光呆滞而

① 最先是在希伯来《圣经》中提到的一个人物。有关她探望所罗门国王的故事流传很多，有不同版本，其中，在《圣经 · 新约 · 马太福音》第 12 章第 42 节和《圣经 · 新约 · 路加福音》第 11 章第 31 节中均称她为“南方的女王”，来听所罗门的智慧。

阴郁。他在心里觉得法官的话大部分都是疯话，但舍曼由于被焦虑扭曲了，无法理性地思考；他只能凭感觉。他想起了某些南方人的竞选演说，诡诈、暴力、恐吓。对舍曼来说，法官说的话并不比许多别的南方政客的话更疯狂。疯了，疯了，疯了。他们全都疯了。

舍曼没有忘记，法官曾经是一个国会议员，因此在美国拥有的职位属于最高行列。而且他认识位高权重的人。只要看看他收到的来自蒂普·托马斯参议员的回信就知道了。法官精明——非常狡猾——他会很轻松地玩狼狈为奸的游戏。在琢磨着老法官的权力的时候，他忘了他有病；舍曼甚至想都没有想过，曾经是一名国会议员的老人的大脑在晚年的时候也可能会衰退的。齐普·马林斯有一个祖父晚年就精神失常了。老马林斯先生脖子四周围着一块毛巾吃东西，他不会把西瓜籽挑出来，而是把它们全吞下去了；他没有牙齿了，总是用牙床咬炸鸡；最后他不得不进了县济贫院。但老法官在吃饭一开始的时候就仔细地打开他的餐巾，进餐举止很优雅，请杰斯特或者维里利把他无法处理的食物切碎。这些是舍曼真正认识的仅有的两位年龄非常大的老人，他们之间真是有天壤之别。所以，舍曼从来没有想过老法官身上可能会出现脑力衰弱的情况。

舍曼盯着那份精致的龙虾三明治看了很久，但焦虑总是让他无法吃。在回厨房之前他倒的确吃了一块面包和黄油咸菜。他想喝点酒。一些杜松子酒加汤力水，一半兑一半，会使他定下心来，这样他就可以吃东西了。他知道他又面临着要与维里利争论，但他还是径直走向厨房，抓起了那个杜松子酒瓶。

“看看那边吧，”她说道，“看示巴女王现在正在干什么。”

舍曼不慌不忙地倒着他的杜松子酒并加了冷汤力水。

“我想对你宽容并讨你喜欢，舍曼，但我从一开始就知道这是没用的。是什么让你这么冷漠而高傲的呢？难道就是从你爹爹那里传下来的那双蓝眼睛吗？”

舍曼直挺挺地从厨房走出来，手里端着酒，又在书房的桌子旁安坐下来了。在喝杜松子酒的时候，他内心越发躁动不安了。在他寻找自己真正的母亲的过程中，他很少想起自己的父亲。他只想过他是一个白人，他想象那个身份不明的白人父亲强奸了他的母亲。因为每个男孩的母亲都是贞洁的，尤其是在她是想象中的母亲的情况下。所以，他恨他的父亲，甚至厌恶想到他。他的父亲是一个疯了的白人，他强奸了他的母亲，并在舍曼那蓝色的异族眼睛中留下了私生子的证据。他从来没有像寻找他的母亲那样去寻找过他的父亲，对自己母亲的梦想令他平静，让他得到安慰，但他想到他的父亲时只有仇恨。

午餐过后，当法官正像往常一样在午睡时，杰斯特来到书房。舍曼还坐在桌旁，他那盘三明治一动未动。

“怎么啦，舍曼？”杰斯特在那双沉迷的眼睛中注意到那种喝过杜松子酒后困倦的神态，于是他感到不安。

“去你妈的。”舍曼粗暴地说道，因为杰斯特是他可以用这种字眼的唯一的白人。可他现在正处于任何语言都无法让他纾解的状态中。我恨，我恨，我恨，当他那茫然的眼睛盯着开着的窗户看，目光呆滞，陷入沉思的时候，他这样想着。

“我经常想，如果我生来是一个尼日利亚人或黑人，我就受不了。我钦佩你，舍曼，钦佩你勇敢地面对它的风度。我对你的钦佩简直无法言表。”

“咳，收起你这一套吧。”

“我经常想，”在某个地方读到过这种思想的杰斯特接着说道，“如果基督现在诞生的话，那他会是黑人。”

“咳，他不是的。”

“我担心……”杰斯特开口了，但发现很难说完。

“你担心什么，心肠软的胆小鬼？”

“我担心，如果我是个尼日利亚人或者是个黑人，我会神经过敏的。严重的神经过敏。”

“不，你不会的。”他右手的食指用猛砍的姿势迅速划过自己的脖子。“一个神经过敏的黑鬼就是个死人。”

杰斯特在纳闷，为什么与舍曼交朋友就这么难。他的祖父经常说："黑是黑，白是白，二者决不会相交，如果我能阻止的话。"而且《亚特兰大法规报》写到了善意的南方人。他怎么才能告诉舍曼，他不像他的祖父，而是一个善意的南方人呢？

"我完全像尊重白人一样尊重黑人。"

"你的确是个毫无意义的人。"

"由于他们所经历的一切，我对黑人的尊重甚至超出了对白人的尊重。"

"周围有许多坏黑鬼。"舍曼在喝完了他的杜松子酒的时候说道。

"你为什么对我说这话？"

"只是警告眼睛发愣的娃娃。"

"我在努力对你实话实说，从道义上谈谈我对种族问题的看法。但你根本不在意我说的话。"

在酒精的作用下，舍曼的沮丧和愤怒显得更加突出，他只是用威胁的语气说道："有犯罪记录的坏黑鬼和其他像我一样没有记录的人。"

"为什么跟你交朋友就这么难呢？"

"因为我不想要朋友。"舍曼说了句谎话，因为除了想要一个母亲之外，他最想要的就是一个朋友了。他对齐普既钦佩又害怕，齐普总是侮辱他，即便舍曼做饭，他也绝不洗一个碟子，而且正如他现在对待杰斯特一样对待他。

“好了，我要去机场了。想一道去吗？”

“我要开飞机的话，我就开自己的飞机。决不开像你开的这种不值钱的租来的飞机。”

于是，杰斯特只得暂时停止争论；而在他沿着车行道走开的时候，舍曼注视着他，陷入了沉思，心中充满着嫉妒。

法官两点的时候从午睡中醒来，洗了洗他那睡得起了褶皱的脸，感到心情愉快，又恢复了精神。上午的那种紧张关系他一点都不记得了，当他走下楼去的时候，嘴里还哼着曲子。听到那笨重的脚步声和那不成调子的哼唱声，舍曼朝着大厅的门做了个鬼脸。

“我的孩子，”法官说道，“你可知道我为什么宁愿是福克斯·克兰恩，而不愿做莎士比亚或尤利乌斯·恺撒吗？”

“不知道。”舍曼在说这话的时候嘴唇几乎动都未动。

“不愿做马克·吐温，或亚伯拉罕·林肯，或巴比·鲁斯[1]，你知道吗？”

舍曼只是摇头否定了，而没有说话，不知道眼下这又是什么路数。

“我宁愿是福克斯·克兰恩，也不愿做所有这些了不起的著名人物。你能猜得出这到底是为什么吗？”

这次，舍曼只是看了看他。

---

① 即小乔治·赫尔曼·鲁斯(1895—1948)，美国棒球运动员。

“因为我活着。你只要考虑一下亿万已经死了的人，你就会认识到活着该是多大一个特权啊。”

“有些人脖子以上都是僵死的。”

法官没有理会这句话，说道：“对我来讲，活着简直就是了不起。难道对你来说不是这样的吗，舍曼？”

“不见得。”他说道，因为他非常想回家，去睡一觉，好让杜松子酒的酒劲过去。

“想想黎明。月亮，星星，还有天空，”法官接着说道，“想想酥饼和酒。”

舍曼冷眼审视着这世界，并不屑地打量着给日常生活带来舒适的各种设施，但他并没有作答。

“在我患了那个‘小发作’的时候，塔特姆大夫坦白地告诉我，如果那个‘发作’影响了大脑的左边而不是右边的话，那我的精神上就会遭到长期的折磨。”法官因为敬畏和恐惧声音都低了下来。“生活在那种状态下，你能想象得到吗？”

舍曼能想象得到：“我认识一个中风的人，这让他双眼失明，而且智力就像一个两岁婴儿那样。县济贫院甚至都不愿收留他。甚至连收容所都不肯收留。我不知道他最后到底怎么样了。或许死了吧。”

“好了，在我身上没有发生过这样的事情。我只是留下了一点轻微的运动障碍……只是左臂和左腿，极其轻微的损伤……但大脑未受损伤。于是，我这样劝说自己：福克斯·

克兰恩，你是应该因为这么点没有给你带来任何真正麻烦的小小的旧损伤就咒骂上帝，咒骂上苍的基本法则，诅咒天命呢，还是应该因为我完好无损，我的大脑很健全而感谢上帝，感谢基本法则、大自然和命运呢？因为归根结底，如果大脑是健全的，精神是愉快的，那么，一只小小的胳臂又算得了什么，一条腿又算得了什么。所以我对自己说：福克斯·克兰恩，你最好还是赞美，而且要不断地赞美。”

舍曼看了看那只萎缩的左臂和那只永远紧握着的手。他为法官感到难过，但又因感到难过而恨自己。

“我认识一个小男孩，他患有小儿麻痹症，不得不在双腿上戴着沉重的铁支架，并使用铁拐杖……终身跛腿。”舍曼说道，他在报纸上看到过这样一个男孩的一张照片。

法官在想，舍曼全天下可怜的事情都知道，于是，他低声说道：“可怜的孩子。”此时，泪水涌上了他的眼眶。法官并不因同情别人而恨自己；他不同情自己，因为总的来说，他还是相当幸福的。当然，他很想每天吃四十根烘烤冰淇淋，但大体上他还是感到满足的。“我宁肯坚持任何规定的饮食，也不肯被迫开始铲煤或弹奏竖琴。我从来连自己的炉子都不会弄，而且我一点音乐天赋都没有。”

“是的，有些人根本就五音不全。”

法官没有理会这句话，因为他总是在唱，而且对他来说那些调子都似乎是对的。“我们继续写信吧。”

“现在您想让我写什么信呢?”

“信可多着呢，给每一个我有私交的众议院议员和参议员以及每一个可能会同意我观点的政治家都写信。”

“您希望我写什么类型的信呢?”

“按照我今天上午对你说的主旨写。有关南部邦联的货币和对南方的大回报。”

杜松子酒的酒劲已变成了阴郁的愤怒。虽然舍曼情绪上紧张起来了，但他打着哈欠，并不停地打哈欠，就是为了表现得粗鲁。他权衡着自己这份舒适、清洁、盛气凌人的工作和上午谈话带来的震惊。舍曼爱的时候就爱，钦佩的时候就钦佩，根本没有情感上的中间状态。直至现在他对法官还是既爱又钦佩。还有谁当过国会议员，当过法官；还有谁愿意给他当文书这样一份上等的高雅工作，并让他在书房的桌上吃聚会吃的三明治呢?所以舍曼左右为难，于是他说道：“您的意思甚至包括关于奴隶制的那部分吗?”这么说的时候，他那富有表情的面容颤抖了一下。

法官现在认识到什么地方出问题了。“不是奴隶制度，孩子，而是赔偿北方佬解放了的奴隶。经济上的赔偿。”

舍曼的鼻孔和嘴唇像蝴蝶一样在颤抖着。“我不会干这件事的，法官。”

很少有人对法官说“不”的，因为他的要求通常都是合理的。由于是他的难得的人才，他的宝贝，拒绝了他，所以他叹息着说道：“我不明白你的意思，孩子。”

而舍曼对任何带有情感的称谓总是感到欣慰，尤其是因为极少有人这样称呼他，所以他一时间沉醉其中，几乎笑了起来。

“这么说你是不愿写这些信咯？”

“我不愿写，”舍曼说道，因为能够拒绝同样令他感到愉悦，“我不愿成为要将时钟拨回将近一个世纪的党派的一员。”

“时钟是不会被往回拨的，它将会被往前拨一个世纪，孩子。”

这已经是第三次他这样叫他了，一直蛰伏在舍曼本性中的那种怀疑悄无声息地被搅动起来，开始发作了。

“巨大的变化总是将时钟往前拨。尤其是战争。如果不是第一次世界大战的话，妇女会依然穿着长至脚踝的裙子。现在，年轻的女子四处走动，穿着就像身着工装裤的木匠一样，即便是最漂亮、最有教养的姑娘也是这样。”

法官曾注意到埃伦·马隆穿着工装裤到她父亲的药房去，他感到震惊，并替马隆感到尴尬。

“可怜的J. T. 马隆。”

“您为什么要这么说呢？”舍曼问道，他对法官话语中的怜悯和那种神秘的语气感到迷惑不解。

“我担心，我的孩子，马隆先生将不久于人世。”

舍曼才不在乎马隆先生会怎样呢，而且也没有心情去装成他并非真正感受到的那种悲天悯人的样子，只是说道：“要死了吗？那太糟糕了。”

“死亡比太糟糕还糟。实际上，在这个世上还没有人知道死亡的真实情况。”

“您笃信宗教吗？”

“不，我一点也不信宗教。可我担心……”

“那您为什么经常提到铲煤和弹奏竖琴呢？”

“哦，那只不过是一种比喻的说法。如果那就是我所担心的，而且如果我被送到了那个糟糕的地方，那么，我会同其他罪人一道铲煤，他们当中的许多人我事先可能都已经认识了。而如果我被送到天堂，凭着上帝，我会学着像盲人汤姆①或卡鲁索②那样对音乐感兴趣。我担心的不是这个。”

“那您到底担心的是什么呢？”从来就没有对死亡多加思考的舍曼问道。

“空虚，”老人说道，“无尽的空虚和黑暗，我将孤独地待在那里。没有爱，没有吃的，什么都没有。就是躺在那无尽的空虚和黑暗中。”

---

① “盲人汤姆”指托马斯·格林·贝休恩（1849—1908），又称托马斯·“盲人汤姆”·威金斯，非裔美国钢琴家和作曲家。他出生在佐治亚州哈里斯县的威利·爱德华·琼斯种植园，生来就双目失明而且患有孤独症，但有非凡的音乐天赋和惊人的记忆力。即便在《解放奴隶宣言》发布之后，他依然归属于他的前主人。他的音乐会和乐谱的收入巨大，但几乎所有这一切都属于他的主人及其继承人。

② 这里可能指的是恩里科·卡鲁索（1873—1921），世界著名的意大利男高音歌唱家。

“我也讨厌那样。”舍曼随口说道。

法官回想着自己的中风，他的思维明朗而清晰。尽管他对别人把自己患的病轻描淡写地说成是“小发作”或者“骨髓灰质炎的小毛病”，但他对自己还是诚实的；这是一次中风，而且他差一点就死了。他记得倒下时所感受到的震惊。他用右手摸那只麻痹了的手，一点感觉也没有，不能动也没有感觉，就是一种沉重的发黏感。左腿也同样沉重而没有感觉，所以在那漫长的情绪狂躁的几个小时中，他已确信自己的半个身子莫名其妙地死了。因为无法唤醒杰斯特，他就对米西小姐，对他已逝的父亲，对他的哥哥博哭叫——不是要去和他们在一起，而是在急难中寻求安慰。在清晨他被人发现，并被送到了市立医院，在那里，他开始恢复生气。日复一日，他那麻痹的肢体渐渐有了意识，但休克使他变得迟钝了，而戒烟戒酒给他增加了痛苦。由于不能走路，甚至无法抬起左手，所以他就自己打发自己做填字游戏，看玄幻小说，玩单人纸牌游戏。除了一日三餐，没有任何指望，而医院里的饭菜又令他厌烦，虽然他把放在盘子里的每一口东西都吃了。然后，突然间，他想起了南部邦联的货币。这主意就是突然涌上心头的，它就像一个儿童会唱起一首突然编造出来的歌。于是，一个主意带来另一个主意，结果，他就一直这么想着，突发奇想，不切实际地幻想着。到了十月份，清晨和黄昏时分，一阵怡人的寒意降临在镇上。米兰那炎热而阳光刺眼的夏天过去之后，此时的日光明净而清纯，如蜂蜜一般。充满活力的思想带来越来越多的想法。法官向营养师讲解如何调制像样的咖啡，也不管这里是不是医院，而不久他就能在护士的帮助下缓慢地从床边移动到梳妆台前，然后从那里挪动到椅子旁。他的扑克密友来了，他们就打扑克，但他新生活的活力还是来自他的思考，他的梦想。他充满深情地隐藏着他的思想，不告诉任何人。对于一个伟大的政治家的梦想，无论是波克·塔特姆还是本尼·威姆斯，他们又能懂得什么呢？在他回家的时候，他就能走路了，能稍微用一点左手，几乎与从前一样继续生活了。他的梦想继续隐匿着，因为他能把它告诉谁呢，而且年纪大和休克已经使他写字的能力退化了。

“那次中风让我麻痹，结果我在市立医院有将近两个月处于半死的状态，要不是那样的话，我可能永远也不会想起这些主意。”

舍曼把一张舒洁纸巾插在鼻孔里，但他什么也没说。

“自相矛盾的是，如果我没有经历死亡的阴影，那么我可能就永远也见不到光明。难道你就不明白为什么这些思想对我而言是不可思议地珍贵吗？”

舍曼看了看那张舒洁纸巾，慢慢地把它放回自己的口袋。然后开始直瞪着法官，窝起手掌托住下巴，用自己诡异的目光盯着那双纯蓝色的眼睛。

“难道你就不明白为什么写这些我要口授的信对你来说很重要吗？”

舍曼还是没有回答，他的沉默激怒了老法官。

“你不打算写这些信了吗？”

“我对您说过一次‘不’，我再次对您说声‘不’。您要我把‘不’纹在我胸前吗？”

“一开始，你是那么顺从的一个文书，”法官大声说道，“而现在你都差不多像一块墓碑一样固执了。”

“没错。”舍曼说道。

“你这么喜欢与人作对，而且神秘兮兮的，”法官抱怨道，“神秘得即便你就在镇上的时钟前都不愿告诉我现在几点了。”

“我才不叽里哇啦地把我知道的一切都说出来呢。我把事情都藏在心里。”

“你们这些年轻人神神秘秘的——对思想成熟的人完全是绕来绕去的。”

舍曼在想着他守护着的现实情况和梦想。他对史蒂文斯先生所做的事情什么都没说，直到他口吃得非常厉害，以至于他的话似乎不能表达任何意义。他没有对任何人讲他找寻自己母亲的事情，没有对任何人讲他对玛丽安·安德森的梦想。没对任何人讲，没有人知道他的秘密世界。

“我不‘叽里哇啦地说出’我的想法。你是唯一我与之讨论过这些想法的人，”法官说，“除了跟我的孙子粗略地谈过。”

背地里，舍曼认为杰斯特是个聪明的家伙，尽管他从来就不愿承认这一点。“他是什么看法？”

“他也非常以自我为中心，而且神神秘秘的，即便他就在镇上的时钟前他也不愿告诉任何人现在几点了。我原指望你有更好的表现。”

舍曼在权衡着自己这份舒适、盛气凌人的工作与他被要求写的信。“我愿意给您写别的信。接受邀请的信、邀请函，诸如此类。”

“那些信无关紧要，”法官说道，他从未去过任何地方，“一桩小事。”

“我愿意写别的信。”

“别的信我都不感兴趣。”

“如果您对那个话题这么着迷的话，那您可以自己写那些信。”舍曼说道，他很清楚法官写字的状况。

“舍曼，”老人恳求道，“我一直待你如亲生儿子，养一个忘恩负义的孩子，这比毒蛇的牙齿带来的伤害还要厉害。”

法官经常对杰斯特引用这句话，但根本没有效果。当那个男孩还小的时候，他用自己的手指堵住耳朵，在他年龄大一些的时候，他就用这样或那样的方式胡闹，以向他的祖父表明他不在乎。但舍曼却被深深地打动了；他那灰蓝色的眼睛惊讶地盯着他对面那双蓝色的眼睛。已经有三次他被称作“孩子”，而现在老法官在对他讲话，仿佛他就是他自己的儿子。由于生来没有父母，舍曼就从来没有听到过这句父母责备孩子常讲的话。他从未寻找过自己的父亲，而现在，他一如既往地与那个想象中的形象保持着距离：蓝眼睛的南方人，所有蓝眼睛南方人中的一个。法官长着一双蓝眼睛，马隆先生也一样。于是，就此推论下去，银行里的布里德洛夫先生，还有泰勒先生也一样，他不假思索就可以想到，米兰有几十个蓝眼睛的男人，附近那个县有成百上千个，南方有成千上万个。然而，单单把舍曼挑出来亲近的白人男子只有法官一个人。而由于对亲近起疑，舍曼纳闷：在他多年前把法官从高尔夫球场的池塘里拖出来的时候，法官为什么送给他一块上面有外国字、刻着他自己姓名的手表呢？为什么他要雇佣他来做这份有钱的工作，还对饮食做了奇特的安排，这令舍曼迷惑，虽然他对自己的怀疑保持着一定的距离。

困惑之下，他只能把话题转换到其他麻烦事上，所以他说：“我给齐普写过情书。当然，他可以自己写，但他的信没有多大活力，所以这些信从来就没有寄给维维安·克莱。然后，我写道‘爱的黎明悄悄地朝我袭来’以及‘在我们激情的黄昏时分我会像现在这样爱你’。那些信充满着‘黎明’

或‘黄昏’以及代表美丽颜色的词语。我会不时地加上‘我爱慕你’，于是不久维维安不仅收到了信而且还弄得捧腹大笑。”

“那么，你为什么就不愿为我写关于南方的信呢？”

“因为那种想法很奇怪，而且会把时钟往回拨。”

“称我奇怪也好，反动也罢，我都不介意。”

“我只是把我自己从一套精美的公寓里写出来了，因为在那些情书之后，维维安自己求婚了，而齐普欢天喜地地接受了。那就意味着我将不得不找另一套公寓；我把木板从地板上写下来了。”

“你还真的要另找一套公寓呢。”

“那很难。”

“我觉得我无法忍受搬家。尽管我的孙子和我在这个偌大的老宅子里就像鞋盒子里的两颗豌豆一样大吵大闹。”

法官这套装饰华丽的维多利亚时期的宅子带有彩色窗户和风格拘谨的老式家具，想到这些，他叹了口气。这是得意的叹息声，虽然米兰的人通常把这个宅子称为“法官的白象”[1]。

“我觉得我宁愿搬到米兰公墓去，也不愿搬到另一个宅子里去。”法官考虑了一下他刚说的话，并很快言辞激烈地

① 英语中“白象”（white elephant）指累赘的东西。

将它收回了：“啐，我不是那个意思，孩子。”他用手小心翼翼地碰了碰木头[①]。“一个愚蠢的老人说的多么愚蠢的一句话啊。我刚才只是在想，由于回忆的缘故，要我搬到别的地方去住我会觉得非常困难的。”

法官的声音在颤抖，而舍曼则用冷酷的语气说道：“别大声嚷嚷这些。没有人逼着你搬家。”

“我敢说，我对这个宅子是很有感情的。一些人无法欣赏这个建筑风格。但我热爱它，米西小姐喜欢它，而我的儿子约翰尼是在这个宅子里长大的。我的孙子也是。有时候，我夜晚躺在床上回想着。你有时候会躺在床上回想吗？”

“不会。”

“我回想实际发生的事情和有可能发生过的事情。我回想我母亲给我讲的关于南北战争的故事。我回想我在法学院当学生时的岁月，以及我的青少年时期，还有与米西小姐的婚姻。有趣的事情。悲伤的事情。这些我都回想。实际上，我回想遥远的过去比我回忆昨天还要清晰。”

“我听说老人就像这样。而且我猜想我听的没错。”

“不是每一个人都能像看电影那样记得准确而清晰。”

“唠叨个没完。”舍曼压低嗓音说道。但尽管他是对着那只聋耳朵说的，可老法官还是听见了，他的感情受到了

① 用手碰木头（touch wood），一种迷信的做法，据信这样做可以辟邪。

伤害。

“我也许对过去的事有点唠叨，可对我来说，它就像《米兰信使报》那样真实。而且更加有趣，因为它发生在我的身上，或者我的亲人和朋友的身上。从你出生之前很久到现在米兰发生过的每一件事我都知道。”

“那您知道我是怎么出生的吗？”

法官犹豫了一下，禁不住想不承认他知道；可既然他觉得这很难撒谎，于是他干脆什么都不说。

“您认识我母亲吗？您认识我父亲吗？您可知道他们在哪里？”

但老人陷入了对过去的沉思中，不愿回答。“你也许认为我是个什么都讲的老人，可作为一名法官，我保守秘密，在有的话题上我就像坟墓一样沉寂。”

于是，舍曼恳求又恳求，但老法官准备了一支雪茄，静静地抽起烟来。

“我完全有权利知道。”

当法官依然默默地继续抽烟的时候，舍曼再次开始瞪眼睛。他们就像不共戴天的敌人一样坐在那里。

过了许久，法官说道：“哎呀，你到底怎么啦，舍曼？你看起来几乎是一脸的阴险。”

“我也觉得阴险。”

“好啦，别那么怪怪地看着我。”

舍曼就是那样继续瞪着眼。“此外，”他说，“我已经想好了，告诉您我辞职不干了。您觉得这个主意怎么样？”

说完这句话，在下午两三点钟的时候，他踩着重步走了，很高兴，他已惩罚了法官，根本不去想想，其实他也惩罚了他自己。

# 第十章

虽然法官很少谈起他的儿子，但他在自己的梦中还是经常与他相聚的。在梦中，怀念和欲望如凤凰般浴火重生，只有在梦中，他的记忆才能鲜活起来。每当醒来时，他总是非常生气。

除了仅仅在睡觉前做点愉快的白日梦之外，他多半生活在此时此地，因此，法官很少对过去苦思冥想，作为一个法官，那时候他几乎有无限的权力……甚至掌握着生杀大权。他的判决总是以长时间的思考为先导；他从来就没有过不借助于祷告就考虑死刑判决的。这倒不是因为他笃信宗教，而是因为这样做多少吸走了福克斯·克兰恩的一些责任，把它流向了上帝。即便如此，他有时候还是犯下了错误。他曾经以强奸罪将一个二十岁的黑人判处死刑，而在他死后，另外一名黑人承认了这个罪行。但作为一名法官，他该如何负责呢？陪审团经过充分考虑之后裁定他有罪，而且没有提请法庭宽大处理；他的判决只是遵循了法律和国家的惯例。那个男孩不断地说："我从来没有干过。"可当时他怎么知道他说的就绝对是真话呢？这是一个本来可以将许多按良心办事的地方法官置于死地的错误；但尽管法官为此感到深深的遗憾，可他还是不断地提醒自己，那个男孩是由十二个善良而且忠实的人审判的，而他本人只不过是法律的工具而已。所以，不论这个冤假错案有多么严重，他不可能为此永远痛苦下去。

那个黑人琼斯属于另外一种情况。他谋杀了一个白人男子，他的辩词是正当防卫。谋杀案的目击证人是那个白人男子的妻子，奥西·利特尔太太。事情的经过是这样的：琼斯和奥西·利特尔是塞里诺附近的金特里农场的佃农。奥西·利特尔比他的妻子大二十岁，是个兼职的牧师，在圣灵降临在他的"摇喊"教派会众[①]身上的时候，他能使他们讲奇怪的语言。除此之外，他是个拖沓、一无是处的佃农，任由农场荒废了。自从他娶了一个年轻的新娘为妻，麻烦就接踵而至，妻子的娘家人来自周围的杰瑟普，在那里，他们的农场位于荒芜的风沙侵蚀区。他们一路上坐着通往希望之途的老爷车穿过佐治亚和加利福尼亚，这时他们偶遇利特尔牧师，并迫使他们的女儿乔伊嫁给了他。这是大萧条时期一个简

① "摇喊"教派会众（Holy Roller congregation），"Holy Roller"带有贬义，指在做礼拜时以叫喊和乱动来表示虔诚的"摇喊"教派成员。

单、令人讨厌的故事，按理甭指望有什么好事，当然这个悲伤事件的任何部分也没有引出什么好事来。这个十二岁的年轻新娘有那种很少在这么年轻的人身上会遇到的品性。法官记得她还是个漂亮的小姑娘，一开始用一雪茄盒洋娃娃衣服玩洋娃娃，然后，到她还不到十三岁的时候，就有了自己的小婴儿要抚养和照料了。接着，既然麻烦已经开始，就变得越来越糟，麻烦总是这样。起初，有传言说，年轻的利特尔太太不断地去看附近农场的那个黑人佃户，已超出了正确得体的范围。然后，比尔·金特里被利特尔的懒散激怒了，威胁要把他从农场上赶走，把他那一份地交给琼斯。

法官拉起床上的一条毯子，因为夜晚非常冷。他那生下来就皮肤白皙的宝贝儿子怎么跟黑人杀人犯、无能的牧师、年轻的新娘搅和到一起了？怎么回事？哦，怎么回事呢？竟然失去了自己的儿子，这是掉进了多么万劫不复的深渊啊！

无论是不是正当防卫，那个黑人注定是要死的，约翰尼与别人一样对这点非常清楚。那么，这从一开始就注定要失败的行动，他为什么还坚持接手这个案子呢？为了劝阻他，法官争论过。这会给他带来什么？只有失败。然而，法官哪里知道，这造成的远不止是一个年轻人的自尊心受伤，远不止是一个初出茅庐的律师的失败——而是会导致莫名的心碎和死亡。可怎么啦，哦，怎么啦？法官大声地呻吟着。

除了强制执行判决以外，他尽可能地远离这个案子。他知道，约翰尼涉及这个案子实在是太深了，挑灯夜战到天明，专心钻研法律，仿佛在为琼斯辩护的时候他就是在为自己的亲兄弟辩护。在约翰尼致力于这个案子的六个月期间，法官责备他，他本该知道。可他不是一个能猜出别人心思的人，他怎么可能就知道呢？在法庭上，约翰尼就像其他任何一个第一次参加谋杀案审判的初出茅庐的律师一样紧张。约翰尼答应接手这个案子的时候法官就忧虑过，此时首先是对他处理的方式感到惊讶——这可真是个烫手的山芋啊。约翰尼口才很好，就按照自己的想法实话实说。但是你怎么会认为像这样就能说服十二个善良而且忠实的人呢？他的语调并不像大多数辩护律师那样抑扬顿挫的。他并不是开始大声说话，然后在讲到定罪点的时候低声细语。约翰尼就这么语调平稳地说着，好像他根本就不是在法庭上——这样怎么可能说服十二个善良而且忠实的人呢？他在用哽咽着的嗓音说着正义。他也是在唱着自己的绝唱。

法官希望想些别的——幻想一下米西小姐，然后睡觉，但他特别想要见的是杰斯特。人在老年和病弱的状态下，过去的事情一旦想起来就像符咒一样迷住了大脑。去想想当时他在歌剧院包下的包厢没有用；那是亚特兰大歌剧院第一次开演。除了米西小姐和她的父亲以外，他还邀请了他的弟弟和弟媳妇来出席这个庆祝活动。法官邀请了整整一包厢的朋友。第一场表演的是《牧鹅姑娘》[1]，他清楚地记得吉拉尔汀·法拉尔[2]带着两只用一种带子牵着的活鹅走过舞台。那活鹅“嘎，嘎”地叫着，于是，老布朗先生，米西小姐的父亲，就说道：“我今晚听懂的第一句该死的台词。”米西小姐多尴尬啊，而他有多开心啊。他一边听着那些德国人用德语拼命高声尖叫——那些鹅嘎嘎地叫——一边则坐在那里显得很有音乐天赋，也很博学的样子。想这些东西是没用的。他的思绪又回到了奥西·利特尔、那个女人和琼斯身上——这不会让他安睡的。他极力抵制这种思绪。

杰斯特究竟什么时候回家呢？他从未严厉对待过这个孩子。不错，餐厅壁炉架上的一个花瓶里确实有一根桃木鞭子，但他从来没有在杰斯特的身上用过。有一次，当约翰尼切着面包，并把它朝用人和他父母身上扔的时候，他发脾气了，拿下那根桃木鞭子，把他幼小的儿子拖到书房里，在全家人的哭喊声中，在他那蹦蹦跳跳的光着的腿上抽打了两三下。在那之后，那根鞭子作为一种恫吓一直很显眼地摆在壁炉上的那个花瓶里，但从那天到现在从来没有用过一次。不过《圣经》上确实说过：“省了棍棒，坏了

---

① 《牧鹅姑娘》（*The Goose Girl*）原为德国作家格林兄弟所作《格林童话》中的故事。这里是根据这个童话改编的歌剧。

② 吉拉尔汀·法拉尔（1882—1967），美国女高音歌剧演唱家和电影演员。

孩子。”[1]如果更频繁地用这根桃木鞭子的话，那么，约翰尼是不是就还活着呢？他对此表示怀疑，但他仍然感到纳闷。约翰尼太有激情了；虽然这不是他能轻易识别的那种激情——民防团的那种激情，防备黑人和外来入侵者，保卫其女性的南方人的那种激情——但这还是激情，在他和其他米兰市民看来很奇怪的那种激情。

就如同在发烧的大脑中怦怦跳动的一种冗长乏味的曲调一样，这段往事挥之不去。法官在他那张巨大的床上像大山一样翻了个身。杰斯特什么时候回家呢？这已经很晚了。可当他打开灯的时候，他发现时间还不到九点钟。因此，杰斯特待在外面毕竟不算太晚。在时钟左边的壁炉架上方有约翰尼的照片。灯光下，那张迷惘的年轻面孔似乎焕发出了活力。约翰尼左侧面颊上有一个小小的胎记。这一瑕疵反而起到了凸显约翰尼面孔之美的作用，当法官注意到这点的时候，他感到心都快碎了。

然而，尽管每当看到那个小小的胎记的时候总会涌来一

---

① 这句话的意思是“小孩不打不成器”。表达这层意思的话起源很久，并非源自《圣经》，最早可以追溯到威廉·朗格兰(约 1330—1386)的寓言长诗《农夫皮尔斯的幻象》(*The Vision of William Concerning Piers Plowman*，1377)，其中有一行写道：“凡是不肯用棍棒的，就害了他的孩子。”(Who-so spareth ye sprynge，spilleth his children.)与文中最接近的话出自英国诗人和讽刺作家塞缪尔·巴特勒(1613—1680)的长篇讽刺诗《休迪布拉斯》(*Hudibras*，1662)，其中只有一词之差，巴特勒用了“spill”，这个词在当时的意思就是小说中所表达的意思“溺爱”(spoil)。不过，《圣经·旧约·箴言》第 13 章第 24 节确有表达类似意思的句子：“不忍用杖打儿子的，是恨恶他。疼爱儿子的，随时管教。”(He that spareth his rod hateth his son：but he that loveth him chasteneth him betimes.)

阵悲伤，但法官无法为他的儿子哭泣。因为在他情感的深层，总是隐藏着怨恨——一种在杰斯特出生时暂时得到平息、随着时间的流逝得以缓解的怨恨，但这种怨恨一直就在那里，永远也不会消失。这就仿佛他的儿子剥夺了他的权利，令他无法看到他所钟爱的儿子，从而欺骗了他，那个亲切而叛逆的贼夺走了他的心。假如约翰尼是由于任何其他原因去世的，死于癌症或白血病——法官对马隆的病知道的比他假装的要多——那么，他本来是可以明明白白地悲伤，也会哭的。但自杀是法官所厌恶的一种有意为之的恶意行为。在那张照片中，约翰尼露出淡淡的微笑，那个小小的胎记凸显了那张容光焕发的脸。法官向后折叠起他那纠结在一起的床单，笨重地下了床，在穿过房间时用右手稳住身子。他取下约翰尼的照片，把它放在一个衣柜的抽屉里。然后，他转过身，又上了床。

这时传来了圣诞钟声。对他来说，圣诞节是最悲伤的时节。这钟声，令普世欢腾的声音……却如此悲伤，如此冷落，如此寂寥。一道闪电照亮了黑暗的天空。暴风雨要来了吗？要是约翰尼被闪电击中了该有多好啊。然而，人是无法选择的。无论生与死，人是无法选择的。唯有自杀可以选择，鄙弃生命活生生的肉体而选择死亡的虚无。又一道闪电照亮了天空，随之而来的是雷鸣声。

没错，他几乎从未用过那根桃木鞭子，但在约翰尼少年的时候，他曾劝诫过他。约翰尼崇拜布尔什维克主义、塞缪尔·利博维茨[①]和整个激进主义，法官一直为此很担心。他总是安慰自己，约翰尼还年轻，是佐治亚大学橄榄球队的一名四分卫，而且年轻人一时的狂热和幻想在他们必须要面对现实时很快就会过去。的确，约翰尼的青少年时期与他父亲的华尔兹舞时代，那个唱唱跳跳的年代大不相同，那时候，他是花枝市的花花公子，向米西小姐求爱，并赢得了她的芳心。他只能对自己说，“彼处的卡修斯面黄肌瘦；他想得太多：这样的家伙就是危险”[②]——可他对此并没有细究，因为即便在他最狂放的幻想中，他也不可能把约翰尼与危险联系起来。

约翰尼在事务所第一年的时候，有一次，他大声说道：“我常常注意到，约翰尼，如果一个人与倒霉的人过从太密的话，那么，这个人往往自己也会倒霉的。”

约翰尼只是耸了耸肩。

“我当初开始从业的时候，我还是个穷小子。不像你是个阔佬的儿子。”虽然他已经留意到约翰尼脸上掠过的那种

---

① 塞缪尔·利博维茨(1893—1978)，罗马尼亚裔犹太美国人，刑事辩护律师，因赢得了绝大部分他所代理的辩护案件而闻名，尤其著名的是他为“斯科茨伯勒男孩”(Scottsboro Boys)的辩护，即九名 13 至 20 岁的非裔美国青少年被指控于 1931 年在亚拉巴马的火车上强奸了两名白人妇女，利博维茨应邀出庭辩护。利博维茨后来成了纽约州最高法院的一名法官。

② 此处出自莎士比亚的《尤利乌斯·恺撒》(*Julius Caesar*)第 1 幕，第 2 场，第 194—195 行，是恺撒所说的话。

尴尬的表情，但他还是一直往下说："我回避法庭上那些慈善性的案子，它们首先落在一个穷律师的手上。随着我业务量的增长，不久我就能够替那些带来可观经济回报的案子辩护了。经济回报或政治声誉过去是，而且一直都是，一个首先考虑的因素。"

"我不是那种律师。"约翰尼说道。

"我不是在试图劝你效仿我，"法官虚伪地说道，"有件事——我从来不接欺诈的案子。一个委托人在撒谎时我是知道的，所以我压根儿不会碰这样的案子。在这种事情上我是有第六感官的。在乡村俱乐部高尔夫球场，用一根五号铁头球棒杀害了他妻子的那个男子，还记得吧？那本来会有一大笔律师费呢，但我拒绝了那个案子。"

"我记得，当时是有目击证人的。"

"约翰尼，一个天才的律师能够蒙骗目击证人，让陪审团相信，他们并不在他们信誓旦旦地说他们所在的那个现场，因而不可能看到他们所看到的情况。然而，我拒绝了那个案子以及许多诸如此类的案子。我从来没有承担过令人讨厌的案子，不管律师费有多么可观。"

约翰尼的微笑就如同照片上的那个微笑一样具有讽刺意味。"哦，您倒是挺慷慨的嘛！"

"当然了，只有在有利可图的案子与正义的事业相结合的时候，那对福克斯·克兰恩来说才是极佳的境界。还记得我是如何替米兰电气和电力公司辩护的吗？极佳的境界与一笔巨大的律师费。”

“就是电费一路飙升。”

“你不可能为了电和煤气就出卖你与生俱来的权利。这些东西我小时候从来就没有过。那时候不得不修剪灯芯，并把炉火拨旺。可我是自由的。”

约翰尼什么也没说。

当那个小小的胎记引发情感爆发，或者当那个微笑像冷笑一样在嘲弄他时，法官通常就把那张照片取下来。那张照片会一直存放在抽屉里，直到他的情绪发生了变化，或者他无法忍受没有他儿子肖像的时候。然后，它会出现在那银质的相框里，而且他会凝视着那个小小的瑕疵，甚至会容忍那漠然而可爱的微笑。

“不要误解我，”多年前，他曾这样劝告过，“我接手有利可图的案子，但并非出于自身利益。”这位经验老到的律师和前国会议员渴望从他年轻的儿子那里得到某种欣赏的话。他在说逆耳忠言时所表现出的诚实对约翰尼来说是否就像是冷嘲热讽呢？

过了一段时间，约翰尼说道：“过去这一年，我常常想知道你到底有多么负责。”

“负责！”法官很快脸红得非常厉害，“我在米兰，在佐治亚，在整个南方都是最负责的公民。”

和着《天佑吾王》[1]的曲调，约翰尼吟诵道："天助南方。"

"要不是我的话，你觉得你会在哪里？"

"悬挂在天堂晾衣绳上的一块小碎片。"约翰尼的嗓音变了，"我从未想过要做您的儿子。"

法官依然因情绪激动而涨红着脸，真想脱口而出："可我一直想要你做我的儿子。"可他没有这么说，而是问道："你觉得什么样的儿子才适合一个老人呢？"

"您觉得……"约翰尼的脑子在思考着想象中的儿子形象。"哎呀，您觉得亚历克·西斯罗怎么样？"约翰尼轻松的大笑与他父亲低声的狂笑交织在一起。"我的母亲啊，哦，我的母亲。"法官唾沫四溅，狂笑不止地引用这句话。因为亚历克·西斯罗每个母亲节都在第一浸信会教堂引用那首诗。他是一个神经质、瘦弱而又娇生惯养的孩子，约翰尼总是模仿这个表演，令其父亲开心，但却得不到母亲的喜欢。

这种突如其来、不寻常的欢闹来得快，结束得也快。对可笑之事反应相同的这对父子常常被这样的笑声所感染。他们之间关系的这一面引起了法官更进一步的设想，产生了一种父亲们身上常见的谬见。"约翰尼与我更像是兄弟，而不是父子。同样热爱钓鱼和打猎，持有同样纯正的价值观——

① 《天佑吾王》（*God Save the King*），英国国歌。

我从未见过我的儿子撒谎——同样的兴趣，同样的乐趣。”于是，法官总是对他的听众喋喋不休地谈这些兄弟般的相似之处，在马隆的药房里，在法院里，在纽约咖啡馆的密室里以及在理发店里，他到处唠叨这些。他的听众在这个腼腆的小约翰尼·克兰恩与他市井气十足的父亲之间看不出有什么关联，也不予置评。当法官自己意识到他的儿子与他自己之间的差异越来越大时，他便在这个父子主题上越发絮叨个没完，仿佛语言可以让愿望变成现实似的。

有关那个“‘我的母亲’的孩子”的最后一次大笑也许是他们之间分享的最后一个玩笑。对约翰尼提到责任感到恼火，法官打住了大笑，并说道：“你似乎因为我接了米兰电气和电力公司的案子而批评我。我说的对吧，孩子？”

“对，先生。电价上涨了。”

“有时候不得不两害相权取其轻，这对思想成熟的人来说是痛苦的选择。而且这是一个政治涉入其中的案子。不是我为哈里·布雷兹或米兰电气和电力公司辩护，而是联邦政府要冒头。设想一下，如果田纳西河流管理局以及这一类的发电厂控制了整个国家的话。我都能嗅到日益蔓延的瘫痪状态的那种恶臭味了。”

“日益蔓延的瘫痪状态不会发出恶臭味。”约翰尼说道。

“对，但社会主义对我的鼻子发出了那种味道。当社会主义夺去了自我主动性并且……”法官的声音迂回曲折，直到他找到一个突然浮现在脑海中的形象，“把人放进饼干模具里标准化的时候，”法官激动地说道，“如果你知道我曾经对社会主义，甚至共产主义抱有科学兴趣的话，孩子，你也许会觉得这很有趣。听着，纯粹科学的兴趣，而且只持续了非常短暂的一段时间。后来有一天，我看到一张照片，上面有几十个穿着完全相同的体操服的年轻的布尔什维克妇女，都在做同样的操，全都蹲着。许许多多的妇女做着同样的体操，胸部一样，臀部一样，每一个姿势，每一根肋骨，每一个屁股都一样，全一样。虽然我并不厌恶健康的女人肉体，无论是布尔什维克还是美国人，无论是蹲着的还是直立的，但是，我细看那张照片的时间越长，我就越感到厌恶。听着，在所有那几十个生机勃勃的女人肉体当中，我本来有可能会非常喜欢一个的——一个接一个地看，完全相同，我就厌恶了。我的所有兴趣，无论多么科学，全都消失了。不要对我谈标准化。”

“我所了解的最后情况是米兰电气和电力公司提高了电费的价格。”约翰尼说道。

“为了维护我们的自由以及避免社会主义和联邦政府日益蔓延的瘫痪状态，这才几文钱？难道为了眼前利益我们竟然要出卖自己与生俱来的权利吗？”

年老和孤独尚没有使法官将敌意对准联邦政府。他把自己一时的愤怒都发泄给了自己的家人，因为他还有一个家庭，或者发泄给他的同事，因为他还是个能干的、勤勉的法律专家，当年轻的辩护律师错误地引用了巴特利特[①]、莎士比亚或《圣经》的时候，他还是会纠正他们的，而且无论在不在当法官，他的话依然很有分量，受到关注。这个时候，他主要关切的已经是约翰尼与他自己之间日益扩大的裂痕了，但这种关切尚未变成担忧，实际上，他误以为这是这个男孩身上所表现出来的年轻人的愚蠢。当约翰尼在一次舞会后就突然结婚的时候，他还没有担忧，并没有担忧她的父亲是个众所周知的私酒贩子——在他隐秘的内心深处，他更喜欢一个出名的私酒贩子，而不是一个可能会破坏家庭宴会或试图束缚他行为方式的牧师。米西小姐在这件事情上做得很漂亮，把她那串仅次于最好的珍珠和一根深红色的胸针给了米拉贝尔。米拉贝尔到霍林斯学院上过两年学，她是那里的一名音乐专业的学生，米西小姐对此极为看重。实际上，两个人在一起练习过二重唱，还背诵过《土耳其进行曲》。

直到约翰尼从业仅仅一年之后，他决定接手琼斯对抗人民这个案子，法官的关切才变成了担忧。如果约翰尼没有一点点常识的话，那么，他以优异成绩从大学毕业又有什么用呢？如果约翰尼把十二个善良而且忠实的陪审团成员每一个

① 巴特利特(1820—1905)，美国作家和出版家，其最著名的作品《巴特利特常用语录》(*Bartlett's Familiar Quotations*)在他身后的一个世纪里被反复修订和再版。

人的拇囊炎、鸡眼和胼胝都踩到了，那么，他的法律知识和所受的教育又有什么用呢？

尽管他克制着自己，不与他的儿子讨论那个案子，但他还是警告他，一个律师该如何对陪审团成员保持敏感。他说："站在他们自己的角度说话，千万不要超越他们的视野，试图拔高他们。"但约翰尼愿意那样做吗？他争辩着，仿佛佐治亚的那些赶马车的人、纺织工人和佃农都是最高法院自身训练有素的陪审团成员。这么有才华的人。但却没有一点点常识。

杰斯特走进法官房间的时候已经是九点三十分了。他在吃着一块双层夹心的三明治，经过几个小时对焦虑和悲痛的回忆之后，老人眼巴巴地看着那块三明治。

"我还指望你吃晚饭呢。"

"我看了一场演出，回家之后自己做了一块三明治。"

法官戴上自己的眼镜，仔细看着那块厚厚的三明治。"里面夹着什么？"

"花生酱、番茄，还有咸猪肉和洋葱。"

杰斯特咬了一大口三明治，一块洋葱掉到了地毯上。为了抑制住自己的食欲，法官把他那渴望的目光从那块美味的三明治上转移到与蛋黄酱一起黏在地毯上的洋葱上。他的食欲还是没有抑制住，于是他说："花生酱满含卡路里。"打开酒柜，他倒了些威士忌。"每盎司只有八十卡路里。不管怎样，都超出了我所需要的了。”

“我父亲的照片哪去了？”

“在那边的抽屉里。”

杰斯特对他祖父的习惯很了解，他一烦心的时候就把照片藏起来，于是问道：“怎么啦？”

“生气了。伤心了。受骗了。想到我儿子的时候，我经常会有这种感觉。”

一阵寂静笼罩在杰斯特的心头，每当提到他父亲的时候总是这样。圣诞钟声在严寒的空气中飘荡起银铃般清脆悦耳的声音。他不再吃了，静静地把那块咬成扇形的三明治放在床边的茶几上。“您从来没有对我谈过我的父亲。”他说道。

“我们更像是兄弟，而不是父子。血亲孪生兄弟。”

“我对此感到怀疑。只有内向的人才自杀。而您根本不是内向的人。”

“我儿子不是一个内向的人，我会让你知道的，先生，”法官说道，声音带着愤怒的尖叫，“同样的志趣，同样的智力水准。如果你的父亲还活着，那么，他会是个天才的，这可不是我轻轻松松随便说说的一个词。”（这可比任何人能够想象到的还要真实，因为法官只有在福克斯·克兰恩和威廉·莎士比亚身上才会用这个词。）“在他卷入了那个琼斯的案子之前，我们一直就像血亲的同卵兄弟。”

“您总是说我的父亲一直试图打破公理，说的就是这个案子吗？”

“法律、谋杀案习惯法，真的是公理！”瞪着那块咬过的三明治，他一把抓过来，狼吞虎咽地把它吃了下去；但由于他的空虚并不是肚子里饥饿，所以他还是感到不舒服。

因为法官很少对杰斯特谈论他的儿子，也没有满足他孙子天生的好奇心，所以杰斯特习惯于拐弯抹角地问问题，于是，他问道：“那个案子到底是怎么回事？”

法官回答问题的面太宽，结果问题与答案并没有直接对接起来。“共产主义正在看台上广泛而气势恢宏地发出响亮刺耳的声音，此时正值约翰尼的青春期。大人物们就盘踞在白宫里；那是 TVA，FHA 和 FDR① 的时代，全是这些代表大亨的字母。一件事接着一件事，一个女黑人在林肯纪念堂唱歌，而我的儿子……！”法官的嗓音因情绪激动骤然提高了，“而我的儿子在一桩谋杀案中为一个黑人辩护。约翰尼试图……”一阵歇斯底里的兴奋情绪攫住了老人，是那种触及内心深处的懊恼而感到极其尴尬所引发的歇斯底里。因痛苦得咯咯笑且唾沫飞溅，他无法把话说完。

“不要。”杰斯特说道。

法官继续发出那刺耳的咯咯笑声，唾沫仍在飞溅，而杰

① TVA，FHA 和 FDR 分别是 Tennessee Valley Authority（田纳西河流管理局）、Federal Housing Administration（联邦住宅管理局）和 Franklin Delano Roosevelt（富兰克林·德兰诺·罗斯福，美国第三十二任总统）的首字母缩写。

斯特在一旁冷静地看着，脸色苍白。“我不是在，”法官努力想在歇斯底里再次发作之前把话说清楚，“不是在笑。”

杰斯特端坐在椅子上，他的脸色苍白。惊恐中，他开始怀疑他的祖父是不是要中风发作了。杰斯特知道，中风发作是很奇怪而且很突然的。他不知道人在中风发作的时候是不是脸色变得像火一般红，是不是也那样笑。他也知道，人是会因中风发作而死的。他的祖父，脸红得火一般，而且透不过气来，这样会不会把他自己笑死呢？杰斯特想把老人扶起来，这样他就可以拍拍他的背，但体重对他来说太重了，最后笑声减弱，并最终停了下来。

由于不知所措，杰斯特就仔细地看着他的祖父。他知道精神分裂症就是一种人格分裂。是不是他在年老的时候行为颠倒过来了，是不是在应该哭的时候大笑一番呢？他很清楚，祖父爱他自己的儿子。顶楼的一整块地方都留给了他去世的父亲：十把刀和一把印第安人用的匕首、一件小丑服装、流浪男孩系列图书[①]、汤姆·史威夫特系列图书[②]和成堆的儿童读物，一个牛头骨、溜冰鞋、渔具、橄榄球衣、接球手手套、一箱箱好东西和废物。但杰斯特已经懂得了，箱子

---

① 一种流行的美国少年读物，该系列图书的作者为亚瑟·M. 温菲尔德，爱德华·斯特拉特迈耶的笔名。该系列在1899年至1926年期间共出版30种，后来该图书一直印行。

② 由斯特拉特迈耶辛迪加（the Stratemeyer Syndicate）于1910年至今出品的系列儿童故事书。在这个系列故事中，小科学家主人公经历了种种冒险，其中有火箭船、射线枪和其他他所发明的东西。

里的那些东西他一样也不准玩，无论是好东西还是废物，因为有一次，当他把那个牛头骨钉在他自己卧室的墙上时，祖父大发雷霆，并威胁要用那根桃木鞭子抽打他。祖父爱他自己唯一的儿子，可他为什么这么歇斯底里地笑呢？

法官在杰斯特的眼睛里读懂了这个问题，静静地说："歇斯底里不是笑，孩子。这是你在无法表达悲伤的时候一种混乱的惊恐反应。在我儿子死后，我有四天四夜一直处于歇斯底里的状态。塔特姆大夫协助保罗把我拖进浴缸去洗个温水浴，给我注射了镇静剂，但我还是不停地笑——不是笑，那是——歇斯底里。大夫又试着给我洗冷水浴，还注射了更多的镇静剂。可我还是在那里发作歇斯底里，我儿子的尸体就摆放在客厅里。葬礼不得不推迟了一天，而我非常虚弱，我们在教堂过道上走的时候，需要两个高大、强壮的汉子把我抬着走。我们一定是紧密配合的。"他冷静地补充了一句。

杰斯特用同样平静的语气问道："可您为什么现在又歇斯底里了呢？我父亲去世都已经十七年多了。"

"可在这些年当中，没有哪一天我没有想过我的儿子就这么过去了。有时候就一眨眼的工夫，别的时候都是挥之不去想很久。我很少敢这样说起我的儿子，可今天下午大部分时间和这漫长的夜晚我一直都在回忆——不仅仅是我们年轻时那嬉戏欢笑的时光，而且还有那令我们决裂并彻底击败我们的那些成年的严峻时刻。我清清楚楚地看着我儿子在最后一次审讯时的情形，就像我现在看到你一样——实际上更清楚些。而且还听到他的声音。”

杰斯特一直紧紧地握着椅背，指关节都握得发白了。

“他的辩护表现很出色，除了一个致命的缺陷。那个致命的缺陷就是，陪审员根本不得要领。我儿子为那个案子辩论就仿佛他是在对纽约犹太人律师组成的一个陪审团说话，而不是在对佐治亚州皮奇县巡回法庭那个由十二个善良而且忠实的人组成的陪审团说话。人人都是文盲。在那种情况下，我儿子的开局是天才之举。”

杰斯特张开嘴巴，透过它呼吸，他的沉默显得那么紧张。

“我儿子的第一个动议就是请求陪审员起立，对着美国国旗宣誓效忠。陪审员们拖拖拉拉地站起来，约翰尼经过繁琐的程序对他们宣读着誓言。纳特·韦伯和我两个人都被弄得措手不及。在纳特提出反对的时候，我敲起了木槌，命令这句话从记录中删除。但那倒不碍事。我儿子已经表明了他的观点。”

“什么观点？”

“我儿子一下子就联合了那十二个人，并促使他们发挥最高水平。他们在学校就接受了效忠誓言的教育，在宣誓效忠的时候，他们就在参与某种神圣的活动。我当即敲了木槌！”法官咕哝着说道。

“您为什么要把它从记录中删掉。”

“因为与本案毫不相干。但我的儿子，作为辩护律师，已经表明了他的观点，并且把一个肮脏的、枯燥无味的谋杀案提升到宪法的水平。我的儿子径直往下进行。‘各位陪审员同道及法官大人……’我儿子在说这话的时候仔细看着各位陪审员，还看着我。‘你们十二个陪审员中的每一个人都被提高到了很高的地位，负有巨大的责任。此刻，没有什么比你们及你们的工作更重要。’”杰斯特用手和食指托着下巴听着，他那紫棕色的双眼睁得大大的，聆听的面孔显出疑问的表情。

“从一开始，赖斯·利特尔就坚持说，利特尔太太被琼斯强奸了，而他的兄弟完全有权利试图杀了他。赖斯·利特尔就这么站在那里，像一只肮脏的小狗守护着他兄弟的地界线，什么也动摇不了他。当约翰尼问利特尔太太的时候，她发誓说，情况不是这样的，她的丈夫出于蓄意的怨恨企图杀了琼斯……在争夺枪的时候，她的丈夫被杀了……一个妻子这样发誓，真是咄咄怪事。约翰尼问她琼斯有没有待她不妥的地方，她说，‘从来没有’，他一直待她像一个贵妇人一样。”

法官补充说道：“我本来应该看出什么来的。可那时候，虽然我有眼睛，但什么也没看出。”

“我听他们说的话，看他们的脸，比昨天发生的事情还清楚。被告有一个黑人所特有的那种肤色，他怕得要命。赖斯·利特尔穿着星期天穿的紧身套装，他的脸像一块奶酪皮一样紧绷着，而且发黄。利特尔太太就这么坐在那里，眼睛蓝蓝的，蓝色中还透着黄铜色，黄铜色。我的儿子在颤抖。一个小时后，我儿子的话题由具体转向了普遍。‘如果是两个白人或两个黑人因这同样一个事件而在受审的话，那么，罪名就根本不会成立，因为这是一件意外事件，在奥西·利特尔正企图杀了被告之时枪支走火了。’”

“约翰尼接着说：‘实际情况是这个案子牵涉到一个白人和一个黑人以及在处理这样一种情况时潜在的不平等。事实上，各位陪审员同行，在诸如此类的案子中，宪法本身在接受审判。’约翰尼引用了解放奴隶和赋予他们公民身份和平等权利的宪法前言和修正案。‘我现在引用的这些话是一个半世纪之前就写下的，而且被百万人所说过的话。这些话是我们国家的法律。我作为一个公民和律师，既不能增加也不能删减它们。我在法庭上的职责就是去强调并努力实施这些话。’然后约翰尼显得非常激动，引用了‘八十七年前……’[①]。我敲起了木槌。”

“为什么？”

---

① 这是美国总统亚伯拉罕·林肯于1863年11月19日在国家公墓落成典礼上发表的著名演讲《葛底斯堡演说》开头所说的话。在这次演讲中，林肯提出了著名的“民有、民治、民享”的政府理念。

“这些只是林肯个人所说的话，是每个法律专业的学生背诵的话，但是我没有义务在我的法庭上来听人引用它们。”

杰斯特说：“我父亲想引用它们。那就让我现在听听吧。”杰斯特对他父亲引用的会是什么并不是很清楚，但他感觉比以往任何时候都离他的父亲更近了，那个谜一般自杀的隐情还有那个放杂物的旧箱子正被一个鲜活的形象弄得生动而具体了。兴奋之下，杰斯特起身，一只手搭在床柱上，一条腿提起来靠在另一条腿上站在那里，等着。由于法官从来不需要人二次邀请，就会为听众唱歌或朗诵，或者以其他方式练练他的嗓子，所以他严肃地引用起《葛底斯堡演说》，而杰斯特则听得眼含自豪的泪水，提起脚，张开了嘴。

最后，法官似乎疑惑起来，不知道自己为什么要引用这些东西。他说道：“这是人们发表过的最雄辩的演讲之一，但却是一篇恶毒的煽动性演讲。闭上你的嘴，孩子。”

“我觉得您把这个从记录中删除是很糟糕的，”杰斯特说道，“我父亲还说了些什么呢？”

“他的结束语本来应该是他最雄辩的部分，但在他引用了《宪法》和《葛底斯堡演说》上的那些空洞而不切实际的话之后却令人遗憾地逐渐失去了说服力。他自己的话就像风平浪静时的一面旗子一样，耷拉下来了，显得有气无力。他指出，南北战争之后的修正案一直没有得以实施。但他在讲到公民权利的时候，他非常气愤，以至于他把公民说成了'空民'，这造成了很糟糕的印象，自然也削弱了他自己的信心。他指出，在皮奇县的人口当中，黑种人和白种人几乎各占一半。他说，他注意到陪审团里没有黑人代表，于是，陪审员们很快互相看了看，显得怀疑而迷惑。"

"约翰尼问道：'被告是被指控为谋杀还是强奸？公诉人试图用狡猾而邪恶的暗讽来丑化被告的荣誉以及利特尔太太的荣誉。但我要反驳谋杀指控来为他辩护。'"

"约翰尼试图达到一个高潮。他的右手做出抓取的动作，仿佛是要想出某个词来。'一个多世纪以来，《宪法》上的这些话一直是我们这片土地上的法律，但这些话是苍白无力的，除非它们被依法执行，而且在这漫长的一个世纪之后，我们的法庭就黑人而言，是偏见的庄严礼堂，它们使迫害合法化了。话已经说了。理念也已形成。语言、理念和公正之间到底还要滞后多久？'"

"约翰尼坐下来了，"法官苦涩地补充了一句，"我的屁股也伸展开来。"

"您什么？"杰斯特问道。

"我的屁股，自从错误地说了'空民'而不是公民，我的屁股就一直蜷缩着。约翰尼的辩护词陈述完的时候我才放松了下来。"

“我认为这是一场精彩的辩护。”杰斯特说道。

“这没起作用。我退到我的内庭去等待裁定。他们在外面只待了二十分钟的时间。时间只够他们结队走到法院的地下室，并核对他们的判决。我知道裁定会是什么。”

“您怎么能知道呢？”

“在这种情况下，即便强奸只是谣传，那判决也总是有罪。在利特尔太太这么快就为杀害她丈夫的凶手辩护时，这就显得非常奇怪了。另一方面，我就像一个新生婴儿般天真，而我的儿子也一样。可陪审团只要觉得事有蹊跷就会宣布有罪判决。”

“可这难道不是栽赃陷害吗？”杰斯特气愤地说道。

“不是。陪审团不得不判决谁在说真话，而在这个案子中，他们的判决是正确的，尽管当时我没太注意。当判决宣布的时候，法庭里传来了琼斯母亲巨大的恸哭声，约翰尼的脸色变得鬼一般的苍白，利特尔太太在椅子里摇摇摆摆。只有舍曼·琼斯看起来像个男子汉一样接受了判决。”

“舍曼？”杰斯特脸色苍白，紧接着又涨红了。“那个黑人名字叫舍曼？”杰斯特语气茫然地问道。

“对，舍曼·琼斯。”

杰斯特显得很困惑，而他的接下来的问题拐了一个大弯，是试探性的。“舍曼可不是一个普通的名字。”

“在舍曼[1]行军穿过佐治亚州之后，许多黑人男孩就以他来命名。就我个人而言，我这辈子就认识五六个。”

杰斯特在想着他唯一认识的舍曼，但他保持沉默。他只是说道：“我看不出来。”

“我当时也没看出来。尽管我有眼睛，但却没有看出来。尽管我有耳朵，但却没有听见。要是我在法庭上运用一下上帝赋予我的判断力的话，要是我的儿子向我吐露一下的话，那就好了。”

“吐露什么？”

“吐露他爱上了那个女人，或者说，他以为自己爱上了。”

杰斯特的眼睛突然惊得一动不动。“但他不可能爱上的！他与我的母亲结婚了！”

“我们就像血亲的孪生兄弟，孩子，而不是祖父和孙子。就像一个模子刻出来的。同样天真，同样的荣誉感。”

“我不相信这件事。”

“当他这样告诉我的时候，我也不相信。”

杰斯特经常听到关于他母亲的事情，所以他对她的好奇心已经得到了满足。正如他所了解到的，她对冰淇淋情有独钟，尤其是烘烤冰淇淋，她弹钢琴，而且是霍林斯学院的一名音乐专业的学生。他还是个孩子的时候，大人们就已经很

---

① 这里的舍曼就是前文所注的威廉·特库塞·舍曼，美国南北战争期间联邦军著名将领，陆军上将。

爽快、随意地把这些零碎的信息告诉了他，所以他的母亲没有引起他在自己父亲身上所感受到的那种敬畏和神秘感。

“利特尔太太是个什么样子？”杰斯特最后问道。

“一个贱妇。她脸色惨白，身怀有孕挺着好大的肚子，很自负。”

“怀孕了？”杰斯特问道，心生厌恶。

“肚子很大了。当她穿过大街行走的时候，就仿佛她指望人群都为她和她的胎儿分开，像红海为以色列人分开一样。[①]”

“那么，我的父亲怎么会爱上她的呢？”

“坠入情网是世界上最容易的事情。重要的是爱能坚持多久。那不是真正的爱。那是就像你爱上一番事业的那种爱。而且，你父亲从来就没有付诸行动。称之为迷恋吧。我儿子是一个清教徒，而清教徒比那些一见钟情就采取行动，一有冲动就采取行动的人有更多的幻想。”

“我父亲与我母亲结婚了还爱上了另一个女人，这有多糟糕啊。”杰斯特对这种戏剧性的情形感到极为震动，一点感觉不到父亲对他那喜爱烘烤冰淇淋的母亲的忠诚。“我母亲知道吗？”

---

① 此处典出《圣经·旧约·出埃及记》第14章第15至16节，以及第21至22节。摩西带领以色列人出逃埃及，来到海边，以色列人陷入绝境，后有法老带领的埃及人追赶，前有大海阻隔。摩西就向耶和华哀求帮助，于是，耶和华对摩西说：“你吩咐以色列人往前走。你举手向海伸杖，把水分开。以色列人要下海走干地。”于是，“摩西向海伸杖，耶和华便用大东风，使海水一夜退去，水便分开，海就成了干地。以色列人下海中走干地，水在他们的左右作了墙垣。”

“当然不知道了。我儿子只是在他自杀前的一个星期才告诉我的，他心里太烦躁，太震惊了。否则，他绝不会告诉我的。”

“为了什么震惊？”

“简言之，在判决和执行死刑之后，利特尔太太把约翰尼叫去了。她已经生下了她的孩子，而且自己就快死了。”

杰斯特的双耳变得通红。“她说她爱我父亲吗？我的意思是，强烈地爱？”

“她恨他，并且就是这样对他说的。她诅咒他，因为他是一个笨拙的律师，因为他以他的委托人为代价发表了自己关于正义的看法。她一遍又一遍地咒骂约翰尼，坚持说，如果他按照正当防卫这一老套的事情来处理这个案子，那么，舍曼·琼斯现在就是一个无罪释放的人了。一个临终的女人，在咆哮、哭号、悲痛、咒骂着。她说，舍曼·琼斯是她平生所认识的最清白、最正派的男人，而且她爱他。她给约翰尼看了那个新生的婴儿，黑皮肤且长着一双与她自己一样的蓝眼睛。约翰尼回到家的时候，他看起来就像是那个坐在桶里越过尼亚加拉大瀑布的男子①。”

① 1901年10月24日，63岁的密歇根州教师安妮·埃德森第一个做秀坐在桶里越过尼亚加拉大瀑布，虽流了血，但几乎没有受伤。此后，有14人有意借助某种装置越过瀑布，有的没有受伤，但有的淹死，有的严重受伤。第二个坐在桶里越过尼亚加拉大瀑布的是博比·利奇，他于1911年7月25日完成此举，但造成两个膝盖骨和下巴骨裂的后果，并因此住院治疗六个月。小说中的那个“男子”可能指的就是此君。

“我只是让约翰尼不断地说话，然后我说：‘孩子，我希望你吸取了教训。那个女人不可能已经爱上了舍曼·琼斯的。他是黑人，而她则是白人。’”

“爷爷，您这话说的好像爱上一个黑人就像爱上了一头长颈鹿或诸如此类的东西似的。”

“当然，那不是爱。那是淫欲。淫欲就是被奇怪的东西、异域的东西、变态和危险的东西所迷惑。我对约翰尼就是这么说的。然后我就问他，他为什么对这件事如此上心。约翰尼说：‘因为，我爱利特尔太太，或者，您会不会也要我称之为淫欲？’”

“‘不是淫欲就是疯狂，孩子。’我说。”

“那个婴儿怎么样了呢？”杰斯特问道。

“很显然，在利特尔太太死后，赖斯·利特尔把那个婴儿抱走，丢在了米兰神圣耶稣升天教堂的一个长凳子上。那一定是赖斯·利特尔干的，他是唯一我能想出来的人。”

“那不就是我们的舍曼吗？”

“对，但这件事一点都不要告诉他。”法官警告说。

“我的父亲就是在利特尔太太给他看那个婴儿，并咒骂和指责他的那天自杀的吗？”

“他一直等到了一个星期之后的圣诞节的下午，在我认为他已经明白了一些道理，那件事一切都结束了之后。

那次圣诞节一开始与其他任何圣诞节没什么两样，早晨打开礼物，在圣诞树下堆积圣诞包装材料。他的母亲送给他一个珍珠领带夹，我送给他一盒雪茄烟和一块防震、防水的手表。我记得约翰尼砰的一声猛击了一下那块表，并把它放在一杯水里来测试它。我一遍又一遍地自责，那天我没有注意到任何特别的地方，既然我们就像血亲的孪生兄弟，我理应感受到他的绝望情绪的。用一块防震、防水的手表像那样胡闹，这正常吗？告诉我，杰斯特。”

“我不知道，可您别哭啊，爷爷。”

因为这么多年来一直没有哭过的法官终于还是为他儿子哭了起来。与他孙子共同参与的这趟走向往昔之旅神秘地打开了他那顽固的心灵，结果他放声抽泣起来。原本就是一个纵情享受一切的人，此时，他恣意地啜泣着，发现这样竟然很痛快。

“别哭了，爷爷，”杰斯特说道，“别呀，阿爷。”

经过几个小时的回忆之后，法官又活在了此时此地了。“他死了，”他说道，“我的宝贝死了，可我还活着。而生活充满着许许多多的东西。充满着船只和卷心菜还有国王。这不大对。充满着船只，还有，还有——”

“封蜡。”杰斯特提示道。

“对了。生活充满着许许多多的东西，充满着船只、封蜡和卷心菜还有国王[1]。这倒提醒了我，孩子，我得买个新的放大镜。《米兰信使报》上的印刷字体变得一天比一天不清楚了，呈波浪形，看得眼花。上个月，一条直线直挺挺地直视着我，我就是没看清它——把一个七字误看成九了。我自己烦透了，差点就在纽约咖啡馆的密室里放声大叫起来。”

“此外，我还要去买一个助听器，虽然我一直坚持认为这些东西都老太太气，而且不管用。而且，说不定哪一年我就又恢复了感觉官能。视力、听力都得到提高，所有的官能都得到巨大的提高。”至于这一切到底如何会发生，老法官并没有说明，但活在此时此地，梦想着更加生动活泼的未来，法官还是感到满足的。经过晚上这一阵喜怒哀乐之后，这个冬夜他一直睡得很安详，直到第二天早晨六点才醒来。

① 此处出自世界闻名的英国儿童文学作家刘易斯·卡罗尔（1832—1898）《爱丽丝镜中奇遇记》（*Through the Looking-Glass*，1871）中的一首叙事诗“海象与木匠”（*The Walrus and the Carpenter*）。相关内容如下：“‘时机已经到了，’海象说，/‘可以谈论许多东西：/谈论鞋子——和船只——还有封蜡——/谈论卷心菜——还有国王——/谈论为什么大海是滚烫的——/谈论猪是否长着翅膀。’”

# 第十一章

我是谁？我要做什么？我将向何处去？这些问题，恰似萦绕在少年心头的幽灵，对杰斯特来说终于得到了解答。对格罗恩·博伊的那些令其心神不宁的梦一直让他感到内疚和困惑，现在不再困扰他了。曾梦见从暴民手中拯救舍曼，并因此丢了自己的性命，舍曼在一旁看着，悲痛欲绝，这些梦不见了。还梦到从瑞士的一场雪崩中救了玛丽莲·梦露，并因此受到英雄般的礼遇，骑马穿过在纽约举行的抛投纸带的游行队伍，这些梦也远去了。那是个有趣的白日梦，但毕竟，救玛丽莲·梦露可不是什么职业。他救过许多人，并这么英雄般地死过很多回。他的梦境几乎总是发生在异国他乡。从未发生在米兰，从未发生在佐治亚州，而总是在瑞士或巴厘岛或别的某个地方。可现在他的梦莫名其妙地改变了。无论是夜里做的梦还是白日梦。一夜又一夜，他梦见了他的父亲。而发现了他的父亲，他就能发现他自己。他是他父亲的儿子，他要当一名律师。太多的选择曾给他带来困惑，一旦这些困惑得以清除，杰斯特便感到幸福而自由了。

新学期开学的时候，他很开心。穿着他圣诞节得到的崭新的衣服（崭新的鞋子、崭新的白衬衫、崭新的法兰绒裤子），他感到自由、心情笃定，因为“我是谁？我要做什么？我将向何处去？”这些问题终于得到了解答。他这学期要更加努力地学习了，尤其是英语和历史——要看《宪法》并背诵著名的演讲，无论这些在课程里有没有要求。

既然有关他父亲蓄意隐瞒的秘密已经被解除，他的祖父也就偶尔谈起他了；不常这么做，不哭泣了，但就仿佛杰斯特像共济会会员或慈善互助会会员或其他什么人那样已经被接纳为会员似的。于是，杰斯特就能够把他的规划告诉他的祖父，对他说自己打算学习法律。

“上帝知道，我决不鼓励学法律。但如果那是你想做的，孩子，我会尽最大能力支持你的。”背地里，法官可高兴坏了。他忍不住表现了出来。“这么说，你想效仿你的爷爷了？”

杰斯特说：“我想像我父亲那样。”

“你的父亲，你的祖父……我们就像血亲的孪生兄弟。你就酷似另一个克兰恩。”

“哦，这我就放心了，”杰斯特说道，“我想过我此生可以做的许许多多事情。弹钢琴，驾驶飞机。但它们当中没有一个完全适合。我就像一只总是爬错树的猫。”

新年伊始，法官生活那平稳的趋势陡然间被打破了。一天早晨，维里利来上班的时候，她把自己的帽子挂在后阳台的帽架上，但并没有像平常一样到宅子的前面去开始那天的房屋清扫。她只是站在厨房里，神情忧郁、倔强，一副不可调和的架势。

“法官，”她说，“我要那些文件。”

“什么文件？”

“政府文件。”

令他感到既气愤又吃惊，也毁了他抽第一根雪茄带来的兴致，维里利开始描述社会保险。“我把我薪水的一部分支付给政府，而你也应该支付一部分。”

“谁在跟你谈论这些东西？”老法官想，这可能是又一次重建①，但他非常害怕，没敢透露。

“大家都在谈。”

“好了，维里利，别不可理喻。你为什么想要把你的钱交给政府呢？”

“因为这是法律规定的，而且政府在抓人呢。那些我认识的人。那就是这里的所得税。”

---

① 这里的“重建”（Reconstruction）指的是美国南北战争后，1865 年至 1877 年期间的美国南部的重建。

"仁慈的上帝啊，你不需要交所得税的！"

"我要。"

法官懂得黑人们提出的种种理由，他为此自鸣得意，于是带着抚慰而坚定的语气说道："你把这些都弄混淆了。别去想它了。"他又情不自禁地补充了一句，"嗨，维里利，你跟我们在一起都快十五年了。"

"我要遵守法律。"

"这是一部讨厌的多管闲事的法律。"

维里利真正想要的东西终于说了出来。"到时候我是需要养老金的。"

"你要养老金干什么呢？等你年纪大了，不能再干活的时候，我会抚养你的。"

"法官，您自己的年龄都早已过了七十岁了。"

竟然如此说他来日无多，这可激怒了法官。实际上，整个情况令他十分恼火。而且，他感到迷惑不解。他一直都觉得自己非常了解黑人。每个星期天早晨在用餐的时候，他都说："哦，维里利，维里利，我对你说，你要住在耶和华的殿中……"他没有注意到，一个星期天接着一个星期天，这是怎么激怒了维里利的，他从来没有意识到这点。他也没有注意到，自从格罗恩·博伊死了以后，她受到了多大的影响。他以为自己理解黑人，但他根本就不是一个善于察言观色的人。

维里利不愿转移话题。“有一位太太愿意按照那些政府文件计算，一个星期付我四十美元，还让我星期六和星期天休息。”

法官的心脏在快速跳动，他的脸也变了颜色。“好啊，到她那里去吧！”

“我能替你找个人来干活，法官。埃利·卡彭特愿意接替我的工作。”

“埃利·卡彭特！你太清楚了，她连一点冷热的感觉都没有的！”

“哦，那您认为那个一文不值的舍曼·皮尤怎样呢？”

“舍曼根本就不是用人。”

“啊，那您认为他是什么人？”

“不是专门的用人。”

“有一位太太愿意按照那些政府文件计算，一个星期付我四十美元，还让我星期六和星期天休息。”

法官更生气了。从前，一个用人每星期只给三美元，还感觉她自己报酬优厚。可每年，年复一年，用人的价格一直在上涨，结果现在法官给维里利每个星期付三十美元，而且，他还听说训练有素的用人能拿到三十五美元，甚至四十美元。而即便这样，目前用人也还是凤毛麟角。他一直就是一个宠坏用人的人；事实上，他一直都相信人性——他是否也必须相信这么高的工资呢？但是，由于渴望平静和舒适，老法官试图做出让步。“我自己会给你交社会保险的。”

“我不信任您。”维里利说道。他第一次认识到维里利是一个难以接近的女人。她说话的语气不再恭顺，而是好斗。“这位太太愿意按照那些政府文件计算，一个星期付我四十美元……”

“好啊，到她那里去吧！”

“就现在吗？”

虽然法官很少对一个用人提高嗓门，但他还是大叫道：“就现在，他妈的！摆脱了你我才高兴呢！”

维里利尽管有火气，但她不愿说出来。她那略带紫色的皱起来的嘴唇只是愤怒地作了个怪相。她走到后阳台，小心翼翼地戴上自己那带有粉红色玫瑰的帽子。她甚至都没有环视一下她在这里干了将近十五年活的厨房，也没有跟法官道声别，就这样迈着重重的脚步，穿过后门离开了。

整个宅子悄无声息，法官害怕起来。他害怕，假如把他一个人孤零零地留在自己的宅子里，他会中风的。杰斯特要到下午才会放学回来的，他不能被撇下没人管。他记得，杰斯特在很小的时候会在黑暗中尖声喊叫：“来人啊！快来人啊！”法官现在就想这么叫。直到宅子里鸦雀无声，法官才知道宅子里有人说话对他来说是多么必要。于是，他就到法院的广场上去挑选用人，但时代已经变了。人们在法院的广场上再也无法挑到一个黑人了。他问了三个黑人，但他们都被雇佣了，而且他们看着法官，好像他有点精神不正常。于是，他走进了理发店。他理了发、洗了头、剃了须，为了消磨时光，还把指甲修剪了一下。等在理发店里把这一切都做完了之后，为了再多打发一点时间，他又走进泰勒酒店的小绿屋。他在板球茶室花了两个小时吃了午餐，然后转身去看在药房里的J. T. 马隆。

无所寄托又情绪低落，法官就这么过了三天。因为法官害怕一个人待在家里，所以他总是走在米兰的街上或者待在泰勒酒店的小绿屋里，在理发店里，要么就坐在法院广场上的一把白色的长椅上。晚饭的时候，他替自己和杰斯特炸些牛排，餐具则由杰斯特洗刷。

由于作为他生活方式的一部分，他一直都有用人供其差使，所以他从未想到过要去中介。宅子变脏了。这种凄惨的事态还要持续多久，这很难说。有一天，他到药房去，问J. T. 马隆是否可以帮助他找一个用人。J. T. 马隆答应去跟马隆太太商量商量。

一月里，天色泛着光亮的蓝色和金黄色，而且有一段温暖期。实际上，这并不是真正的春天。天气的这种新的变化给J. T. 马隆注入了活力，因此，他以为自己身体有了好转，并计划出去旅行。他打算一个人秘密地到约翰·霍普金斯医院去。在第一次决定命运的咨询中，海登医生就已经告诉他只有一年或十五个月的时间可以活，而现在已经十个月过去了。他感觉现在好多了，因此，他怀疑这位米兰普通的开业医生是不是弄错了。他对自己的妻子说，他要到亚特兰大去出席一个药品大会，这种保密和欺骗的行为让他有点高兴，结果在他启程登上北上的旅程时几乎是开开心心的。怀着一种内疚和鲁莽的心情，他坐上了极其舒适和奢华的普尔曼式客车，在休息车厢里消磨时光，点了两瓶午餐前的威士忌和海鲜拼盘，虽然肝脏是菜单上的特色菜。

第二天早晨，巴尔的摩正下着雨，马隆觉得身上又冷又湿，这时他站在候诊室里正在对前台接待员解释他的要求。“我要这家医院最好的诊断专家，因为我家乡的普通开业医生太落伍了，我不信任他们。”

接下来是现在都已很熟悉的检查，等待显微镜的载物玻璃片和化验结果，最终是太熟悉不过的诊断结论。气得都想吐，马隆乘坐普通客车回到了米兰。

第二天，他走进赫尔曼·克莱因的钟表店，把手表放在柜台上。“这块表每个星期都大约慢两分钟，”他怒气冲冲地对钟表匠说道，“我要求我的表走得跟铁路上的时间一点不差。”由于他处于等待死亡的状态中，马隆对时间很痴迷。他总是缠着钟表匠，抱怨他的表不是慢了两分钟就是快了三分钟。

“就在两个星期之前我才彻底检修了这块表。你要到哪里去，非得要严格遵守铁路上的时间呢？”

马隆愤怒得紧握着双拳，握得指关节都变白了，而且像个孩子似的骂起来。“我要到哪里去关你他妈的什么事啊！关你他娘的什么事啊！”

钟表匠看着他，被这种毫无道理的愤怒弄得很尴尬。

“如果你不能给我提供贴切的服务，那么我就把我这笔生意拿到别处去做！”拿起他的手表，马隆离开了钟表店，留下赫尔曼·克莱因目不转睛地看着他的背影，一脸的茫然和吃惊。将近二十年以来，他们一直都是彼此忠诚的顾客。

马隆此时正经历这样一个时期，他经常情绪失控，突然发怒。他无法坦然地思考自己的死亡，因为对他来说这很不真实。但这类狂怒，甚至连他自己都觉得无缘无故且出人意料，却经常在他那曾经宁静的心灵里猛烈爆发起来。有一次，他正在与马莎一道挑山核桃来装点蛋糕或其他什么的，这时候，他猛地把夹山核桃的钳子扔到地板上，拿起坚果采摘器狠狠地往自己身上捅。还有一回，他被汤米丢在楼梯上的一只球绊倒了，他立马奋力把它扔了，用力之大把前门上的一块玻璃都砸碎了。这样发怒并没有使他有所缓解。当这些怒气过去之后，马隆觉得某种可怕而不可思议的事情即将发生，而他根本无力阻止。

马隆太太替法官找了一个用人，这样总算把他从大街上拉了回来，不用在那里游荡了。她几乎是道地的印第安人，而且非常沉默寡言。但法官不再害怕一个人待在宅子里了。他不再想叫：“来人啊！快来人啊！”因为有另外一个人在，这就使他得到了安慰，装了彩色玻璃窗的宅子、带有镜子的矮几、熟悉的书房和餐厅还有客厅就不再寂静无声了。厨子的名字叫李，饭菜做得很马虎，烧得很糟糕，而且上饭菜的时候动作也很差劲。吃饭开头上汤的时候，她的拇指有半英寸都插在晃动的汤里面。但她从来就没有听说过社会保险，既不会看书也不会写字，这多少令法官感到满意。至于为什么，他没有问过。

舍曼没有完全兑现他要离开法官的威胁，但他们之间的关系已恶化了许多。他每天还来并给他打针。然后，他闷闷不乐，而且显得像受了欺负似的，总是在书房里懒散地消磨时光，削削铅笔，给法官读不朽的诗歌，调制中午喝的香甜热酒，如此等等。他不愿写任何关于南部邦联货币的信。虽然法官知道他在故意表现得很恶劣，而且除了打针以外，他不打算指派他干一点点其他的事情，但法官还是让他留了下来，希望情况会有所好转。法官吹嘘一下他的孙子，以及炫耀一下他做出从事法律工作的决定，即便连这点乐趣他都不愿给。每当他要提及这一话题，舍曼总是无礼地发出哼声，或者嘴张得像鳄鱼一样打哈欠。法官常常重复这句话，“游手好闲者必受魔鬼差使。”法官在这么说的时候便直视着舍曼，但舍曼只是直视他作为回应。

有一天，法官说："我希望你到我法院的办公室里去一趟，在标有'剪报'的铁文件盒里找找。我想看看从报纸上剪下来的有关我的剪报。虽然你几乎对此一无所知，但我是一个了不起的人。"

"代表'剪报'的'C'下面的铁文件盒。"舍曼重复了一遍，因为他为有这个差使而感到高兴。他还从未去过法官的办公室，而且他一直非常想去一趟。

"不要胡乱翻弄我的重要文件。只拿那些报纸的剪报。"

"我不会乱翻的。"舍曼说道。

"走之前给我调一杯香甜热酒。已经十二点了。"

舍曼没有分享那杯中午的香甜热酒，而是径直去了法院。在办公室的门上，毛玻璃上印着一个标牌，上面写着：克兰恩父子律师事务所。带着一点快意的震颤，舍曼打开了门，走进了那间阳光充足的房间。

拿出那个标有"剪报"的文件夹后，他慢吞吞地翻弄着铁柜子里的其他文件。他并不是在寻找什么特别的东西，他天生就是一个乱动别人东西的家伙，而且他还因为法官说"不要胡乱翻弄"生着气呢。可在那天中午一点钟的时候，就在法官还在吃午餐的时候，舍曼发现了那个装有约翰尼案情摘要文件的文件夹。他看到了舍曼这个名字。舍曼？舍曼？除了这个舍曼，在我认识的人当中我可是唯一叫这个名字的人。这个镇子上还有多少个叫舍曼的人？他一边看着那些文件，一边摇着头。在那天中午一点钟，他发现有一个与他同种族的男子，法官已将其处死，而他的名字叫舍曼。还有一个被指控操了这个黑人的白人妇女。这令他难以置信。他究竟能不能确信呢？可一个白人女子，长着一双蓝眼睛，这一切与他原先想象的太不一样了。这就像某种怪异、折磨人的纵横字谜。而他，舍曼……我是谁？我要做什么？他当时只知道自己很恶心。他的耳朵如飞流直下的瀑布般轰鸣着，充满着耻辱和羞愧的声响。不，玛丽安·安德森不是他的母亲，莲纳·荷恩[1]也不是，贝西·史密斯[2]也不是，那些他儿时感到亲昵的太太一个都不是。他被捉弄了。他被欺骗了。他想去死，像那个黑人男子那样死去。但他再也不愿与一个白人鬼混了，这是确信无疑的。像奥赛罗，那个癫狂的摩尔人！他慢慢地把那个文件夹放回了原处，而当他回法官的宅子的时候，他走路的样子就像一个病人。

法官刚刚从午睡中醒来；舍曼回来的时候已是下午了。由于法官不是一个善于察言观色的人，因此没有注意到舍曼烦躁不安的脸和颤抖着的双手。他要舍曼朗读那些文件，而舍曼太伤心了，没法不按照他说的做。

---

① 莲纳·荷恩(1917—2010)，美国歌唱家、舞蹈家、女演员和民权活动家。
② 贝西·史密斯(1894—1937)，美国黑人布鲁斯歌手，人称“布鲁斯皇后”。

法官总是重复舍曼读的词组，例如：南方政治家星系中的一颗恒星。一个富有远见、责任心和荣誉感的人。属于这个美丽的州和南方的光荣。

“明白了吧？”老法官对舍曼说道。

舍曼还在伤心，用颤抖的声音说道：“你得到了一块像猪一般大小的火腿！”

法官还沉浸在自以为了不起的氛围中，以为这是什么赞美的话，于是说：“什么意思啊，孩子？”因为虽然法官买了一个助听器和一个新的放大镜，但他的视力和听力下降得很快，而且他并没有恢复视力，他所有的官能并没有得到提高。

舍曼没有回答，因为得到了一块像猪一般大小的火腿是一回事，但对于他的人生和那双他妈的蓝眼睛以及谁遗传给他这双眼睛来说，这句话侮辱得还不够。他要有所作为，有所作为，有所作为。可在他想砰地摔下那捆文件的时候，由于他太虚弱了，结果只是有气无力地把它们放在了桌子上。

舍曼走了之后，就剩下法官一个人了。他把放大镜靠近剪报，自己大声朗读起来，依然沉浸在自以为了不起的氛围中。

# 第十二章

早春那金黄绿色已逐渐变暗，成了五月初的浅蓝色，到处是稠密的树叶，夏季的高温开始再次笼罩着小镇。随着高温到来的是暴力，米兰都上了报纸了：《花枝总账》《亚特兰大日报》《亚特兰大法规报》，甚至《时代周刊》杂志。一个黑人家庭搬进了一个白人街区的宅子，结果他们被炸了。没有人被炸死，但三个孩子受伤了，镇上恶意的情绪上升了。

发生爆炸的时候，舍曼正处于困境中。他要有所作为，有所作为，有所作为，但他不知道自己能做什么。这次爆炸进了他的黑名册。渐渐地，他开始做些越轨的事情。起初，他在法院广场上的白人喷泉那里喝水。好像没有引起人们的注意。在汽车站，他上白人的男厕所。但他是匆匆忙忙而且偷偷摸摸地去上的，结果还是没有人注意。他坐在浸信会教堂后排的一个靠背长凳上。还是没有人注意，只是在仪式结束的时候，一个引座员告诉他到一个黑人教堂怎么走。他在惠兰药房坐下来。一个店员说：“走开，黑鬼，再也别到这里来了。”这一个个越轨的行为都让他很害怕。他的双手满是汗水，他的心在猛烈地跳动。可尽管他感到害怕，但更令他感到不安的是，除了惠兰药房的那个店员之外，似乎没有人注意他。备受忧虑疲惫的折磨，*我得有所作为，有所作为，有所作为*的想法在他的大脑中像鼓一样在敲打着。

终于，他有所作为了。早晨在给法官打针的时候，他用水代替了胰岛素。一连有三天他都这样干，并在等待着。可再次令人感到诡异的是，似乎什么也不会发生。法官还是像往常一样活泼快乐，一点也看不出有什么不舒服的样子。不过，虽然他恨法官，认为他应该被从地球上抹去，但他自始至终都很清楚，这本来应该是一场政治谋杀。他不能这样杀了他。如果这是一场政治谋杀，那么，或许他本来可以用一把匕首，或者用一把手枪的，而不是用水代替胰岛素，以这种鬼鬼祟祟的方式来干。这还是没有被注意到。第四天他又恢复用胰岛素了。那面鼓在他的大脑中紧急、不停地敲着。

与此同时，法官，这个根本不是善于察言观色的人，还一副讨人喜欢且异乎寻常地和蔼可亲的样子。这令舍曼感到愤怒。现在已经到了这种程度，对法官，以及对其他白人，已没有仇恨的动机了，有的只是强烈的冲动。想越轨但又害怕，想引起人注意但又怕被人注意到，五月初的这些日子舍曼非常纠结。我得有所作为，有所作为，有所作为。

可当他真的有所作为的时候，事情又显得那么奇怪而滑稽，甚至连他自己都无法理解。在一个光亮如镜的傍晚时分，正当他穿过法官那通向小巷的后院的时候，杰斯特那只叫泰格的狗扑向他的双肩，并舔他的脸。他对自己所作所为的原因永远也不会明白。可他不慌不忙地拾起一根晒衣绳，用它做成一个套索，把那只狗吊在榆树的一根树枝上。那只狗只挣扎了几分钟的时间。耳背的老法官没有听到狗遭受窒息的吠声，而杰斯特又不在家。

然而，尽管天还早，舍曼没有吃晚饭就去睡了，而且那天夜里睡得像死人一般，直到早晨九点杰斯特砰砰地擂门时他才醒来。

“舍曼！”杰斯特叫道，声音因震惊而尖利刺耳。在舍曼慢吞吞地穿衣，往自己脸上溅水洗脸的时候，杰斯特还在砰砰地擂门并尖叫着。舍曼出来之后，杰斯特半拖着他来到法官家的院子。那只狗，此时已死得僵硬了，悬挂在五月那蓝色的天空下。杰斯特这时候哭叫起来。“泰格，泰格。怎么啦？为什么会这样？”然后，他转向舍曼，他站在那里朝地下看着。杰斯特意识到，他原先的那种可怕的怀疑瞬间被舍曼盯着地面看的面孔证实了。

“为什么，舍曼？你为什么竟然干出这种疯狂的事情来？”他震惊地盯着舍曼看，依然没有明白事情的原委。他希望自己知道该说些什么话，该做些什么事，并希望自己不会吐。他没有吐，而是向小屋走去，准备拿一把铁铲来掘墓。但当他放下尸体，砍断套索，把泰格放进坟墓时，他觉得自己就要晕倒了。

“你是怎么立刻就知道这事是我干的呢？”

“一看你的脸，我就知道了。”

“我看见你遛那只白人的狗，穿着泡泡纱裤子，打扮得漂漂亮亮，到白人的学校去上学。为什么就没有人关心我呢？我干事情，没有人注意。无论好事还是坏事，都没有人注意。大家都宠爱那只该死的狗，却没有人注意我。可它只不过是只狗啊。”

杰斯特说：“可我爱它。而且泰格也爱你。”

“我不爱白人的狗，而且我谁也不爱。”

“可这太令人震惊了。我无法克服这种情绪。”

舍曼想起了照射在法院文件上的那五月的阳光。“你感到震惊。感到震惊的不止你一个人。”

“这样一件事让我觉得你应该待在米利奇维尔。”

“米利奇维尔！”舍曼模仿着取笑道。他模仿一个疯子，软弱无力的双手不停地来回摇动。“我聪明得很，年轻人，不可能被关进米利奇维尔的。没有别的人会相信我对那只狗干的事情。就是疯人院里的一个医生也不会相信的。如果你觉得这就是什么疯狂的事情，那你就等着瞧我还会干出什么事来吧。”

被他话语中威胁的语气镇住了，杰斯特忍不住说道：“什么？”

“我要干一件我这辈子以前从未干过的最疯狂的事情，我或者其他任何黑鬼都没干过。”

但舍曼不愿意告诉杰斯特他计划要干什么，杰斯特也无法使舍曼为泰格的死感到内疚，甚至都无法让他认识到他的行为令人毛骨悚然。那天，他太心烦，没有去上学，太焦躁不安，无法待在宅子里，所以他告诉他的祖父，泰格死了，在睡梦中死的，而且他已经把它埋了，老法官也没有进一步追问。于是，他平生第一次逃学了，去了机场。

老法官徒劳地等着舍曼，可他正用那“生花妙笔”在写一封信呢。为了在米兰的白人社区租一个房子，他正在给亚特兰大中介写信。法官过来叫他时，舍曼说，他再也不会去上班了，阁下可以在别的地方找人打针。

“你的意思是要让我孤立无援了？”

“正是。孤立无援，法官。”

没了舍曼，法官再次被撇下，只能一个人待着。用那个新放大镜看看《米兰信使报》，虽然有那半个印第安人血统的用人在，但她沉默寡言，从来没有唱过歌，而杰斯特又上学不在家，法官感到既厌倦又无所事事。所幸的是，一个兽医大会在镇上召开。波克·塔特姆出席大会，他和其他五六个代表暂住在法官的宅子里。有给骡子看病的医生，给猪看病的医生，给狗看病的医生，他们一起喝酒喝得天昏地暗，还沿着楼梯扶手往下滑。法官觉得滑楼梯有点过火了，于是便怀念起他妻子那优雅的教堂集会，当时牧师和教会的代表们唱着圣歌，都很注意自己的言行举止。在兽医大会结束，波克走后，宅子比以前更加凄凉，老法官的空虚感变得越发空寂，更加沉闷。他把这归咎于舍曼离开了他。他回忆起过去的时光，那时候宅子里不只是一个用人，而是两三个，所以宅子里的声音就像汇集在一起的棕色的河流一样喧闹。

其时，舍曼得到了那家中介的答复，于是便汇款支付了房租。没有人询问他的种族。他两天后便开始搬家。那个房子就在马隆宅子的拐角处，与马隆太太继承的那三间小房子毗邻。在舍曼租的房子的那边是一家商店，再过去就是黑人居住区了。不过，尽管他租的房子经过风吹雨打而显得破旧不堪，但它毕竟位于一个白人社区。塞米·兰克和兰克一家子就住在隔壁。舍曼以分期付款的方式买了一架小型钢琴和几件漂亮的正宗古董家具，并叫一家搬运公司把它们搬进了他的新房子里。

他是五月中旬搬家的，终于，他引起了人们的注意。这个消息像野火一样迅速传遍了整个镇子。塞米·兰克到马隆那里去抱怨，而马隆又去了法官那里。

“他已经让我处于孤立无援的状态。我太愤怒了，不可能再跟他瞎胡闹了。”

塞米·兰克、本尼·威姆斯和马克斯·格哈特，那个化验师，在法官的宅子四周转来转去。法官开始做马隆的工作。“我与你一样并不赞成暴力，J. T.，但像这样一种事情发生了，我觉得我有责任要采取行动。”

背地里，法官可兴奋了。从前，法官一直是个三K党成员，在三K党[1]被镇压，他无法去参加那些在松山举行的白袍会议，赋予他自己一种秘密而无形的权力之后，他对此还念念不忘。

马隆不是三K党成员，最近这些天他感到异常消瘦。那个房子不是他妻子的房产，谢天谢地，而且，那是一间倾斜、歪歪倒倒的房子。

法官说：“如果像这种情况继续下去的话，J. T.，不是像你和我这样的人将会受到影响。我在这里有我的宅子，而你在一个很好的街区有你的宅子。我们不受影响。黑人是不可能挤到我们这里来的。但我是作为这个镇的一个重要市民在说话。我在替穷人说话，替那些没有得到好处的人说话。我们这些主要市民必须要做那些被蹂躏的人的代言人。塞米·兰克到我家来的时候你有没有注意到？我觉得他都快中风

① 三K党(Klan)，全称“Ku Klux Klan”，1915年成立于美国佐治亚州，是主要活动于美国南部的秘密组织，其成员限于土生的新教白人，反对黑人、犹太人、天主教徒和外国人。在1920年的巅峰时期，三K党拥有四百万以上的成员，其中包括许多政治家。三K党成员一般身着白色长袍。

了。非常激动，他应该这样，因为他的房子就在那个房子的隔壁。要是你就住在一个黑人的隔壁，你喜欢这样吗？”

“我不喜欢这样。”

“你的房产将会贬值，格林洛夫老太太留给你妻子的房产将会贬值。”

马隆说：“多年来我一直劝我太太把那三套房子卖掉。它们已经变成了危房而已。”

“你和我作为米兰最重要的市民……”由于他被归入法官一类，马隆弱弱地感到自豪。

“此外，”法官继续说道，“你和我都有我们自己的房产和我们的地位还有我们的自尊。可塞米·兰克除了他自己的那么多孩子之外，还有什么？塞米·兰克和他那样的贫穷的白人除了他们自己的白皮肤以外一无所有。没有房产，没有财富，没有他们看不起的人——这就是整个事情的来龙去脉。这是对人性的一个令人遗憾的评价，可每一个人都必须有其看不起的人。所以这个世界上的塞米·兰克们仅有黑人让他们看不起了。你瞧，J. T.，这是有关自尊的问题。你和我都有自尊，以我们的血统为自豪，以我们的子孙后裔为傲。可塞米·兰克除了那么多受宠的三胞胎和双胞胎的孩子和一个生孩子生得精疲力竭，坐在门廊抽鼻烟的妻子之外，还有什么？”

于是，他们做了如下安排，几个小时之后将在马隆的药房里举行一次会议，由杰斯特开车送法官和马隆去参加会议。那个夜晚，在五月的夜空有一轮清澈的月亮。对杰斯特，对老法官，那只是一轮月亮，但马隆却空洞而悲哀地看着那轮月亮。有多少个五月的夜晚，他曾看过这样的月亮？他还将有多少次看这样的月亮？难道这就是最后一次了吗？

就在马隆平静地坐在车里感到疑惑的时候，杰斯特也在疑惑。这个会议到底是什么内容？他觉得它与舍曼搬进白人社区有关。

马隆打开通向配药间的侧门之后，他与法官走了进去。“你接着就回家吧，孩子，”法官对杰斯特说，“这里的小伙子有人会送我们回去的。”

马隆和法官走进药房的时候，杰斯特把车停在拐角处。马隆打开风扇，于是，那温暖不流通的空气便被搅动成了一股微风。他没有把药房里的灯完全打开，那暗光给人有一种密谋的感觉。

原以为来的人会从侧门进来，所以当前门传来响亮的敲门声时，他很吃惊。来者是治安官麦考尔，一个双手小巧、略带紫色，鼻子塌陷的男子。

与此同时，杰斯特又回到了药房。侧门关着但没有上锁，于是他悄悄地进来了。在同一时刻，一群新来的人在敲前门，并被让进来了，但没有人注意到杰斯特也在里面。杰斯特待在配药间的黑暗处，非常安静，害怕让人发现而被赶走。药房都关门了，这个时候他们在干什么呢？

马隆不知道会议会开成什么样子。他本指望有一群重要的市民，但除了汉密尔顿·布里德洛夫，米兰银行与信托公司的出纳员，和马克斯·格哈特，尼希工厂的化验师之外，没有任何其他重要的市民。有的只是法官的扑克密友，还有本尼·威姆斯和斯波特·刘易斯以及塞米·兰克。新来的其他人当中，有些马隆只是面熟，但不知道姓名。一群小伙子穿着工装裤来了。不是，他们不是重要的市民，多半都是些乌合之众。而且，他们到这里时，就已经喝了个半醉了，因此整个气氛有一种狂欢的味道。一个瓶子被传过来，放在饮料柜台上。会议还没有开始，马隆就已经在后悔，他不该把自己的药房借给他们开会。

这也许只是马隆的心情问题，但他那天晚上遇到的每一个人都令他想起某种不愉快的事情。治安官麦考尔拍老法官的马屁拍得那么明显，这让马隆很不舒服。而且，他还曾经看到治安官在第十二街和美因街拐角处用他的警棍打一个黑人女孩。他仔细审视着斯波特·刘易斯。斯波特因为极端的精神虐待，他的妻子跟他离婚了。马隆是个有家室的人，他在想，极端的精神虐待会是什么样子。刘易斯太太采取的是一种墨西哥式离婚[①]，后来，她又结婚了。可那——极端的

① 20世纪60年代，一些美国人到墨西哥去获得一个“墨西哥式离婚”。在墨西哥离婚更容易，更快捷，而且比在大多数美国的州离婚花费少。

精神虐待——是什么样子呢？他知道，他自己也根本不是什么圣人，有一次，他甚至还与人通奸了。但没有人受到伤害，马莎从来就不知道。一种极端的精神虐待？本尼·威姆斯是一个赖债不还的人，他的女儿有病，结果他总是欠马隆的钱，账单总是不付款。据说，马克斯·格哈特这个人非常聪明，他能算出一阵喇叭声要多久才能到达月球。但他是个德国人，而马隆从来就不信任德国人。

这些聚集在药房里的人都是些普通人，普通得他通常无论怎样都想不起他们。可今天晚上，他就要看到这些普通人的弱点了，他们点点滴滴的丑陋面。不，他们当中没有人是重要的市民。

那轮黄色的圆月令马隆感到既悲伤又寒冷，虽然夜晚是温暖的。药房里的威士忌酒味浓烈，这让他感到有些恶心。已有十几个人在那里了，这时他问法官："要来的人都在这里了吗？"

法官自己似乎感到有点失望，于是他说道："都已经十点了；我想都到了吧。"

法官用他过去演说时那种装腔作势的语气开始说话了。"市民同胞们，我们作为我们社区的重要市民，作为业主和我们种族的捍卫者聚集在这里。"房间里一片肃静。"我们白人市民渐渐地给带来了不便，甚至受到了严重欺凌。现在用人已如凤毛麟角，你得付他们一大笔钱才能留住他们。"法官听到自己这么一说，再看看别人，这时才意识到自己跑题了，完全偏离了方向。因为总的来说，这些都不是雇佣用人的人。

他又开始说话了。“市民同胞们，难道这个镇子就没有区段划分法令吗？难道你们希望漆黑的黑鬼搬来就住在你家隔壁吗？难道你们希望自己的孩子挤在公共汽车的后面，而漆黑的黑鬼坐在前面吗？难道你们希望自己的妻子背地里跟年轻的黑鬼调情吗？”法官提出所有这些反问。那伙人相互间低声抱怨，并不时叫喊着：“不。该死，不。”

“难道我们要让我们镇的区段划分由黑鬼决定吗？我就问你们，我们要还是不要？”法官小心翼翼地站稳身子，用拳头重重地敲击柜台。“抉择的时候到了。谁来管理这个镇子，是我们还是黑鬼？”

威士忌在人群中随意地分享着，房间里有一种同仇敌忾的兄弟般气氛。

马隆透过平板玻璃窗望着月亮。看到月亮使他感到像是要吐，但他已经忘了这到底是为什么。他希望此时正在与马莎一起挑坚果，或者在家里把脚跷在走廊的楼梯扶手上喝啤酒。

“谁去把那个杂种给炸了？”一个嘶哑的声音叫道。

马隆知道，人群中几乎没有人真的认识舍曼·皮尤，但一种同仇敌忾的兄弟般气氛使得他们都要一起行动。“我们要抽签决定吗，法官？”本尼·威姆斯此前干过这类事情，他向马隆要了一支铅笔和纸，便开始把纸撕成纸条。然后，他在一个纸条上做了一个X的记号。“抽到标有X的那个人就去。”

马隆还在看着月亮，感到有些寒意，被那乱哄哄的场面弄糊涂了。他用干巴巴的嗓音说道：“难道我们就不能与那个黑人谈谈吗？我从来就不喜欢他，即便是在他当您男仆的时候，法官。他傲慢、无礼，就是一个彻头彻尾的坏黑人。但暴力或轰炸，这我不赞成。”

“我也不赞成，J. T.。而且，我完全知道，作为这个市民委员会的成员，我们要对法律负起责任。但如果这种法律并不保护我们的利益以及我们的孩子和后代的利益，那么，我就愿意绕开法律，倘使这个目标是正义的，倘使局势对我们社区的道德水准产生了威胁。”

“大家都准备好了吗？”本尼·威姆斯问道，“标有X的就是。”在那一刻，马隆特别讨厌本尼·威姆斯。他是一个瘦长脸的汽车修理厂工人，一个十足的酒鬼。

在配药间，杰斯特紧挨着墙坐在那里，靠得太紧，他的脸都压到一个药瓶子上去了。他们打算抽签去炸舍曼的房子。他必须要去提醒舍曼，但他不知道怎么从药房里逃出去，于是，他就听着他们开会。

治安官麦考尔说：“你可以用我的帽子，”说着便递上了自己的斯泰森毡帽。法官第一个抽的签，其他人就跟着抽。马隆在拿那个卷成一团的纸条时，他的双手在颤抖。他还在盼望着他此刻就在他所属的家里。他的上嘴唇压在下嘴唇上。每个人都在微弱的灯光下展开自己的纸条。马隆注视着他们，他看到那一个接着一个如释重负地松弛下来的面孔。当他那摊开的纸条上面有一个 X 标记的时候，他担心而恐惧，但并不觉得意外。

“我想那应该是我。”他以木然的语气说道。大家都看着他。他提高了嗓音。“可如果这是爆炸或者暴力，那我是不能干的。”

“先生们。”马隆朝药房四下里瞅瞅，这才意识到这里没有什么可以称得上先生的人。但他还是继续往下说。“先生们，我都濒临死亡了，不能去作孽，去杀人了。”当着这么一群人的面来谈论死亡，他尴尬得难以忍受。他用更强硬的语气接着说道，“我不想危害我的灵魂。”大家都看着他，仿佛他彻底疯了，尽在胡言乱语。

有人低声说道：“胆小鬼。”

“嗳，他妈的，”马克斯 · 格哈特说道，“那你干吗来参加会议？”

马隆担心，当着药房里这么一群人的面，他会哭起来。“一年前，我的医生说，我活不到一年或最多活十六个月，所以我不想危害我的灵魂。”

“扯灵魂，这都是些什么玩意儿？”本尼·威姆斯大声问道。

被羞愧窘住了，马隆重复道：“我不朽的灵魂。”他的太阳穴在跳动着，而且双手焦躁不安地抖动着。

“不朽的灵魂是他妈的什么东西？”本尼·威姆斯说。

“我不知道，”马隆说道，“可是如果我有，我不想失去它。”

法官看到他的朋友尴尬，他转而也尴尬起来。“打起精神，孩子。”他低声说道。然后，他大声对那些人说起来。“J. T. 此刻认为我们不应该干这件事。但是，如果这件事我们真的要干，我觉得我们应该一起干，因为那样的话这就不是同一回事了。”

既然已经当众丢人现眼，出了洋相，马隆也就没有什么面子要挽回的了，所以他大声嚷嚷道：“可这还是一回事。无论是一个人干还是十几个人干，只要是杀人，这就是一回事。”

蜷伏在配药间里，杰斯特在思忖着，他还从未想到，老马隆先生还有这能耐。

塞米·兰克朝地板上吐了口唾沫，又说道：“胆小鬼。”然后又补充说道：“我来干。我乐意干。那就在我家隔壁呢。”

所有的目光都转向了瞬间成了一名英雄的塞米·兰克。

# 第十三章

杰斯特立刻前往舍曼的房子去提醒他。当他在讲述有关药房里的会议情况时，舍曼的脸变成了浅灰色，是吓得要命时黑皮肤上泛出的那种灰白色。

他罪有应得，杰斯特想。杀了我的狗。可在他看到舍曼发抖的时候，瞬间，狗的事情全忘了，这就好像他又是第一次见到舍曼，就像他差不多一年前的那个夏天的傍晚见到他时一样。他也开始颤抖，这次不是因为激情，而是因为替舍曼担心，因为紧张。

突然，舍曼开始大笑起来。杰斯特张开双臂搂着那发抖的肩膀。“不要这样，舍曼。你必须从这里逃走。你必须离开这所房子。”

当舍曼环顾那间配了新家具的房子，看到分期付款购买的那架小型钢琴，分期付款购买的正宗古董沙发和两把椅子时，他开始哭了起来。壁炉里生着火，因为尽管夜晚是温暖的，但舍曼还是感到寒冷，火对他来说显得温暖舒适，有家的感觉。火光下，他那浅灰色面庞上的泪水呈紫色和金黄色。

杰斯特再次说道："你必须离开此地。"

"丢下我的家具？"带着杰斯特非常了解的一种情绪的剧烈波动，舍曼开始谈起家具。"你甚至都没有看到卧室里的全套装备，有粉红色的被单和围枕。也没看到我的衣服。"他把壁橱门打开。"四套崭新的浩狮迈套装。"

他狂暴地转身走向厨房，说道："还有厨房，配有全部现代的方便设施。而且全是我自己的。"醉心于自己所拥有的这些东西，舍曼似乎已经把恐惧忘得一干二净。

杰斯特说："可难道你就没有意识到会发生这样的事情吗？"

"我想到了，又没有想到。但这件事不会发生！我以'请回复'请帖的形式已经邀请客人来参加庆祝乔迁的晚会了。我购买了一箱子卡尔弗特勋爵保税威士忌酒，六瓶杜松子酒，六瓶香槟酒。我们要吃涂着鱼子酱的酥脆烤面包片、炸鸡、哈佛甜菜和绿叶蔬菜。"舍曼环顾房子四周。"这件事不会发生，因为，小伙子，你知道这套家具值多少钱吗？支付这套家具还有酒和衣服的钱就要花费我三年多的时间。"舍曼走到那架钢琴前，爱不释手地抚摸着它。"我长这么大一直都想要一架优雅的小型钢琴。"

“不要谈论小型钢琴和晚会这种愚蠢的话题了。难道你没有意识到这很严重吗？”

“严重？他们为什么要炸我呢？我这个甚至都没有人注意的人。我去过廉价商店，并在一个凳子上坐了下来。那可是千真万确的事情。”（舍曼的确去过廉价商店并在一个凳子上坐了下来。但当那个店员威胁着走近时，舍曼说：“我病了。请给我一杯水好吗，小姐？”）

“可现在有人注意到你了，”杰斯特说道，“为什么你就不能把这种有关黑人与白人的狂躁症给全忘了，到北方去，那里的人不太在意？我确信，如果我是一个黑人，我肯定会赶快离开此地到北方去的。”

“可我不能，”舍曼说道，“我已经花了自己好多钱租了这间房子，把这套漂亮的家具搬进来了。过去两天，我一直在布置这一切。如果真要我自己说这种话的话，那就是高雅。”

这房子突然间成了舍曼的整个世界。自从他在法官的办公室里发现了那些情况以来，最近这些日子他从未刻意想过自己的出身。只有一种阴郁和忧伤的感觉。他必须忙于家具，忙于各种事情，而且总有这种无时不在的危险的感觉，还有那种他永远也不会退却的无时不在的感觉。他在心里一直在说，我已经有所作为，有所作为，有所作为了。而恐惧反而让他更加欢欣鼓舞。

“你想看看我新买的绿色西装吗？”紧张和激动得发狂的舍曼走进卧室，穿上了他那浅绿色的新丝绸西装。杰斯特极力想应付犹豫不决的舍曼，在舍曼穿着那件绿色新西服昂首阔步地走过房间的时候，他就这么看着他。

杰斯特只能说：“所有这些家具和衣服我都不在乎，但我的确在乎你。难道你没有意识到这很严重吗？”

“严重吗，伙计？”舍曼开始猛敲钢琴上的中央 C 音。“我可是一个终生保留着一个黑名册的人，而你还跟我谈什么严重？我告诉过你我犹豫了吗？我犹豫，犹豫，犹豫！”

“不要像个疯子一样猛敲钢琴，听我说。”

“我的主意已定。所以我打算就待在这里。就在这里。不管炸还是不炸。还有，你他妈的为什么要担心呢？”

“我不知道自己为什么这么担心，但我就是担心。”杰斯特一遍又一遍地问自己为什么关心舍曼。当自己和他在一起的时候，在他腹部或心脏的附近就有一种抽动的感觉。并非一直是这样，但就是一阵阵发作。由于无法给自己解释清楚，他就说：“我猜想这就是内心的问题。”

“内心？内心是什么？”

“你有没有听说过一个词，内心深处？”

“去他妈的内心。我可不知道什么内心。我所知道的就是，我已经租了这个房子，花了我好多钱，而且我就要在这里住。抱歉。”

“嗳，你必须要比道歉做得更好。你必须得搬家。”

“对不起，”舍曼说，“为你的狗。”

舍曼在这么说的时候，那阵淡淡的甜蜜感在杰斯特心脏的附近抽动起来。“别再想那条狗了。狗已经死了。而我希望你一直活下去。”

“没有人一直活着，但如果我要活着就要活得快活。”说着舍曼就开始大笑起来。这让杰斯特想起另外一次大笑。那是他祖父在谈到他死去的儿子时的大笑。木然地猛敲着钢琴，木然地大笑，使他极其痛苦烦躁。

是的，杰斯特极力提醒舍曼，可他不愿接受提醒。现在该由杰斯特做决定了。可他能求助于谁呢？他能做什么呢？他只好让舍曼坐在那里，大笑着并猛敲着那架小型钢琴上的中央C音。

塞米·兰克不知道如何制造一枚炸弹，所以他就去找聪明的马克斯·格哈特，后者为他制造了两枚炸弹。过去几天的那种暴躁情绪、那种耻辱、愤怒、侮辱、伤害和可怕的自尊心几乎已经不见了，当塞米在那个温和的五月傍晚带着炸弹站在那里，透过敞开的窗户看着舍曼的时候，他的激情几乎已消耗殆尽了。他站在那里，毫无感觉，只剩下一点浅薄的自豪感，觉得他正在干一件非干不可的事情。舍曼正在弹钢琴，塞米好奇地注视着他，感到纳闷，一个黑鬼是如何学会弹钢琴的呢。接着，舍曼开始唱起歌来。他那粗壮而黝黑的喉咙朝后仰着，塞米用炸弹瞄准的正是那喉咙。由于相距只有几码远，所以炸弹直接命中了。第一颗炸弹被投出去之后，塞米恢复了一种野蛮而痛快的感觉。他又扔了第二颗炸弹，那所房子开始燃烧起来。

人们已经涌在街道上和院子里。街坊邻里、皮克先生店里的顾客，甚至还有马隆先生本人。消防车发出尖利的叫声。

塞米·兰克知道自己击中了那个黑鬼，但他还是在等着，直到救护车来了，他看着他们把那具炸烂的尸体盖了起来。

房子外面的人群还继续待在那里等着。消防部门把火扑灭，然后人群便涌了进来。他们把那架小型钢琴拖出来摆在院子里。为什么要这样，他们并不知道。不久，天上下起了一阵柔柔的毛毛细雨。皮克先生开的那个杂货店紧挨着那所房子，那天晚上他的生意非常好。《米兰信使报》的新闻记者在报纸的早间版报道了这起爆炸事件。

由于法官家的宅子在镇上的另一个区，杰斯特甚至都没有听见爆炸声，只是在第二天早晨才听到消息。法官人到老年容易动感情，得知消息也很动情。惴惴不安而又有点怀旧，容易动感情、心肠软的老法官去医院的太平间看了看。他没有看尸体，但让人把尸体移到殡仪馆，在那里他为葬礼支付了五百美元的美利坚合众国绿币。

杰斯特没有哭泣。他把那本题献给舍曼的《特里斯坦》的乐谱小心翼翼地、机械地包裹好，把他放在阁楼上他父亲的一个箱子里，并锁上了。

整夜都在下雨，但现在雨停了，漫长的雨后，天空呈现出清新的嫩蓝色。当杰斯特来到那间被炸毁了的房子时，兰克一大家子孩子当中有四个人正在那架被毁坏并走了调的钢琴上弹着《筷子》华尔兹[1]。杰斯特站在阳光下，听着那呆板又不合调的《筷子》华尔兹，怨恨夹杂着悲伤。

“你们的父亲在家吗？”他对兰克家的一个孩子叫道。

“他不在家。”那个孩子答道。

杰斯特回家了。他拿出那把手枪，他的父亲用其自杀的那把枪，把它放在汽车仪表板上的贮物箱里。然后慢慢地绕着镇子巡游，他先到纺织厂去寻找塞米·兰克。他不在那里。那走调的《筷子》华尔兹所带来的梦魇般的感觉，兰克家的那些孩子，加重了他无法找到塞米·兰克的挫败感，令他用拳头猛击方向盘。

他是替舍曼担心过，但他从未真的觉得这会发生。不是

---

① 《筷子》华尔兹（*Chopsticks*，又名《著名的砍切华尔兹》［*The Celebrated Chop Waltz*］）是一首简单但却异常著名的华尔兹钢琴曲。此曲是由英国少女尤菲米娅·艾伦于1877年在她16岁时创作的。一说此曲可以用左右手的食指单指弹奏，两只食指状若一双筷子，因此被称为“筷子曲”；又说艾伦说明，弹奏此曲时，要双手垂直，小指向下，手心相向，用砍或切的动作敲击钢琴的键，仿佛砍柴切肉，故得曲名“砍切华尔兹”。

一件真正发生的事件。这一切只不过是一场噩梦。《筷子》华尔兹和毁坏的钢琴还有要找到塞米·兰克的决心。然后，当他再次启动车子的时候，他看到塞米·兰克正懒洋洋地坐在马隆先生的药房前。他打开车门，招手示意。“塞米。你想跟我一道去机场吗？我要带你坐飞机。”

塞米感到有些窘迫但并未觉察到什么，得意地咧着嘴笑。他在想：我已经成了镇子上的大名人了，连杰斯特·克兰恩都要带我去坐飞机。他高高兴兴地跳进了汽车。

在训练机“飞蛾”里面，杰斯特先让塞米坐好，然后爬到飞机的另一侧。他已经把那把手枪放进了自己的口袋。起飞前，他问道：“之前坐过飞机吗？”

“没坐过，先生，”塞米说，“可我并不怕。”

杰斯特做了一个完美的起飞动作。那蓝色的天空，那新鲜多风的空气，令他那麻木的灵魂又活跃起来了。飞机在爬升。

“是你杀了舍曼·皮尤吗？”

塞米只是露齿而笑并点了点头。

一开口说到舍曼的名字，心中又有一阵轻微的抽动。

“你有没有什么人寿保险？”

“没有。只有小孩。”

“有多少个孩子？”

“十四个，”塞米说，“其中五个长大了。”

塞米害怕飞机，开始紧张得说起蠢话来。“我和我的老婆差一点生了五胞胎。三个小孩再加两个小东西。就在加拿大那五胞胎出生之后，他们是我们第一胎的孩子。每次我和我老婆想起加拿大那五胞胎——发财了，出名了，而妈妈和爸爸也发财和出名了——我们就有点饥渴。我们差一点就撞大运了，每次我们做那个的时候，我们就想我们要生五胞胎。可我们只生了三胞胎和双胞胎，极少单胞胎。有一次，我和我老婆带着所有小孩到加拿大去看待在小玻璃儿童游戏房里的那五胞胎。我们的小孩都得了麻疹。”

“这么说，那就是你们生了这么多孩子的原因喽。”

“对啊。我们想撞大运嘛。我和我老婆是生双胞胎和三胞胎之类的天才。但我们从来没有撞上大运。不过，《米兰信使报》上有一篇关于我们米兰三胞胎的文章。我们把文章装在镜框里，挂在我们家客厅的墙上。抚养这些孩子我们过得很艰难，但我们从来没有放弃。那么，既然我的老婆已不再是生育的阶段了，那一切也就结束了。我将永远只不过是塞米·兰克。”

这故事荒诞不经但又令人同情，令杰斯特发出绝望的笑声。而一旦笑了，绝望了，又同情过了，他知道自己就无法再使用手枪了。因为在那一瞬间，同情的种子在悲伤的压迫下已经开始开花了。杰斯特悄悄地从自己口袋里摸出那把手枪，把它扔出了飞机。

“那是什么？”塞米说道，他吓坏了。

“没什么。”杰斯特说道。他转过头看了看脸色发青的塞米。“你想下去了吗？”

“不想，”塞米说，“我不怕。”

于是，杰斯特继续在空中盘旋起来。

从两千英尺的高度朝下看，地球显得井然有序。一个镇子，即便是米兰，也是匀称的，恰似一个灰色的小蜂巢，惟妙惟肖的蜂巢。周围的地势似乎是由一个比物权法和偏执的法律更合理、更精确的法则设计的：平行四边形的深色松树林，正方形的田地，长方形的草地。在今天这种万里无云的天气里，飞机四周和上方的天空是一片让人无法察觉到的单调的蓝色，令人的眼睛和想象都无法穿透。但在底下，地球是圆的。地球是有限的。从这样的高度，你看不到人和他蒙受屈辱的细节。从遥远的地方看，地球完美无瑕且完整无缺。

但这是一种不合人心的秩序，要爱地球，你就必须要靠近它。向下滑行，掠过小镇和乡村的低空，那种整体感便会拆解为多重破碎的印象。小镇一年四季几乎都一样，但大地在变化。在早春时节，田地就像一块块破旧的灰色灯芯绒，每一块都一样。而现在你开始可以分清各种农作物了：灰绿色的棉花，蜘蛛网般密集的烟草地，绿色盛放的玉米。当你向镇子里面盘旋的时候，小镇自身就变得弯弯曲曲且错综复杂。你可以看到所有阴郁的后院里那神秘的角落。灰色的栅栏，工厂，平坦的大街。从空中看，人都缩小了，他们都有一张机械的面孔，就像上了发条的玩偶。他们似乎是在偶发性的灾难中机械地移动。你看不到他们的眼睛。终于，这让人无法忍受了。远距离看地球还不如长时间看人的一双眼睛有意义。哪怕是看敌人的一双眼睛。

杰斯特凝视着塞米那双因恐惧而睁得大大的眼睛。

他那激情、友谊、爱情和复仇的艰难旅程现在结束了。杰斯特平稳地把飞机降落在地面上，让塞米·兰克下了飞机——让他去跟自己的家人吹牛，他现在是个大名人了，连杰斯特·克兰恩都带他上飞机在空中兜了一圈。

# 第十四章

起初，马隆很担心。他发现本尼·威姆斯已不在他这里买药而到惠兰药房去，而治安官麦考尔不像往常那样在他的药房里买可乐喝了，这时候，他担心了。他在内心的表层说道："本尼·威姆斯见鬼去吧；治安官见鬼去吧。"但在内心深处，他还是很担心的。难道那天晚上在药房里发生的事情损害了药房的信誉，而且因善意而损害了销售量？在会上他坚持那样的立场值得吗？马隆既纳闷又担忧，但他还是闹不明白。担忧对他的身体健康造成了影响。他出差错了——记账方面的差错，这对马隆这样一个计算能力很好的记账人来说是罕见的。他给顾客送去的账单不准确，这引起了顾客们的抱怨。他没有力气来妥善地推销自己的药物。他自己清楚，他的健康在日益衰退。他需要自己家的庇护，因此，他经常整天整天地赖在双人床上。

马隆，大限将至，对日出十分敏感。在漫长、漆黑的夜晚过后，他注视着假曙光以及东方天空泛出的第一缕乳白色、金黄色和橙色。如果遇到天气晴朗，鲜花盛开的日子，他就靠在枕头上坐着，眼巴巴地等着早餐。但是，如果天气阴暗，空气阴湿或下雨，他自己的心情也反映在天气中，结果，他就把灯打开，不耐烦地抱怨个没完。

马莎设法安慰他，“这只是一阵酷热刚刚开始。等你习惯了这个天气之后，你就会感觉好些的。”

但不是这样，这不是天气的原因。他不再把生命的终止与一个新的季节的开始混为一谈了。像淡紫色瀑布般的紫藤花架上的花开了又谢。他已经没有力气在菜园里种菜了。那艳绿色的杨柳现在颜色正逐渐变暗。很奇怪，想到杨柳，他总是把它们与水联系在一起。但他的杨柳没有水了，尽管有一脉泉水穿过大街。没错，大地上一年四季循环往复，春天又来过了。但对大自然，对世事不再厌恶了。他的心灵突然产生了一种奇怪的轻盈感，于是他兴奋起来。他现在看着大自然，大自然便成了他自己的一部分。他不再是一个看着没有指针的钟的人了。他不孤独，他不反抗，他不痛苦。最近这些天，他甚至都没有想过死亡。他不是一个濒临死亡的人……没有人死了，人人都死了。

马莎总是坐在房间里织衣服。她一直把时间花在织衣服上，看到她在那里就让他感到安慰。他不再去想一直让他十分困惑的各种孤独感了。他的生活被奇怪地压缩了。只有床、窗户、一杯水。马莎一日三餐用盘子把他的饭菜端来，而且她几乎总是在床头柜上摆一瓶花——玫瑰、长春花、金鱼草。

他对妻子已严重淡漠的爱又回到了他的心头。因为马莎寻思出各种精美可口的东西来引起他的食欲，或者在病房里织衣服，马隆感受到她的爱有一种更亲近的价值。她从古蒂百货公司买来一个粉红色的床靠背，这样他就可以支撑着坐在床上，而无需只用潮湿打滑的枕头垫着，这让他很感动。

自从那次在药房开会以来，老法官就一直把马隆当病人对待了。他们的角色现在颠倒过来了；现在是法官带来一袋袋水磨食物和芜菁叶还有水果，就像人们看病人时带的东西一样。

五月十五日这天，医生来了两次，一次是早晨，下午又来了。现在的医生是韦斯利大夫。五月十五日，韦斯利大夫在客厅里单独与马莎谈了话。马隆不在乎他们正在另一个房间里谈论他的问题。他不担心，他不想知道。那天晚上，马莎在用海绵给他擦洗身子的时候，她帮他洗了发烧的脸，在他两只耳朵的后面喷了古龙香水，并在洗脸盆里倒了更多的古龙香水。然后，她用香水给他洗了毛茸茸的胸部和腋窝，还有他的腿和结了老茧的双脚。最后，她非常温柔地洗了他那软弱无力的生殖器。

马隆说："亲爱的，没有哪个男人有过像你这样一个妻子。”自从他们结婚以后的那一年起，这是第一次他称她为亲爱的。

马隆太太走进厨房。等到她哭了一会回来的时候，她带来了一个热水瓶。“夜晚和拂晓的时候寒冷。”当她把热水瓶放进床里时，她问道：“舒服吗，宝贝儿？”

马隆从他的床靠背上朝下探，把双脚朝热水瓶贴过去。“亲爱的，”他再次说道，“我能喝点冰水吗？”可在马莎把冰水拿来的时候，冰块碰到了他的鼻子，于是他说，“这冰扎得我鼻子痒痒的。我只是想要简单的凉开水。”马隆太太从水里取出冰之后，退回到厨房里又哭了起来。

他不痛苦。但他好像觉得骨头很沉，于是他抱怨起来。

“宝贝儿，你怎么会觉得骨头很沉呢？”马莎说道。

他说他非常想吃西瓜，于是马莎就从比萨拉蒂商店，镇上最好的水果和糖果商店里买来了海运过来的西瓜。可等到那粉红的、结着银白色霜的西瓜片摆在他的盘子里时，西瓜尝起来并不像他想的那样。

“你必须要吃东西来保持体力，J. T.。”

“我需要体力干什么呢？”他说道。

马莎做了奶昔，并偷偷地在里面放了个鸡蛋。实际上是两个。看到他把这些都喝了，这令她感到欣慰。

埃伦和汤米在病房里来来去去，他们说话的声音对他来说很吵，虽然他们都极力轻声说话。

“不要打扰你们的爸爸，”马莎说道，“他现在感到很虚弱。”

十六号这天，马隆感觉好点了，甚至提议他自己剃胡子，好好洗把澡。于是，他坚持到浴室去，可等他到了脸盆跟前时，他只是双手抓着盆，马莎只好领着他回到了床上。

然而，他身上尚有生命的最后一点活力。那天，他的情绪出奇地直白暴露。他在《米兰信使报》上看到一则新闻，一个男子从大火中救出一个小孩，自己却丢了性命。虽然马隆不认识那个孩子，也不认识那个男子，但他却开始哭起来了，而且不停地哭。读到什么都毫不掩饰自己的情感反应，不掩饰对天空的反应，不掩饰对窗外世界的反应——这天是个万里无云、晴朗的日子——他被一种奇怪的欣快感支配着。要不是他感到骨头如此沉重，他觉得他都能够起床到药房去。

到了十七号，他没有看到那五月的日出，因为他睡着了。他前一天感觉到的那种生命的活力正慢慢地从他身上消退。说话声似乎是从遥远的地方传来的。他已经吃不下饭了，所以马莎在厨房里给他做了一份奶昔。她在里面放了四个鸡蛋，于是，他抱怨那种味道。脑子里想的过去和今天已经混淆不清了。

在他拒绝吃鸡肉晚餐之后，来了个不速之客。克兰恩法官突然闯进了病房。血管在他的太阳穴里愤怒地跳动着。

“我来买些眠尔通[1]，J. T.。你有没有听到广播上的新闻？”然后，他看了看马隆，被他突然虚弱的样子惊呆了。悲伤与老法官的狂怒发生了争斗。“对不起，亲爱的J. T.。”他用突然间变得恭顺的语气说道。接着，他的嗓门又提高了：“可你听说过吗？”

“哦，什么事，法官？听说什么了？”马莎问道。

法官气得语无伦次，唾沫飞溅地讲述了最高法院关于学校种族融合的裁定[2]。马莎目瞪口呆，大吃一惊，只能说“哎呀！我发誓！”因为她还没有完全明白是怎么回事。

“我们还有规避它的办法，”法官喊叫道，“绝不会出现这种情况。我们要斗争。全体南方人都会斗争到底。斗争至死。写进法律是一回事，但执行是另一回事。有辆车在等着我；我要到广播电台去做演讲。我要把人民团结起来。我要讲得简明扼要。引人注目。庄严而怒火中烧，如果你们明白我的意思的话。有点像：‘八十七年前……’在去电台的路上我会把它构思好的。别忘了收听。那将是一次具有历史意义的演讲，而且会对你有好处，亲爱的J. T.。”

一开始马隆几乎都不知道老法官在身边。只有他的声

---

① 一种镇静剂或安眠药的商标名。

② 1954年5月17日，在“布朗诉托皮卡教育局案”（*Brown v. Board of Education of Topeka*）中，美国最高法院经过全体投票通过，宣布公立学校的种族隔离违宪，因为“隔离但平等”的教育设施本质上就是不平等的。这是美国历史上一件非常重要、具有标志意义的诉讼案。小说中的这一段故事恰好发生在5月17日，这是麦卡勒斯将虚构与历史事实相结合的一个例子。

音，他那巨大而多汗的幽灵。然后是词语、声音，在他那已无法听得懂的耳朵里回响：融合……最高法院。概念和思想在他脑海里冲击，但很微弱。终于，马隆对老法官的爱和友谊把他从垂死中召唤了回来。他看了看收音机，于是马莎把它打开，但由于一个舞蹈的乐队正在演奏，所以她把它的声音调得很低。在法官演讲之前有一条广播新闻再次宣布了最高法院的裁定。

在广播电台的那间隔音室里，法官像专业人员一样，已经抓起了麦克风。虽然他在去电台的路上极力想构思一个演讲，但他没能做到。思想极其混乱，太不可思议，他无法明确地表达他的抗议。想法太狂热。所以，尽管愤怒，挑衅——做好了随时“小发作”的准备，甚至更糟——但法官手握麦克风站在那里，什么演讲词也没准备好。字眼——污秽的字眼，脏话不适合在电台上说——在他的脑子里愤怒地诉说着。但没有具有历史意义的演说。他唯一想起来的事情就是他在法学院背诵的第一篇演讲。不知何故，他朦胧地感觉到他要说的话是不妥当的，但他还是不顾一切地说开了。

“八十七年前，”他说道，“我们的前辈在这片大陆上创建了一个新的国家，她在自由中孕育，致力于人人生而平等的主张。现在我们正在从事一场伟大的内战，考验这个国家，或任何这样孕育出来的，致力于这种主张的国家，能否长久生存下去。”[①]

房间里有打斗的声音，法官义愤填膺地说道：“你们为什么一直捅我！”可是，一旦开始背诵一篇不朽的演讲，要停下来可就难了。他继续背诵起来，声音更大了：

“我们相聚在那场战争的一个伟大的战场上。我们来到这里是为了把那战场的一部分奉献给那些为了那个国家的生存而献出了生命的人们作为最后的安息之地。我们这样做完全是正当而合适的。”

“我说了，别捅我。”法官又大声说道。

“但在更大的意义上来说，我们无法奉献——我们无法神圣化——我们无法崇敬这块土地。那些曾经在这里战斗过的，活着和死去的勇敢的人们，已经使这块土地神圣了，远非我们微薄的力量所能增加或减少的。世人几乎不会注意，也不会长久地记得我们在这里所说的话……”

“天哪！”有人叫道，“停下！”

老法官站在麦克风旁，耳朵里还回响着他自己的话，想起了他在法庭上自己小木槌敲击的声音。这种吃惊的认识令他崩溃，然而，他立刻喊叫道：“这只不过是说反话！我的意思是，这只不过是说反话！不要打断我的话！”法官用急切的语气恳求道。“请不要打断我的话。”

---

① 法官在这里是在背诵亚伯拉罕·林肯《葛底斯堡演说》中的话。

但另一个演讲的人开始说话了，于是马莎关掉了收音机。“我不知道他刚才在说些什么，”她说道，“出什么事了？”

“没什么事，亲爱的，”马隆说，“没什么是可以一蹴而就的。”

但他的活力正从他的身上消逝，在临终前，活得井然有序，似乎是一件简单明了的事情，这是马隆此前从未意识到的。脉搏、活力已不在了，也不需要了。只有那种意图浮现了。即使最高法院要取消学校的种族隔离，这与他又有什么关系呢？什么对他都不重要了。即使马莎把所有可口可乐的股票都在床脚摊开，一张一张地数，他连头也不会抬一下。但他的确想要什么东西，因为他说：“我想要些冰冷的水，不加任何冰。”

但马莎还没来得及端着水回来，慢慢地、轻轻地，没有挣扎，也没有恐惧，生命就远离了J. T. 马隆。他的活力一去不复返了。而对手里端着满满一杯水站在那里的马隆太太来说，这听起来就像是一声叹息。

# 《没有指针的钟》主题四论

## ——代译后记

孙胜忠

卡森·麦卡勒斯(Carson McCullers，1917—1967)的《没有指针的钟》(*Clock Without Hands*，1961)以主人公之一，药房的老板，J. T. 马隆，得知自己身患白血病的消息开始，以他的死亡结束，因此，关于一个绝症患者死亡意识的再现是这部小说最明显的一个主题。但镶嵌在死亡主题中的还有另外三个彼此关联的主题，一是围绕着马隆的朋友，前国会议员福克斯·克兰恩法官而展开的关于美国南方种族歧视的问题，与这一主题相关的还有法官的儿子约翰尼和一个黑人男孩舍曼·皮尤的命运；另一个是以法官的孙子——约翰·杰斯特·克兰恩——为中心而展开的成长主题；再者就是常见的代沟主题，即法官与他的儿子约翰尼和孙子杰斯特之间的代际冲突。这几个主题交织在一起，难分伯仲，但相互之间构成了一种松散的因果关系，小说借此把这几个主题串联起来。例如，法官顽固的种族偏见直接表现为他对种族融合这一趋势感到不满，但小说不断地提及他儿子约翰尼因为替黑人青年舍曼·琼斯辩护失败而自杀将死亡主题与种族问题结合起来，身为律师的约翰尼正是在与父亲就种族立场展开激烈争论中自杀身亡的。而杰斯特与其未曾谋面的父亲持相同的种族立场，他是在探究父亲的死因中猛然醒悟，成长起来的，从而与将他一手养大成人的祖父产生了难以弥补的隔阂。由此可见，麦卡勒斯试图将一个垂死之人的个人生存危机与由种族冲突而引发的南方社会危机结合起来。

对这部看似松散的小说起黏合作用的关键因素，除了贯穿小说始终的死亡主题之外，还有小说的题目——“没有指针的钟”。“没有指针的钟”首先指的是身患绝症的马隆对自己的未来感到不确定，不知自己的生命将何时终结，就像“没有指针的钟”。如果说马隆是对未来感到迷茫，那么，老法官克兰恩就是沉浸在过去难以自拔，迷失在美国南方往日的蓄奴制时代，他的“钟”是往回摆的，这样看来，他的精神世界是一个“指针倒转的钟”。钟的特征之一就是往复轮回，杰斯特和舍曼的命运都有这一特征。杰斯特陷入了他父亲约翰尼当年所面临的如何对待种族歧视的困境，而舍曼最终结局也像他父亲一样，因白人的不公正和暴力致死：舍曼的生命是由一个曾为他的父亲而鸣、如今又回转到“不公正和暴力时刻”的没有指针的钟所测量的[1]。可见，这部小说环环相扣，在松散的外表下形成了一个内在的有机整体。从这样的角度来读解这部小说，我们将获得与该小说出版之初读者的反应完全不同的阅读体验。

下面笔者将对小说的上述主题特征逐一进行分析[2]。

## 一、“没有指针的钟”——马隆的死亡意识

麦卡勒斯一生遭遇风湿病、肺炎、心脏病和一连串的瘫痪发作等多种疾病的折磨。1959年，她在创作《没有指针的钟》时更是经历了两场手术，几近崩溃的边缘。或许正是由于她本人疾病缠身，因此，她对死亡有着独特的感受，在小说中对主人公马隆的死亡意识描写得特别细腻而深刻。“小说聚焦于J. T. 马隆这个人物的死亡和垂死”与“麦卡勒斯在她生命的最后十年中面对自己必死命运”是“平行的”[3]。作者本人对疾病和濒临死亡的深切感受为她笔下垂死之人的人物塑造打下了坚实的基础，也势必为普通读者感受这一不同寻常的人生经历提供独特的体验。小说中弥漫着“一种道德上的孤立感、一种绝望以及探寻可辨认自

---

① Donald Emerson, “The Ambiguities of *Clock Without Hands*”, in *Wisconsin Studies in Contemporary Literature*, 3.3 (Autumn, 1962), p.28.

② 限于篇幅，下文略去与杰斯特有关的成长主题的分析，笔者拟另撰专文探讨。

③ Casey Kayser and Alison Graham-Bertolini, “Preface”, in Alison Graham-Bertolini and Casey Kayser, eds., *Carson McCullers in the Twenty-First Century*, London: Palgrave Macmillan, 2016, p. xiii.

我受挫的感觉”[①]。这种感受在马隆身上都有不同的反映。在得知自己身患绝症后，马隆首先感受到的是一种绝望，继而回顾自己的人生，重新审视自我。为了维护自己并不确定是否存在的灵魂，他拒绝向黑人施暴，从而遭到白人社会的孤立，最后他把自己的一切视为自然的一部分，在临死前获得了一定程度上的宁静。

马隆对死亡的第一反应除了绝望和恐惧之外，还有困惑和无奈的不确定感：“他被爱与恨撕扯着——可至于他爱什么与他恨什么，他并不清楚。他第一次意识到死亡离他很近。但令他窒息的恐惧并不是因为他知道要死了。这恐惧与正在发生的一些神秘的戏剧性事件有关——尽管这戏剧性事件有关什么马隆并不清楚。恐惧在探究接下来这些月份将发生什么——有多久？——它怒视着他那屈指可数的日子。他是一个看着没有指针的钟的人。”[②]这是小说的点题之笔。马隆虽然知道自己死之将至，但何时到来，以何种方式结束自己的生命，他并不清楚，因此，恐惧和焦虑同时啃噬着他的心灵。其实，麦卡勒斯小说中的“没有指针的钟”有更高的格局，人自从来到这个世界上，有谁不是在注视着一个没有指针的钟呢？

---

① Donald Emerson, “The Ambiguities of *Clock Without Hands*”, p.15.

② Carson McCullers, *Clock Without Hands*, in Carlos L. Dews, ed., *Carson McCullers: Complete Novels*, New York: Literary Classics of the United States, Inc., 2001, p. 629. 后文出自同一著作的引文，将随文标出引文出处页码，不再另注。

小说的主题之一是死亡，主人公马隆由最初对死亡的恐惧、回避乃至否认他濒临死亡的事实，逐渐转为对人生意义的思考，尤其是当他在医院里读到丹麦哲学家索伦·克尔恺郭尔(Søren Kierkegaard，1813—1855)于1849年发表的一部存在主义神学著作《致死的疾病》(*The Sickness unto Death*)时，他开始对人生的意义和自我展开思考。克尔恺郭尔在书中这样写道，“最大的危险，失去人的自我的危险，也许会被悄悄地忽视，仿佛这不算什么；其他每失去一样东西，失去一只胳膊、一条腿、五美元、一个妻子，等等，都一定会被注意到。”在该书中，克尔恺郭尔阐述了自己关于绝望(despair)的观念，他将绝望等同于基督教观念中的“罪”，尤其是“原罪”(original sin)。实际上，该书名就来源于《圣经·新约·约翰福音》第十一章第四节：“耶稣听见就说，这病不至于死(This sickness is not unto death)，乃是为神的荣耀，叫神的儿子因此得荣耀。”从基督教的角度来看，死亡并非意味着终结(the end)，只不过是在通往来世这一道路上的又一个停留处，类似我们现在所说的车站(stop)，因此，死亡并不可怕，真正“致死的疾病”描述的不是肉体上的死亡，而是精神上的死亡，而精神死亡源于没有“拥有自我”(embracing one's self)，在克尔恺郭尔看来，这才是真正可怕的事情[①]。正

① *The Sickness unto Death*，https://en.wikipedia.org/wiki/The_Sickness_Unto_Death [2018-07-28].

是这一点触发了马隆的思考，马隆在拥有了药房，并娶了原来老板的女儿马莎·格林洛夫之后，心底深处一直感到“遗憾，或者说失望”，因此，他反思道：“‘这难道就是生活的全部吗？’但随着他年龄的增长，他默默地问过这个问题。是的，他是没有失去一只胳膊，或一条腿，也没有具体丢失五美元，但渐渐地，他已经失去了自我。”马隆生命的最后一年虽然确定了故事发生的时间，但他随后与周围人的接触并无重要意义，只起到了串联的作用，他在小说中的真正价值在于他对上述自我的思考以及对爱情、挫败和孤立感的体验。

因此，小说对马隆着墨最多的是他对死亡的焦虑，以及由此生发的对时间的过度关注和对自然的独特反应。

首先，他对时间非常焦虑：“由于他处于等待死亡的状态中，马隆对时间很痴迷。他总是缠着钟表匠，抱怨他的表不是慢了两分钟就是快了三分钟。”这种对时间的焦虑实际上反映的是他对死亡的恐惧和焦虑。其次，与常人相比，濒临死亡的人对世界的万物都有不同的感受，对自然界以及与时间相关联的事物尤其敏感，例如，小说是这样描述马隆对一个五月夜晚的独特感受和沉思的：“那个夜晚，在五月的夜空有一轮清澈的月亮。对杰斯特，对老法官，那只是一轮月亮，但马隆却空洞而悲哀地看着那轮月亮。有多少个五月的夜晚，他曾看过这样的月亮？他还将有多少次看这样的月亮？难道这就是最后一次了吗？”随着死期的临近，马隆对大自然反应越发强烈，他的情绪也会随着自然的变化而变得喜怒无常：“马隆，大限将至，对日出十分敏感。在漫长、漆黑的夜晚过后，他注视着假曙光以及东方天空泛出的第一缕乳白色、金黄色和橙色。如果遇到天气晴朗，鲜花盛开的日子，他就靠在枕头上坐着，眼巴巴地等着早餐。但是，如果天气阴暗，空气阴湿或下雨，他自己的心情也反映在天气中，结果，他就把灯打开，不耐烦地抱怨个没完。”

麦卡勒斯在描写马隆的死亡意识时还运用了一些象征手法，这些象征或意象也多半与大自然有关。例如，“很奇怪，想到杨柳，他总是把它们与水联系在一起。但他的杨柳没有水了，尽管有一脉泉水穿过大街”。这里的“杨柳”和“水”显然是生命的象征，但对于垂死的马隆来说，“他的杨柳没有水”，这显然暗示他生命的枯竭。

最后，随着死亡的日益临近，马隆对大自然和周围一切的态度也在悄然发生变化：“对大自然，对世事不再厌恶了。他的心灵突然产生了一种奇怪的轻盈感，于是他兴奋起来。他现在看着大自然，大自然便成了他自己的一部分。他不再是一个看着没有指针的钟的人了。他不孤独，他不反抗，他不痛苦。”这说明，马隆此时已平和地接受了死亡的现实，并把生死视为一种自然现象，自己也成了自然的一部分。正是这种融入自然的意识令他感到轻松，乃至喜悦，他不再感到孤独和痛苦，也无意对抗自然了。就这样，“慢慢地、轻轻地，没有挣扎，也没有恐惧，生命就远离了 J. T. 马隆”。

《没有指针的钟》有一个《安娜·卡列尼娜》式的开头：“死亡总是一样的，而每个人则各有各的死法。”麦卡勒斯显然意在令她的读者想起俄国作家列夫·托尔斯泰在《安娜·卡列尼娜》开篇所说的那句话。但马隆死得安详，也很平常，并没有满足小说开头给读者吊起的阅读期待，重要的倒是他死亡前对死亡的恐惧以及对人生和自我的思考。

## 二、“白是白黑是黑”——法官的种族主义观念与复辟奴隶制的幻想

与马隆故事平行的是米兰镇的名门望族，前国会议员克兰恩法官的家族史。法官是个种族主义者，耽于享乐，且总是夸耀自己辉煌的过去，甚至沉溺在复辟奴隶制的幻想中。如果马隆注视的是一个“没有指针的钟”，那么，这位顽固的老法官渴望的是一个指针倒转的钟。

法官有严重的种族主义思想，他坚称：“白是白黑是黑——二者决不会相交，如果我能阻止的话。”这不禁使人想起同样具有种族歧视倾向，且有帝国主义思想的英国作家吉卜林（*Rudyard Kipling*，1865—1936）在其《东西方之歌》（*The Ballad of East and West*）中所说的话：“东方是东方，西方是西方，二者决不会相交”（East is East，and West is

West，and never the twain shall meet)。法官的这种种族主义思想还与他对奴隶制的信仰有关，他明确表示，“我当然相信奴隶制啦。文明就是建立在奴隶制基础上的。”在这种思想的支配下，法官试图将自己的信念转化为行动，他要充当堂吉诃德式的人物，不自量力地阻挡历史前进的车轮，甚至开倒车。八十多岁的老法官还一心想着再次参加竞选，以便促使国会恢复和兑换南方邦联的货币。实际上，在他家的阁楼上就曾有“整整一行李箱南方邦联的钞票”，现在他都把它们锁在书房的保险箱里。这说明，他确有复辟的执念。连18岁的黑人男孩舍曼都能看出，法官的这些计划是在开历史倒车：“您的计划将会把时钟往回拨一百年。”法官对舍曼的话不以为意，固执地认为自己是正确的，“如果斗争是正义的，勇敢的人渴望斗争。多年来，我一直向往着与全国有色人种协进会作斗争，迫使他们最后一决胜负，彻底击败他们。”小说最后揭示，法官原来还是个三K党成员，并一直对其被镇压耿耿于怀：“从前，法官一直是个三K党成员，在三K党被镇压，他无法去参加那些在松山举行的白袍会议，赋予他自己一种秘密而无形的权力之后，他对此还念念不忘。”三K党以反对和残害黑人著称，这就不难理解他为什么持有如此根深蒂固的种族歧视执念了。

小说对老法官这样一个人物的刻画既有漫画式的勾勒，也有象征手法的运用，更有细致的心理描写。

法官的固执有时显得迂腐，甚至到了可笑的程度。例如，在得知最高法院裁定要取消学校的种族隔离时，他义愤填膺，信誓旦旦地说要在电台上发表“具有历史意义的演讲”，结果，他却一时语塞，无法表达自己的真实想法，竟然大段背诵起亚伯拉罕·林肯在《葛底斯堡演说》中的话。这完全是说了反话，他事后也意识到自己所说的话不妥。

小说虽没有有关法官耸人听闻的故事情节，但对他的心理描写却非常细腻而诙谐。作者笔下的老法官是一个刚愎自用、顽固保守、自以为是的人物，甚至有点自恋情结。在描写他的自恋倾向时，小说中有一段关于他上厕所时的心理描写：

> 当他的肠道悄无声息地打开的时候，他也很满意，想到“健全的心智寓于健全的身体”，他微微一笑。卫生间的气味散发开来的时候，他并没有因此而感到讨厌；相反，由于他为属于他自己的任何东西而感到高兴，甚至自己的排泄物也不例外，所以这种臭味还令他相当欣慰。于是，他坐在那里，一边放松，一边陷入沉思，对自己感到满意。

作者还调用了一些意象和象征的手法来衬托老法官这种

保守，顽固和自恋的性格特征，他卧室里那些“色彩浓艳，显得陈腐过时”的长窗帘便是他这一性格的表征。他的那套老宅子更具有象征意义，“这套装饰华丽的维多利亚时期的宅子带有彩色窗户和风格拘谨的老式家具”，虽然法官对此感到“得意”，但“米兰的人通常把这个宅子称为‘法官的白象’”。“白象”（White Elephant）在英文中通常指“昂贵却无用的东西”，是一种华而不实，奢侈的摆设。因此，它是法官身份地位的象征，但一如他的陈旧观念，是没有什么实际应用价值的。所以，他才脱口而出：“我觉得我宁愿搬到米兰公墓去，也不愿搬到另一个宅子里去。”这同时也说明法官就像他那些“风格拘谨的老式家具”一样，其性格相当固执。

法官不仅固执，还显得虚伪。例如，他对其孙子杰斯特所说的有关“公正”（justice）的话就暴露了他身为法官心中所谓“公正”的虚伪本质：“我一生一直关心公正的问题。在你父亲去世之后，我意识到公正本身就是一个妄想，一种错觉。公正不是一把绝对的标尺，用来以相同的计量标准衡量相同的情况。在你父亲去世后，我意识到有一种比公正更重要的品德。”作为执法者，他竟然要采用双重标准，用不同的尺度来衡量同样的事物，可见，指望这样的执法者来维护国家的公平和正义也只能是虚妄。

但小说并非把法官全然描写成一个十恶不赦的恶徒，他对世界及人性的认识偶尔也漏出智性的光芒；他无法改变现实的无奈，尤其是他的孤独感，常常也流露在作家的笔端，不免令人唏嘘。

老法官的一些话反映了他历经沧桑人生后对人性的一种洞悉，例如，他对马隆说道：“一个人一旦有一个缺陷，那么，那个缺点就成了他首先要归咎于另一个人的东西……一个人贪婪……那么，贪婪就是他指责别人身上有的东西，或者说吝啬……那是一个吝啬的人首先能够识别的缺点。”这种话不能不说多少反映了人的某种缺陷，或者说老法官或作者麦卡勒斯对人性的某种认识。

面对无法求解的现实，法官有时只能采取自欺欺人的策略以求得片刻的安宁，或回到过去。例如，在他明知妻子不久于人世时，他干脆自我蒙蔽，不问就里：“当他的妻子很明显正在日渐衰弱的时候，他不想知道，并试图欺骗她和他自己。他回避医生，不再询问，……也不想让自己明白是怎么回事。”这一逃避现实的倾向还表现在他对早已逝去的南方的记忆以及坚信南方的货币会恢复，重新进入流通这些事情上。

小说对老法官的孤独和无聊的描写也非常真切，例如，在说到他的日常时，叙述者说“例行要吃的早餐和上厕所都结束了，老法官对此感到遗憾，因为现在除了等候《米兰信使报》就无事可做了”。也就是说，老人除了吃饭、如厕和看报外无所事事。

小说中多处强调，法官“根本不是一个善于察言观色的人”（no noticer），他是个自以为是，顽固不化的人，一直活在自己辉煌的过去，沉浸在往日的梦境中，但他晚年的孤独、寂寞，他无法理解周围发生的一切，同时也无法被人理解，连他自己的儿子和孙子都无法理解他，这些都不免令人对他产生某种怜悯。

## 三、“有所作为”——种族歧视背景下的恐怖主义隐忧

法官的种族歧视观念只是美国种族主义社会现实的一个缩影，小说还通过几个事件反映了当时美国社会对黑人惨无人道的暴力行径。例如，小说中那个“贪吃、活蹦乱跳、智力不全的”黑人男孩因向一个残疾人讨要炸鸡吃不成抢了他几块硬币而遭到一群人的追赶，在一片“逮住那个黑鬼杂种”的喊叫声中，最后被警察用警棍活活打死。这种种族歧视现象甚至达到了恐怖袭击的程度：“一个黑人家庭搬进了一个白人街区的宅子，结果他们被炸了。没有人被炸死，但三个孩子受伤了”。舍曼本人最后也因搬入白人居住区而被白人炸死。

种族歧视甚至体现在法律的层面，因为一旦涉及黑人与白人之间的冲突，法律便形同一纸空文，私刑便会取代法律。因此，“舍曼深信所有南方白人都是疯子。将一个黑人

男孩以私刑处死仅仅是因为一个白人妇女说他对她吹过口哨。一个法官给一个黑人判了刑，因为一个白人妇女说她不喜欢他看她的那种眼神”。黑人舍曼·琼斯与白人利特尔太太相爱，其夫奥西·利特尔企图枪杀琼斯，在争夺枪支时，不料枪支走火，导致奥西·利特尔身亡。杰斯特的父亲约翰尼担任琼斯的辩护律师，这个本来属于正当防卫的案子却被全为白人组成的陪审团判为谋杀，结果琼斯被判死刑处死。由此可见，在白人统治下，法庭充满偏见，成了迫害黑人的场所。正如身为律师的约翰尼在法庭上为黑人舍曼·琼斯辩护时所说的：“一个多世纪以来，《宪法》上的这些话一直是我们这片土地上的法律，但这些话是苍白无力的，除非它们被依法执行，而且在这漫长的一个世纪之后，我们的法庭就黑人而言，是偏见的庄严礼堂，它们使迫害合法化了。话已经说了。理念也已形成。语言、理念和公正之间到底还要滞后多久？”约翰尼的这席话令我们不禁想起马丁·路德·金(Martin Luther King, Jr.，1929—1968)后来在他的著名演讲《我有一个梦想》(*I Have a Dream*，1963)中所说的话：

> 一百年前，一位伟大的美国人签署了解放黑奴宣言，……然而一百年后的今天，我们必须正视黑人还没有得到自由这一悲惨的事实。一百年后的今天，在种族隔离的镣铐和种族歧视的枷锁下，黑人的生活备受压

榨。一百年后的今天，黑人仍生活在物质充裕的海洋中一个穷困的孤岛上。一百年后的今天，黑人仍然萎缩在美国社会的角落里，并且意识到自己是故土家园中的流亡者。①

黑人琼斯与利特尔太太所生的儿子舍曼·皮尤就是这样的“流亡者”。成为孤儿的舍曼·皮尤生下来就被扔在教堂的长凳子上，他所谓的姓“皮尤”（Pew）由此而来，因为“pew”的英文意思就是“教堂里的靠背长椅”，而人们在那里发现了他就以此称之。身为弃儿的舍曼一直想寻找自己的亲生母亲，但一次次遭遇失望。他只能生活在自己想象的世界中。他想象自己的母亲是美国黑人女低音歌唱大师，20世纪著名的歌唱家，玛丽安·安德森（Marian Anderson，1897—1993）。他还编造故事，说他曾经在法国有一个未婚妻。当杰斯特戳穿他的谎言时，他是这样回答的：

“你为什么要撒谎？”杰斯特问道。

“这也不完全是撒谎，但有时候我会编造一些很可能会真的发生的情形，把它们讲给像你这样长着婴儿屁股脸的笨蛋听。在我的生活中，许多情况下我不得不编

① 马丁·路德·金，《我有一个梦想》，载《我为演讲狂：我有一个梦想》，王瑞泽编著，青岛出版社，2010年，第3页。

造故事，因为现实、实际情况要么太单调，要么太残酷，实在难以忍受。”

这个满口谎言的黑人男孩却能一语道破这个现实世界的无聊和残酷，让读者感受到他内心的孤独与苦闷。不仅如此，他已逐渐认识到，“第十五修正案早已被视为无物，……美国宪法就是一个骗局”。

美国社会当时的种族歧视非常严重，黑人不能与白人在同一个地方喝水，不能上同样的厕所、不能在同一个教堂做礼拜，不能在同一个药房购药，否则就是“越轨行为”(acts of going out of line)。这种种族歧视自然激起了黑人的愤怒。小说中的舍曼就是这一反抗行为的代表人物，尤其是在他得知自己就是黑人琼斯与利特尔太太的儿子之后。他把白人轰炸黑人这种恐怖袭击的行径记入了黑名册，并在心中反复默念，要“有所作为，有所作为，有所作为”。作为他采取行动的第一步就是“越界”，即把上述所谓的“越轨行为”都做了一遍。但令他感到更加不安的是，他意识到自己几乎成了美国黑人作家拉尔夫·艾里森(Ralph Ellison，1913—1994)笔下的“看不见的人”(invisible man)：“似乎没有人注意他”。这便促使他要采取更进一步的行动，一方面是为了报复，另一方面也是为了引起人们的关注，借用一句时髦话来说，就是为了“刷存在感”。这种不被人注意的屈辱感可能很少有人比美国黑人体会得更为深刻。舍曼采取的报复行动首先就从法官身上下手，“在给法官打针的时候，他用水代替了胰岛素”。在他意识到这无异于“一场政治谋杀”之后，他认为“这种鬼鬼祟祟的方式”并不合适，于是，一连三天这样干了之后，第四天他就终止了这种行为。这令舍曼处于两难的境地：“想越轨但又害怕，想引起人注意但又怕被人注意到”。他紧接着采取的报复行为“连他自己都无法理解”，他把杰斯特的爱犬泰格活活勒死了。这一不可理喻的行为恰恰反映了他对白人社会的恨，将黑人遭受的不公正待遇产生的怨气迁怒于白人所养的狗，因为在他看来，在白人的眼里，黑人还不如一条狗。正如他事后对杰斯特所说的：“我看见你遛那只白人的狗，穿着泡泡纱裤子，打扮得漂漂亮亮，到白人的学校去上学。为什么就没有人关心我呢？我干事情，没有人注意。无论好事还是坏事，都没有人注意。大家都宠爱那只该死的狗，却没有人注意我。可它只不过是只狗啊。”这里同样表达了他对受人关注的渴望，也揭露了美国社会中黑人不如狗的黑暗现实。

在种族歧视的社会环境中，黑人几乎无家可归，因此，他们也特别渴望“家”的感觉。小说中的舍曼因为搬进了白人居住区，就要遭到白人的炸弹袭击，当他得知消息，将不得不离开这里时，看到自己举债布置的“新家”不禁悲从中来：“当舍曼环顾那间配了新家具的房子，看到那架分期付款购买的小型钢琴，分期付款购买的正宗古董沙发和两把椅子时，他开始哭了起来。壁炉里生着火，因为尽管夜晚是温暖的，但舍曼还是感到寒冷，火对他来说显得温暖舒适，有家的感觉。火光下，他那浅灰色面庞上的泪水呈紫色和金黄色。”在这里，火的意象以及由此引发出家的温暖与舍曼满脸的泪水形成鲜明的对照，这一幕无疑会令读者对舍曼产生怜悯之情，同时，这也是对种族主义的控诉。

《没有指针的钟》形象地表明，种族歧视给黑人造成了巨大的伤害乃至死亡，也给白人自身埋下了安全隐患，因为它极易引发黑人的恐怖主义报复行为。如果说舍曼那反复念叨的“有所作为”只是暗示着一种威胁的话，那么，在他吊死那条狗之后对杰斯特所说的话便是赤裸裸的恐吓：“如果你觉得这就是什么疯狂的事情，那你就等着瞧我还会干出什么事吧。……我要干一件我这辈子以前从未干过的最疯狂的事情，我或者其他任何黑鬼都没干过。”这些话不免令人担忧，也不禁令人反思今天西方恐怖主义产生的原因。从这个意义上来说，麦卡勒斯的小说还有某种前瞻性，或者说，今天的社会语境为读解她的这部小说提供了一种新的分析维度，因为小说中的种族歧视和暴力与当下美国社会密切相关。2008年奥巴马当选美国总统后就有人宣称进入了所谓的“后种族”（post-racial）时代，但此后密苏里州的弗格森和其他城市相继发生美国黑人男子遭警察枪杀的事件，围绕着这些无处不在的暴力死亡事件而引发的争论和抗议很快就粉碎了所谓“后种族”时代的标签。因此，“麦卡勒斯作品中对种族不平等(racial injustice)和暴力的关注在美国当代的文化氛围中甚至关系更大”①。小说中所反映的有关“布朗诉托皮卡教育局案”(*Brown v. Board of Education of Topeka*)引发的争议、种族暴力威胁、暴徒或从众心理等情形与当今美国政界和其他社会各界的现实都有着惊人的相似之处。由此可见，今天我们读《没有指针的钟》具有重要的现实意义。

**四、“我从未想过要做您的儿子”：代际冲突**

《没有指针的钟》还将以法官为代表的美国社会中存在的种族主义和种族歧视的观念与小说的另一个主题——代沟或曰代际冲突——勾连起来，因为法官与约翰尼以及与杰斯特之间的冲突主要反映在他们对待黑人的态度问题上。

约翰尼是个有良知和主体意识的律师，而他的父亲福克斯·克兰恩“只不过是法律的工具而已”，虽然他按照法律程序办事，但也犯过严重的错误，“他曾经以强奸罪将一个二十岁的黑人判为死刑”，结果真正的罪犯却另有其人。他虽然为此感到遗憾过，但他寻找各种理由安慰自己，减轻自己的负疚感，不久也就不再为此痛苦了。而他的儿子则不

① Casey Kayser and Alison Graham-Bertolini, “Preface”, 2016, p. xiii.

同，在有关黑人琼斯的案子中，他明知“无论是不是正当防卫，那个黑人注定是要死的”，他虽然从一开始就知道这个案子注定会败诉，但他还是接了这个案子。结果辩护失败，令他心碎而自杀身亡。在老法官看来，与杰斯特不同，“约翰尼太有激情了”。这种激情就是约翰尼不计名利，敢于为正义献身的那种激情。约翰尼同情弱者，在他父亲看来，“约翰尼崇拜布尔什维克主义、塞缪尔·利博维茨[①]和整个激进主义”，因此，老法官很担心，世故地告诫约翰尼，“如果一个人与倒霉的人过从太密的话，那么，这个人往往自己也会倒霉的”。约翰尼对此耸耸肩表示不屑。他进一步向儿子灌输从业之道：“我回避法庭上那些慈善性的案子，它们首先落在一个穷律师的手上。随着我业务量的增长，不久我就能够替那些带来可观经济回报的案子辩护了。经济回报或政治声誉过去是，而且一直都是，一个首先考虑的因素。”对此，约翰尼立即予以回击，说，“我不是那种律师”。法官自称，“只有在有利可图的案子与正义的事业相结合的时候，那对福克斯·克兰恩来说才是极佳的境界”。

除了这种价值观上的冲突，法官与儿子的冲突还表现为一个守成的父亲与一个创业的儿子之间的矛盾。这在信奉“靠自己奋斗成功”（self-made）或“白手起家”（rags to

---

① 详见本译本第 10 章第 12 段的页脚注释。

riches)的美国是个常见的冲突，也是美国文学中的一个常见主题。这种冲突在这部小说中也同样有所反映，例如，法官对约翰尼说："我当初开始从业的时候，我还是个穷小子。不像你是个阔佬的儿子。"言下之意，他完全是靠个人奋斗才创下了今天的家业，这对同样渴望靠自己奋斗成功的约翰尼来说当然是个伤害，而说他"是个阔佬的儿子"更是对他的羞辱，因为这等于否定了他目前取得的成绩，更是对他未来可能取得成就的一种轻慢。因此，约翰尼闻此脸上立刻显出"尴尬的表情"。法官为了表明他对儿子的重要性，竟然问约翰尼："要不是我的话，你觉得你会在哪里？"约翰尼不无嘲讽地说，他会是"悬挂在天堂晾衣绳上的一块小碎片"，并断然表明他并不稀罕父亲给他带来的恩惠："我从未想过要做您的儿子。"由此可见，父子之间的分歧很大，法官对此心知肚明，但他到处渲染他与约翰尼之间的相似性："约翰尼与我更像是兄弟，而不是父子"，这只不过是他自欺欺人的又一表现而已，因为约翰尼的单纯和正直与老法官的世故和偏见形成了鲜明的对照，毫无相似之处。

杰斯特与他的父亲约翰尼颇为相似，正如马隆对法官所说的，"您的孙子像极了他的父亲"，法官也认为他们是"光彩照人的两个男孩"，但杰斯特对他而言既是"安慰"又是"担忧"。法官的担忧不无道理，因为觉醒后的杰斯特很快就说出了与他父亲惊人相似的话。他对法官说："我不是您的孩子。我是您的孙子，是我父亲的孩子。”这表明，杰斯特像他父亲一样，也想撇清与法官的关系。祖孙二人的冲突也同样源于对种族问题所产生的分歧。

在杰斯特十七岁的那个夏天，这个懵懂少年的心理正经历着深刻的变化，他的意识开始觉醒，逐渐走向成熟，具备了独立的判断是非的能力，开始摆脱一手将其抚养成人的法官的影响。正是在这一时期爷孙俩发生了观念上的严重冲突。杰斯特对克兰恩法官白人至上主义的观念提出了质疑："我怀疑白人至上论的公正性。"而对他这个顽固抱持种族偏见的祖父也开始由崇拜转变为鄙视。小时候，当他听说一个古巴黑人在众议院做演讲，他的祖父对此极端傲慢无礼，他为他爷爷感到自豪："当别的国会议员都站起来的时候，您却在椅子上更放松地坐着，将双脚高高地跷起来，点燃了一支雪茄。我当时想，这好极了。我真是为您感到骄傲。"长大后的杰斯特对这种行为表现出截然相反的态度："可现在我对此的看法不同了。那很粗鲁，是不礼貌的。我现在想起来的时候，我为您感到羞愧。"在与法官的争论中，杰斯特逐渐了解到自己父亲的过去，似乎解决了亘古以来一直困扰着人类的一系列难题："我是谁？我要做什么？我将向何处去？"这是杰斯特成熟的典型标志，成熟后的他找准了人生定位，从此决定违背祖父的意愿，继承父亲的遗志，当一名律师。从某种意义上来说，杰斯特是在与其祖父的斗争中长大而成熟的。

《没有指针的钟》以马隆被诊断为白血病开始，以他的死亡结束。小说围绕着死亡这一主题，以具有象征意义的“没有指针的钟”为框架，框定了有关种族歧视、成长问题和代际冲突等主题。但这个框架内所有主题的核心是种族冲突，因为种族问题的困扰不仅造成了约翰尼的自杀，也引发了杰斯特对人生的思考，加速了他的成长，而代际冲突的核心也是源于对白人至上主义截然相反的立场。是为序。

2018 年 10 月于上海松江大学城

Carson McCullers
**CLOCK WITHOUT HANDS**
根据 The Library of America 2017 年版译出

**图书在版编目(CIP)数据**

没有指针的钟/(美)卡森·麦卡勒斯(Carson McCullers)著;孙胜忠译. —上海:上海译文出版社,2021.12
(麦卡勒斯文集)
书名原文:Clock Without Hands
ISBN 978-7-5327-8690-9

Ⅰ.①没… Ⅱ.①卡…②孙… Ⅲ.①长篇小说—美国—现代 Ⅳ.①I712.45

中国版本图书馆 CIP 数据核字(2021)第 254505 号

**没有指针的钟**
[美]卡森·麦卡勒斯 著 孙胜忠 译
责任编辑/宋玲 装帧设计/张志全工作室

上海译文出版社有限公司出版、发行
网址:www.yiwen.com.cn
201101 上海市闵行区号景路 159 弄 B 座
江阴市机关印刷服务有限公司印刷

开本 787×1092 1/32 印张 12 插页 5 字数 179,000
2022 年 4 月第 1 版 2022 年 4 月第 1 次印刷
印数:0,001—8,000 册

ISBN 978-7-5327-8690-9/I·5362
定价:72.00 元